미래에서 온 전설

자녀와 함께 읽는 우화 소설

미래에서 온 전설

안필령 지음

어문학사

오래된 감나무의 그늘조차 내 인생의 앞마당을 비질하듯 쓸고 가면 상처가 남았습니다.

그늘처럼 숨죽이며 내게 주어진 삶을 치열하게 살았지만 무엇 하나 제대로 한 것이 없습니다.

대자연의 경이로움을 감탄하고 살았습니다. 하지만 세상은 늘 자연을 개조했습니다. 산허리를 자르고 물길을 돌려세웠습니다. 포클레인 삽날 아래선 인간 본연의 순수성까지도 함께 묻혀갑니다.

세상은 사람 냄새가 풍겨야 하고, 인간이 지녀야 할 꿈을 잃지 않고 살아야 한다고 믿습니다.

감나무 그늘의 비질처럼 부질없는 몸짓이지만 이렇게 상처처럼 흔적이 남게 되었습니다. 밥을 짓다가, 설거지를 하다가도 끼적였습니다. 밤중에 아이들 몰래 작은 등불을 켜고 생각을 모으기도 했습니다. 그런 시간들이 쌓여 이렇게 책 한 권이 되었습니다.

자문에 응해주신 선생님들과 책으로 엮어주신 출판사 관계자님들에게 진심으로 감사드립니다.

소백산 아래에서

안필령

1

여느 때 같으면 한참 낮잠을 즐기고 있을 시간이다. 그런데 긴급 소집된 동물대표회의에 참석해 저절로 감기는 눈까풀을 치켜들고 있으려니 죽을 맛이다. 그것도 사형이 선고될지도 모르는 공개 재판이 열리고 있었기에 한눈을 팔 겨를조차 없다.

까치네 집 맏딸인 하얀 깃털의 꼬까선도 마른침을 꼴깍 삼키며 법정에 선 동물에게 시선을 보내고 있었다.

오늘의 재판에 회부된 동물은 홀쭉이 암사마귀다. 사마귀의 선조는 먼 옛날 중국의 장공이라는 임금의 수레를 앞발을 들어 막았다. 그 이후로 사마귀 가문은 '당랑거철(螳螂拒轍)'이라는 말로 유명해졌다. 하지만 지금 암사귀의 모습을 볼 때, 그런 핏줄을 이어받았다는 것이 전혀 믿기지 않는다.

암사마귀는 모든 것을 포기한 듯 눈자위마저 풀어져 있었다. 기품 있는 당나라 시대 예복 같은 푸른색 외투를 입고 풀숲을 활보하던 기개조차 사라지고 없었다. 땅바닥으로 머리를 푹 숙인 그녀는 얼마나 긴장하고 있는지 흘러내리는 땀방울이 입속으로 들어가도 뱉어 낼 생각조차 못 하는 듯했다.

가뭄에 푸성귀 잎처럼 축 처져 있던 암사마귀가 힘겹게 고개를 들었다. 마지막으로 푸른 하늘을 바라보고 싶은지 두 눈을 허공으로 향했다. 그런 그녀의 얼굴 가득히 처연한 죽음의 그림자가 스쳐 갔다.

"인간 같은 년!"

그때 정적을 깨트리는 고함소리가 들려왔다. 갑작스러운 소리에 놀란 동물들이 날개를 푸드덕거리거나 나뭇가지에서 뛰어내리는 등 한바탕 소동이 일어났다.

암사마귀에게 정신을 팔고 있던 하얀 깃털 꼬까선 역시 놀라기는 마찬가지다. 하마터면 중심을 잃고 떨어질 뻔했다. 간신히 정신을 차린 그녀는 나뭇가지를 잡은 두 다리에 힘을 준 채 목소리의 주인공을 찾기 시작했다.

좌중을 압도하고도 남을 쩌렁쩌렁한 목소리의 주인공은 검독수리 흑의 장군이었다. 이 수봉산 동물회의 의장으로 장기 집권하고 있는 그는 검은 콜타르를 잔뜩 칠해놓은 듯 두꺼운 갑옷으로 중무장한 데다 누구보다도 날카로운 발톱과 부리를 가졌다.

수봉산에서 그의 위엄을 따를 자는 아무도 없다. 포유류 중에서 제일 가는 멧돼지 장군도 흑의 장군의 권위를 존중해 주고 있었다. 게다가 흑의 장군은 장성한 아들 형제까지 좌우에 거느리고 있어 그 위엄은 하늘을 찌를 듯했다. 그런 그의 입에서 '인간 같은 년!'이라는 일성이 터진 것은 사실상 사형선고를 의미하는 것이나 다름없었다.

"인간보다 못한 년입니다."

동물회의 간사인 산까치마저 도저히 구제할 여지가 없다는 듯 흑의 장군 편을 들고 나왔다. 산까치는 숲 속의 동물들로부터 공명 선생으로 추앙받고 있었다. 그는 수봉산에서 가장 지능지수가 높은 동물이며 자상한 성품으로 매사를 이성적이고 합리적으로 판단하기 때문이다. 그런 공명 선생조차 의장의 편을 들고 나왔으니 암사마귀의 운명은 장작불 앞에 놓인 마른 솔가지나 다름없었다.

누군가의 죽음 앞에서는 모두가 비슷하듯 좌중이 조금씩 웅성거리기 시작했다. 더러는 한 번쯤 기회를 주는 게 어떻겠냐고 동정론을 펴는 이도 있었다. 하지만 공개적으로 거론하고 나서는 동물은 아무도 없었다. 이미 대세가 기울어진 판에 괜히 의장단에게 눈엣가시 같은 존재로 밉보일 필요가 없기 때문이다. 더욱이 '인간과 같다'거나 '인간보다 못한 존재'라고 지목을 받은 마당이다. 설령 누가 나서서 암사마귀를 옹호한다고 해도 이미 장맛비에 터져버린 둑처럼 막기란 결코 쉽지 않은 분위기가 돼 버렸다.

지난 수천 년간 인간은 숲 속의 날짐승과 길짐승을 '금수(禽獸)'라고 정의해 왔다. 그러고는 자기네 인간 사회에서 포악한 성질을 갖고 있거나 쓰레기 같은 존재를 가리켜 '금수 같다'거나 '금수보다 못한 놈'이니 하면서 애써 동물을 헐뜯어 온 것이 사실이다. 인간의 오만은 여기에서 그치지 않았다. 자기들을 뺀 나머지 동물은 모두 짐승이니, 미물이니 하면서 평가 절하한 것이다.

그러한 표현에 수봉산 동물들이 화가 난 것은 당연하다. 동물들은 정작 포악무도하고 쓰레기보다도 못한 존재는 인간이라고 주장했다. 그리고 어느 날부터 숲 속 동물들이 부도덕한 행위를 하거나 범법 행위를 하면 어김없이 '인간 같다'거나 '인간보다 못하다'는 비유가 생활화되었다.

"암사마귀에게 마지막 이승에서의 유언을 남길 기회를 주겠다. 하고 싶은 얘기가 있으면 남김없이 털어놓도록 해라."

검독수리는 자신의 위용을 과시라도 하듯이 커다랗게 날갯짓을 했다. 그 바람에 물들지 않은 니뭇잎들이 우수수 떨어져 내렸다.

"지난 세월 우리 동족은 나름대로 고유한 삶의 방식을 가지고 살아왔지만 아무런 문제가 없었지요. 그런데 갑자기 이렇게 인민재판식으로 몰아붙이시다니 참으로 황당하고 억울합니다."

암사마귀는 먼지 같은 희망을 갖고 몇 번이나 의장단에게 머리를 조아렸다.

검독수리 3부자와 공명 선생 뒤편에는 매 장군과 솔개 장군이 침묵하고 있었다.

"그래도 아직까지 자기 죄를 뉘우치지 못하다니 정녕코 딱하구나. 이제는 인간 사회에서조차 동족을 먹는 식인종이 사라진 지 오래인데, 너는 어찌 동족의 살로 배를 채운단 말이냐?"

흑의 장군의 고함이 숲 속 구석구석까지 커다랗게 메아리쳤다. 때마침 낮잠에서 깨어난 바람조차 나뭇잎에 숨어 몸을 벌벌 떨었다.

그가 말한 암사마귀의 죄상은 사실이어서 동물들은 그저 굳게 입을 다문 채 최종 선고만 기다릴 뿐이었다. 그중에서 최고의 금슬을 자랑하는 원앙 부부가 가장 큰 충격을 받은 듯했다. 둘은 서로의 가슴을 비비며 마음을 진정시키고 있었다.

"동족을 먹는 게 어디 저 하나뿐인가요? 거미도 있잖아요? 거미야말로 얼마나 음흉하고 잔인한 동물이에요? 제 동족들도 조상 대대로 거미의 밥이 되어 왔다고요."

누구나 죽음의 문턱에선 삶에 대한 애착이 생기는 법이다. 암사마귀는 조금 전 모습과는 전혀 다르게 날카로운 음성으로 소리를 질렀다.

"듣고 보니 암사마귀의 지적도 일리가 있는 것 같은데 공명 선생의 생각은 어떻습니까?"

검독수리 의장은 점잖게 공명 선생에게 자문을 구했다.

"듣고 보니 거미도 결코 용서할 수 없는 동물이군요. 마땅히 법정에 같이 세워 심판을 받게 해야 할 것으로 봅니다."

공명 선생은 저만치 나뭇잎 뒤에 잔뜩 몸을 웅크리고 숨어 있는 배불뚝이 암거미를 쏘아보았다.

"공명 선생의 말이 백번 옳은 것 같소. 암거미도 인간과 다를 바 없다. 암거미는 당장 앞으로 나오너라."

검독수리 의장의 말이 떨어지자 탁구공만 한 배불뚝이 암거미가 뒤뚱거리며 모습을 나타냈다.

"치사하기가 벼룩의 간을 내먹을 년! 어차피 죽는 마당에 혼자 죽을 일이지 어찌 남까지 사지로 끌어넣는단 말이냐? 너는 멀쩡한 두 눈으로 동족을 잡아먹지만 나는 태초부터 눈이 어두웠다. 그래서 구분하는 게 불가능해 실수로 죽이는 것이다. 그런데 어찌 네년의 죄에 비긴단 말이냐?"

암거미는 길고 흉측하게 생긴 다리를 꼼지락거리며

금세라도 암사마귀를 잡아먹을 듯이 사납게 소리쳤다.

　"세상에 너만큼 음흉한 것은 절대 없어. 줄을 쳐 놓은 채 몸을 숨기고 있다가 먹이가 걸려들면 허기질 때마다 야금야금 배를 채우는 것이 바로 너니까. 어찌 네년의 죄가 나만 못하단 말이냐?"

　암사마귀는 사생결단이라도 낼 듯이 거미에게 소리쳤다.

　"맞습니다. 암거미는 우리 종족에게도 철천지원수입니다."

　그때 키 작은 반딧불이가 떡갈나무 잎사귀에서 뛰어내리며 소리쳤다. 반딧불이는 흥분한 탓인지 대낮인데도 엉덩이에서 옅은 빛을 발산하고 있었다.

　"그게 무슨 소리냐? 암거미의 죄상이 또 있다는 말이냐?"

　공명 선생이 물었다.

　"그렇고 말고요. 세상에 암거미만큼 악독한 족속들이 어디 있겠어요? 인간 중에는 가정파괴범이 있다고 들었습니다만, 거미라는 족속들 또한 그러하다고요. 밤중이면 교활한 암거미가 쳐 놓은 줄에 숱한 동족들이 걸려들게 됩니다. 종족의 보존을 위한 육체적인 결합 상태에 있을 때도 먹이가 되곤 합니다. 이들이야말로 인간 사회의 지존파나 막가파보다 더 잔인무도한 곤충이라니까요."

반딧불이의 증언에 모두가 숙연해졌다. 누가 들어도 분노할 일이다.

"반딧불이의 증언을 들어보니 암거미도 결코 용서할 수가 없다. 너야말로 인간보다 나쁘구나."

흑의 장군의 목소리가 암거미의 귀를 먹게 할 만큼 우렁차게 터져 나왔다.

"의장님! 인간 같은 놈이나 인간보다 못한 년을 응징하시겠다면 저도 할 말이 있습니다."

배불뚝이 암거미는 마지막 발악이라도 하듯 다리를 세차게 움직이려고 했다. 하지만 전혀 꼼짝할 수가 없었다. 어느새 매 장군이 날카로운 발톱으로 그녀를 찍어 누르고 있었기 때문이다.

숨이 막혔다. 그녀는 서너 번 캑캑거리다가 간신히 입을 열 수 있었다.

"좋다. 너의 유언이 될 테니 들어주마."

검독수리 의장은 매 장군에게 잠시 암거미를 풀어주라고 했다. 그러자 매 장군은 발을 들어 그녀를 놓아주었다.

"제가 남을 비방하는 성격이 아니어서 가만히 있으려고 했습니다. 하지만 모두가 마녀사냥 하듯이 제게 하는 것을 보며 생각이 바뀌었습니다."

"흥! 혼자서 잘난 척하더니만……."

암사마귀는 가소롭다는 듯 눈을 흘기며 중얼거렸다.

"탁란 새인 뻐꾸기도 인간보다 못하면 못했지, 하나도 나을 게 없는 동물입니다. 남의 둥지에다 알을 낳아 새끼를 기르게 하는 도둑놈 심보를 가진 게 바로 뻐꾸기입니다. 거기다 새끼들은 천성적으로 얌체 근성을 갖고 태어나서 아직 부화되지 않은 다른 새의 알을 둥지 밖으로 밀어내 깨뜨려 버립니다. 이것 또한 살생이 아니고 무엇이겠습니까?"

암거미의 말이 떨어지자마자 자작나무 가지 위에 느긋하게 앉아 있던 암뻐꾸기는 뜨거운 태양열이 몽땅 목구멍 속으로 빨려 들어오는 듯한 통증을 느꼈다. 한순간 그녀는 숲 속을 떠나는 길만이 살아남을 수 있는 방법이라고 생각했다. 그렇지만 검독수리나 매 장군의 추격을 따돌릴 방법이 없다. 그들에 비해 자신의 고공비행 속도는 턱없이 떨어지기 때문이다. 별수가 없다. 낮은 자세로 나가는 것밖에는 달리 뾰족한 방법이 생각나지 않는다.

그녀는 동정론을 이용해 보려는 생각으로 울먹이며 말했다.

"제, 제가요. 흑흑! 본의 아니게 숲 속의 다른 가족들에게 피해를 준 점은 진심으로 사과드려요. 그렇지만 하늘에 맹세코 살생은 하지 않았다고요. 이 세상 어느 부모가 제 새끼 귀여운 것을 모르겠어요? 천성적으로 제 둥지에 알을 낳지 못하는 건 키울 능력이 없기 때문입니다."

암뻐꾸기는 이해할 수 없는 변명을 했다. 울먹거리던 처음의 모습은 차츰 사라지고 자신들의 행동을 합리화시키기 위한 암팡진 말을 다시 이어갔다.

"우리 동족들은 조상 대대로 새끼를 대신 키워준 조류의 은혜를 잊지 않고 언젠가는 그들에게 은혜를 갚을 작정이에요. 그러니 한 번만 기회를 주세요. 제발 그리해 주신다면 이제부터는 둥지를 살뜰하게 지어 알을 낳고 스스로 새끼를 길러가겠습니다."

암뻐꾸기는 억울하고 분한 마음이 들었다. 전통적인 번식 방법이 이제 와서 재판에 오르게 될 줄은 미처 예상하지 못한 일이다. 그때 늙은 소나무 가지 위에 앉아 있던 갈색 때까치 한 마리가 증인석에 내려와 앉았다.

"저는 갈색 때까치입니다. 제가 증언하건대 암뻐꾸기

가 살생을 하지 않았다는 것은 분명히 의장님을 기만하는 말입니다. 우리 동족의 숫자가 자꾸만 줄어드는 것은 인간들의 행패도 원인이지만, 뻐꾸기들 때문이기도 하니까요. 뻐꾸기 새끼가 둥지 밖으로 밀어낸 때까치 알들은 어떻게 될까요? 더러는 둥지에서 떨어져 깨지기도 하고, 또는 미물들의 먹이가 되기도 한다니까요."

흥분한 갈색 때까치는 호흡이 가빴다.

"때까치의 증언을 듣고 보니 저놈 또한 인간보다 못한 존재라는 게 증명이 됐다. 이제 암사마귀와 암거미 그리고 암뻐꾸기, 이 셋을 사형에 처하기로 한다. 그 방법에 대해서는 공명 선생이 말씀해주시오."

검독수리 의장의 시선이 다시 공명 선생에게 향했다. 인간들의 영향을 받은 탓일까. 동물 세계에도 타인의 삶에 사사건건 시비를 가리고 참견하기를 좋아하는 동물들이 점점 늘어나고 있었다. 그러므로 그 똑똑한 동물들을 다스리기 위해서는 반드시 공명 선생의 지혜가 필요했다.

"인간 같은 년들이니까 인간 사회에 내던지는 게 좋을 것 같습니다. 한마디로 죽어서도 그 사체가 인간들에게 시달림을 받게 하자는 것입니다. 이처럼 강경한 방법을 택한 것은 수봉산 동물들 전체에게 미치는 파급효과를 극대화하기 위해서입니다."

공명 선생은 또박또박 힘주어 말했다.

"인간 사회에 한때 유행했던 부관참시나 효수는 너무 잔인하다고 해서 지금은 사라진 지 오래되었잖소?"

검독수리 의장은 공명 선생의 사형 집행 방법이 너무 잔인하다고 생각했다.

"지금 같은 비상 체제하에서 숲 속 동물들이 살아남기 위해서는 단단히 정신 무장을 해야 합니다. 그리고 정신 무장하기에 가장 좋은 방법이 공포 정치란 것은 인간들의 역사가 증명하지 않습니까?"

"알겠소. 공명 선생의 조언대로 할 것입니다."

검독수리 의장은 고개를 끄덕였다. 그는 용맹하긴 했지만 모든 지혜를 공명 선생으로부터 빌리고 있으므로 그가 시키는 대로 할 수밖에 없었다.

"매 장군! 저들 셋을 자기 몸의 열 배에 해당하는 나무 토막이나 돌을 올려놓는 압슬형에 처한 뒤 오늘 밤 인간들이 잠든 사이에 인간 세상에 버리고 오시오!"

드디어 검독수리 의장의 입에서 최종선고가 떨어졌다.

작열하는 태양의 파편들이 수직으로 내리꽂히는 가운데 진행된 재판이었다. 숯불 같은 이글거림 속에서도 동물들은 갈증을 참아냈다. 공개재판이 결국 사형 선고로 끝이 났지만, 숲 속의 동물들은 누구 하나 자리를 뜨지 못한 채 여전히 두려움에 떨고 있었다.

　　이럴 때 한줄기 소낙비라도 지나가면 좋으련만. 하늘엔 간간히 흰 구름이 떠다닐 뿐, 푸른빛으로 정지되어 있다. 오늘따라 바람조차 찾아와줄 기미가 없다. 공포 분위기와 후텁지근하게 차오르는 불쾌지수 때문에 다들 어이 순간이 지나가길 바라고 있었다. 그러나 시간이라는 법칙은 정말 오묘했다. 빨리 지나가길 원할 때는 마치 세상의 모든 것이 작당이라도 한 듯 나무늘보처럼 느리게 움직이는 것 같다. 그렇게 얼마간의 시간이 흐르고 나서야 여기저기서 조금씩 움직임이 일었다.

　　"여러분! 잠시 내 얘기를 더 들으시오!"

　　검독수리 의장은 다시 특유의 날갯짓을 하며 좌중의 소란을 가라앉혔다. 모두의 시선이 의장에게 다시 집중되었다.

　　"오늘 우리는 숲 속의 가족들에게 사형을 선고하는

고통을 감내해야 했습니다. 내가 이처럼 냉정한 결정을 내린 것은 합심단결만이 살아남을 수 있는 길이기 때문입니다. 여러분들도 잘 알다시피 숲 속의 수호자였던 호랑이 왕이나 곰 왕, 그리고 여우 장군, 이리 장군 같은 영웅들이 함께 생활했을 때는 진정한 자유와 태평성대를 누렸습니다."

그 시절이 그리운 듯 검독수리 흑의 장군은 한숨을 쉬었다.

"그러나 그 영웅들이 사라지면서 인간들은 마치 숲의 주인인 양 행세를 하기 시작했습니다. 무차별적인 사냥질로 이제는 수봉산 동물 가족도 그 수가 부쩍 줄어들었습니다. 하루가 다르게 우리의 형제와 일가 친족들은 인간들의 욕망으로 인해 제물이 되고 있다, 이런 얘깁니다. 더러는 인간들의 정력제로 죽고, 박제품으로 죽습니다. 그리고 무엇보다도 인간들의 무분별한 자연 파괴와 농약 사용 등으로 인해 먹이가 태부족입니다. 이러다가는 머지않아 굶어 죽는 동물들이 나올 것이 뻔합니다. 여러분! 우리의 생존은 우리 스스로 지켜야 합니다. 그러기 위해서는 질서를 파괴하는 내부의 적부터 처단해야 했습니다. 그래서 눈물을 머금고 인간과 너무나 닮은 행동을 하는 곤충이나 새들에게 사형을 선고했으니 동지 여러분들의 이해를 바랍니다."

동물들은 하나같이 숨을 죽였다.

"이제 이 숲은 우리 손으로 지킵시다. 사랑하는 자손들의 행복과 평화를 지켜주기 위해 목숨을 바칩시다. 자, 따라서 하십시오. 동물 가족 만세! 수봉산 만세!"

"동물 가족 만세!"

"수봉산 만세!"

흑의 장군의 연설은 모두의 심금을 울리고도 남았다. 그의 선창에 따라 요란한 만세 소리가 숲 전체를 뒤흔들기 시작했다. 하얀 깃털 꼬까선도 동물 가족과 수봉산의 생존을 위해 힘껏 만세를 외쳤다.

수봉산 동물회의는 몇 년 전부터 이따금 소집되고 있다. 초창기에는 그야말로 유명무실한 회의체였다. 기껏 모여서 하는 일이 고작 수봉산에서 사라져버린 조상들에 대한 회고담을 나누는 것이었다. 이를테면 전설적인 수봉산의 지배자였던 호랑이 왕과 수많은 밀렵꾼들의 간담을 서늘케 했던 곰 왕이 살았던 시절의 무용담이 주류였다. 또한 숲 속의 규칙에 따라 사계절 내내 먹이 걱정 없이 평화스럽게 공존했던 시절에 대한 아련한 그리움을 토로하기에 바빴다.

그러던 동물회의가 지난해부터 사라진 영웅들을 추억하는 장소에서 인간에 대한 분노를 폭발시키는 장소로 변하기 시작했다. 상식이 통하지 않는 인간들의 행위가 점점 도가 지나쳤기 때문이다. 그때부터 '비상회의'란 전투적인 이름의 회의가 소집되기 시작한 것이다.

수봉산은 이제 수동시 부근에서 유일하게 원형이 훼손되지 않은 산으로 남아 있다. 대부분의 야산에는 포클레인이 내뿜는 굉음과 함께 어느 날 갑자기 대단위 아파트 단지나 공업 단지가 건설되었다. 특히 지방자치단체들의 무분별한 개발에 녹지 면적은 점점 줄어들었다.

인간의 횡포는 거기에서 그치지 않았다. 계곡을 거슬러 올라가는 오지의 땅일지라도 조금만 풍광이 좋은 곳이면 어김없이 각양각색의 펜션이 들어섰다. 또 그 옆에는 ㅇㅇ가든이니, ㅇㅇ원조니 해서 고급 식당이 즐비하게 자리 잡았다.

인간의 환경 파괴가 계속될수록 동물들은 저마다 고

향을 등져야 했다. 동물들에게도 잃어서는 안 되는 땅이
요, 그리움과 정이 머무는 곳이 바로 고향인 것이다. 그
런 삶의 터전을 뺏긴 동물들이 떼를 지어 수봉산으로 피
난해 오기 시작한 것도 그때부터다. 개발 지역 인근에 살
던 동물들도 각종 공해와 소음을 견디지 못해 정든 고향
을 버려야 했다. 왜가리 일가나 부엉이 일가, 갈까마귀
가족도 새로운 식구들이다.

그들의 표현을 빌리면 숱한 동물들이 그야말로 지난
날 난지도 쓰레기처럼 땅 속에 매장되고 말았다. 두꺼비
네는 자식을 잃고, 지네와 도마뱀도 가족들과 함께 깡그
리 포클레인 밑으로 빨려들어 갈 수밖에 없었다.

무엇보다도 심각한 것은 인간이 수봉산 외곽에 4차선
우회도로를 건설했다는 점이다. 그 바람에 하룻밤에도
여러 마리의 동물들이 인간의 차량에 치여 생명을 잃었
다. 고라니 가족들은 먹이를 구하러 산 아래로 내려가기
만 하면 영락없이 싸늘한 시체로 변했다.

먹장 같은 커다란 죽음의 아가리가 그들을 덥석 삼킬
것만 같은 날들이 이어지자 숲 속 동물들은 하루가 다르
게 표정이 얼어붙었다. 전설적인 수봉산 동족들의 이야
기를 더 이상 나누지 않는다. 한밤중에도 동물회의 간부

들의 회합이 잦아졌다. 최근에는 수봉산이 골프장이나 위락시설을 갖춘 대규모 리조트 지구로 개발된다는 소문이 났다. 그 때문에 동물 가족들은 더욱 신경을 곤두세울 수밖에 없었다. 유일한 피난처라고 생각하던 이 수봉산도 언제 벌거숭이처럼 되어 버릴지 모르는 일이었다.

동물회의 의장단은 이 같은 사태를 그냥 방관할 수만은 없었을 것이다. 온통 뒤숭숭해진 동물들의 흐트러진 정신 자세를 바로잡기 위해서라도 공개재판은 반드시 필요했을지도 모른다.

하얀 깃털 꼬까선은 추위를 느꼈다. 한여름 날씨임에도 으스스한 한기가 깃털 속을 파고들어 오는 듯했다.

2

최선우는 달력을 바라보았다. 오늘 날짜에 붉은 동그라미가 한 개가 그려져 있었다. 그 밑에 굵은 글씨가 보인다.

'수봉산 가는 날.'

최선우는 집을 나서면서 자신이 초라해진 것이 돈 때문이라고 혼잣말로 중얼거렸다. 다니던 회사가 문을 닫은 지도 벌써 여러 달이 흘렀다. 요즘은 실업급여로 생활하고 있는 그였지만, 실업급여를 받을 수 있는 기간도 두 달밖에 남지 않았다.

인간의 변고 액란을 치유하고 때로는 부적 같은 역할을 하는 것이 돈이다. 그 돈의 위력 앞에 자존심조차 내세울 수 없는 자신이 서글펐다. 서서히 눈앞이 어질어질하더니 가슴은 울렁거리고 몸이 말을 듣질 않는다. 그는 철길이 지나가는 곳에 이르자 레일 위에 털썩 주저앉고 말았다.

새밭골에서 반 시간 정도 수봉산을 향해 걸었는데도 벌써 힘이 부친다. 마음의 허기가 체력마저 저하시키는지 발길이 자꾸만 느려진다. 그는 허리춤에 두른 수건을 꺼내 이마의 땀을 닦았다. 비록 실업자가 되긴 했어도 가정에서는 아직 중추적 역할을 해내는 그다. 하지만 자신도 느끼지 못하는 사이 휘발되는 알맹이 소독약처럼 그의 몸은 서서히 기운을 잃어가고 있었다.

엘니뇨 현상 때문인지 올해는 봄이 다 가기도 전에 무더위가 찾아왔다. 그렇다 보니 본격적인 여름날의 산행은 한 걸음 한 걸음을 옮기는 것조차 힘이 든다. 들녘의 풀벌레들조차 더위를 먹었는지 굳게 입을 다물고 있다.

그는 담배를 꺼내 피워 물었다. 담배 연기는 옅은 안

개 자락처럼 퍼져 나가다가 상처 입은 자의 가슴에 쌓인 슬픔을 허공에 풀어 놓은 듯, 쓸쓸한 모습으로 흩어졌다. 담배 연기 저쪽으로 수봉산 입구가 보이기 시작했다. 은사시나무가 바람 부는 방향에 따라 약속이나 한 듯 뒤집혀서 색을 바꾸며 나부끼고 있었다. 자작나무는 조그마한 즐거움에도 잘 웃어주는 아내의 모습을 떠오르게 했다.

자작나무 주변으로 갈참나무며 오리나무, 소나무, 잣나무, 아까시나무들이 무성하게 우거진 채 하늘에 닿을 듯이 솟아 있고, 그 아래에는 칡넝쿨이 뱀처럼 잔뜩 똬리를 튼 채 능선을 기어 올라가고 있다. 그렇게 여름 초록은 거칠게 싱싱했고 인디언 사나이들의 힘줄 같은 엽맥(葉脈)을 키워가고 있었다.

해발 1,450미터인 수봉산은 수동시에서 가장 높은 산이다. 휴일이면 알록달록 원색의 등산객들이 정상까지 길게 줄을 잇곤 한다. 체력이 국력이라는 정부의 구호가 사라진 지는 오래지만, 사람들은 먹고살 만해지자 하나같이 고가의 브랜드 운동복을 입고 산을 찾는다. 너도나도 오로지 건강을 지키기 위해 온 신경을 쏟아 붓듯이 말이다.

아파트에서 약수터로 가는 길은 새벽부터 북적거린다. 언제부터인가 수돗물을 믿지 못해 아파트 뒷산까지 가서 약수를 떠다 마시는 사람이 늘어났다. 그 약수터로 가는 오솔길은 주민들의 운동 장소이기도 하다. 아파트 공터도 각종 운동 기구를 들고나온 이들로 언제나 붐빈다. 이렇게 휴일마다 사람들이 자연을 찾아 떠나다 보니 수봉산의 등산로는 잘 닦여진 마룻바닥처럼 윤기가 난다. 도심 속 시멘트의 딱딱한 인연보다는 나뭇잎 밟히는 포근한 공간 속 인연을 더 그리워하기 때문일 것이다.

그런 수봉산이 근래 들어서 이상한 사건에 휘말리고 있다. 등산객들이 느닷없이 바위에서 실족사하는가 하면, 벌에 쏘이거나 뱀에 물려 죽기 시작한 것이다. 더욱이 바위에서 실족사한 사람을 두고 동행한 사람들이 새 떼의 공격을 받았다는 증언을 했다는 소문이 나돌았다.

처음에는 누군가 일부러 퍼뜨린 말이겠거니 하고 무시했다. 그러나 계속 사망자가 나오자 어느 날부터 등산객의 발길이 뜸해지더니, 결국 인적이 끊기고 말았다.

떠도는 소문에는 동물들의 대반격이라고도 하고, 산신령의 노여움이라고도 했다. 또 이제부터라도 수봉산을 보호하지 않으면 수동시 전체가 화를 당하게 될지도 모른다는 불길한 얘기도 오갔다. 그리고 그런 소문은 바람 부는 날 굴뚝의 연기처럼 빠르게 퍼져 나갔다.

이런 괴이한 소문 때문에 가장 불안해하는 사람은 수동시의회의 유력한 차기 의장 후보인 현중만 수동시의원이다. 그는 수봉산에 골프장과 스키장은 물론 워터파크까지 들어서는 종합리조트 개발계획을 추진 중이었다. 그런데 수봉산이 괴소문의 진원지가 되자 큰 고민이 된 것은 당연하다.

최선우가 현중만 시의원의 부름을 받은 것은 며칠 전이다.

"자네, 수봉산에 한 번 갔다 오지 않겠나?"

현중만은 다짜고짜 그에게 수봉산에 다녀오기를 권했다.

"수봉산이라고요?"

최선우는 수봉산이라는 말에 서늘한 기운이 느껴지고 뒷골이 당기는 것 같아 애써 심호흡을 했다.

"사람들은 수봉산이 마치 저주받은 산인 것처럼 괴소문을 퍼뜨리는데 이래서야 어디 리조트 개발이 성사되겠

나. 그러니까 자네가 수봉산에 갔다 오면 그 모든 소문이 허무맹랑한 유언비어라는 것이 입증될 걸세. 그래서 말인데 자네가 비디오카메라를 갖고 가서 정상의 주목 군락지를 찍어 오면 누구나 무사히 다녀올 수 있다는 것이 입증되지 않겠나. 응?"

"하지만……."

"이 사람아! 자네도 유언비어를 믿나? 입방정 떠는 사람들일수록 남이 잘되는 것보다는 못되는 것을 좋아하지 않던가? 직접 본 것도 아니면서 입으로만 떠들어대는 자들이 지어낸 말이라네. 내가 생각하기에는 모두가 등산객들의 부주의로 인해 일어난 사고일 뿐이야. 바위에서 실족사했다는 것도 그렇지. 미쳤다고 그 위험한 바위에 올라서느냐 이 말일세. 사색할 생각은 않고 그저 사색보단 사진을 더 많이 찍다보니 그런 사고가 일어나는 것이지."

"듣고 보니 일리가 있는 것 같기도 합니다."

"뱀이나 벌 문제도 마찬가지야. 뱀이 그렇게 많다는 것도 잠자던 똥개가 웃을 일이 아닌가. 땅꾼들이 매년 눈에 불을 켜고 잡아가는데 수봉산에 뱀이 우글거린다니 말이나 될 법한 소리인가? 가을마다 내가 먹는 뱀만 해도 수십 마리는 될 걸세. 벌에 쏘여 죽는다는 것도 그렇지. 그게 어디 수봉산에만 국한된 일인가? 벌초하러 가서 쏘이고, 나무하러 가서 쏘이고, 숱하게 병원으로 실려 간다고. 내 말은 어디까지나 자연현상이다, 이런 얘기야."

현중만은 말이 안 되는 일을 가지고 왜들 난리들이냐는 듯한 표정을 지었다.

"그래도 찜찜하네요. 멧돼지도 있잖습니까?"

아무리 돈 때문에 구차하게 살지라도 이 세상에 목숨이 아깝지 않은 사람은 어디에도 없다. 최선우도 예외는 아니었다.

"이 사람이 보기보다 겁이 많구먼. 내가 자네한테 가라고 할 때에는 그만한 사례가 있다는 뜻이지. 내가 직접 가 보려고 했는데 자네도 알다시피 내가 워낙에 바쁜 몸이 아닌가. 그래서 차일피일 미루다 도저히 시간이 안 돼서 자네에게 부탁하는 걸세. 어때? 내 큰맘 먹고 오백만 원을 주겠네. 하루 일당이 그만한 돈이면 자네 실업급여 전체 액수보다도 많지 않은가? 그리고 리조트니 뭐니 내가 시작만 하면 자네 일자리도 괜찮은 곳에 마련해 줌세. 이 현중만의 이름을 걸고 반드시 약속을 지키겠네."

최선우에게 그 오백만 원이란 돈은 큰 금액이다. 조

그만 회사의 사무직으로 있다가 실직자가 된 그로서는 모처럼 만져볼 수 있는 목돈이었다. 그동안 이곳저곳을 기웃거려 보았지만 아직까지 마땅한 직장도 구하지 못한 그였다. 더군다나 새로운 일자리까지 준다는 그의 말에 솔깃하지 않을 수 없었다.

"생각해 보겠습니다."

돈은 탐이 나지만 솔직히 망설여지기도 했다. 하나뿐인 목숨, 수봉산에서 무슨 일이 벌어질지도 모르는 일이었다. 또 아름다운 수봉산의 모든 동물들을 깡그리 죽여야 하는 개발 계획을 시도하는 현중만이 무척 못마땅하기도 했다.

집으로 돌아온 그는 한참을 머뭇거리다 현중만과 있었던 일을 아내에게 털어놓았다.

"당신도 참, 세상에 목숨보다 더 중요한 게 어디 있다고 그래요? 사람들이 모이기만 하면 수봉산 괴담이야기로 난리예요. 분명 뭔가가 있으니까 그런 소문이 나도는 게 아니겠어요?"

남편이 실업자가 되고 난 뒤 그녀는 식당에 나가고 있었다. 그런 아내도 처음에는 그의 수봉산 행을 만류했다.

셋이나 되는 자식들이 자신의 인생길을 찾아갈 수 있

는 입구까지는 보호자 역할을 충분히 해줘야 하는 것이 아버지의 도리다. 그리고 그 아이들을 키워가기 위해 반드시 있어야만 하는 것도 돈이었다.

"실직한 다음부터 아비 노릇도 제대로 못 했어. 그 돈이면 몇 달 전부터 조르는 새 컴퓨터를 사주고도 두어 달 생활비는 될 것 같은데……."

그가 밤늦게까지 결단을 못 내리고 고민하자 아내도 슬며시 태도를 바꿨다.

"하긴 전적으로 소문일 수도 있는데 사람들이 너무 과민반응을 하는 것인지도 모르지요. 당신은 어릴 적에 수봉산을 많이 오르내렸으니 지리에 밝잖아요. 그러니 설마 무슨 일이 생기기야 하겠어요?"

아! 돈이란 이렇게 목숨보다 더 위대한 것이란 말인가? 끝까지 가지 말라고 할 줄 알았던 아내에게서 막상 그 말을 듣자 가슴속에 차가운 물을 부어 넣은 듯 서늘해지는 느낌이 온몸 구석구석 파고들었다.

부정적인 시각으로 생각하면 결정도 부정적이지만, 긍정적인 생각을 하면 희망적인 결정을 하게 된다. 절박한 상황에 놓인 한 집안의 가장이 던진 질문이자 의논이었다. 그것이 배우자의 마음에 긍정적으로 이해되고, 희망적인 결론으로 굳어지자 최선우에게는 반드시 지켜야하는 의무가 되고 말았다. 이제 의논하기 이전으로 돌아간다는 것은 남자의 자존심이 허락하지 않았던 것이다.

최선우는 담배를 피우려고 일어서며 몸을 휘청했다. 마음이 무너진 남자의 눈에는 눈물 대신 먼지 바람이 일었다. 담배 연기와 함께 수많은 먼지가 눈과 입속으로 들어오는 듯했다.

최선우는 수통을 꺼내서 물을 한 모금 마셨다.

수봉산 입구에는 두 갈래의 길이 있다. 하나는 '수봉사'라는 사찰로 가는 길이고 또 하나는 등산로로 가는 길이다.

등산로 입구를 향해 몇 발자국 떼딘 최선우가 갑자기 발길을 멈췄다. 그는 불교 신자가 아니지만 산행의 무사함을 빌며 사찰을 향해 합장했다. 비우면 가벼워진다고 했던 텔레비전 방송에서 들어본 스님의 법문이 문득 떠오른다. 이 순간의 현실이 바윗덩이처럼 무거운데 무엇을 더 어떻게 버리라는 것인가. 누구든지 삶의 길은 순탄치 않다. 어려운 처지를 맞을 때마다 인내하며 희망을 가지고 사는데, 그럼에도 비우면 가벼워진다는 추상적인 불교의 진리가 가난한 그에게 낮달처럼 희미하게 느껴졌다. 세상의 모든 풍경이 허무와 슬픔으로 착색되기 시작한다. 그는 씁쓸한 웃음을 머금은 채 이내 발길을 돌렸다.

개암나무와 박달나무, 이정표로 많이 심는다는 오리나무가 가뿐하게 푸르다. 등산로 입구라는 표지판을 지나자 숲 터널이 길게 이어졌다. 어른 손바닥만큼 자란 머루잎이 참나무에 몸을 걸치고, 다래나무가 칡넝쿨과 함께 이 나무 저 나무에 붙어서 그늘을 만들고 있다.

여기저기 '산불 조심'이라고 쓰인 리본이 매달려 있다. 그 중간중간에 ○○산악회라고 적힌 리본들도 금줄처럼 오솔길을 가로막고 있다. 수많은 리본들이 만장처럼 나부끼는 것을 보니 바람이 달콤한 낮잠에서 깨어난 것 같다.

유년시절에 그는 수봉산을 가뿐하게 오르내렸다. 하지만 지금은 바위를 밀고 올라가는 시시포스처럼 몸도 마음도 무겁다. 비교적 평탄한 길인데도 외나무다리를 건널 때처럼 다리가 후들거린다. 마음은 청년인데 몸 따로 마음 따로라는 말을 실감한다. 복사열을 쏟아 내는 태양열이 땀구멍에 명중되자 통증이 일었고 얼굴과 등에서는 빗물처럼 땀이 흘러내렸다. 그는 실직자가 된 후 제대로 건강 관리를 하지 않은 자신을 탓하며 묵묵히 등산로를 따라 걸었다.

얼마를 걸었을까. 최선우는 비 오는 날의 저녁 같은, 그런 칙칙한 어둠 속으로 빠져드는 것 같았다. 동시에 왠지 모골이 송연해지고 있었다. 길 옆 숲 속에서 무엇인가 알지 못하는 생명체들이 여러 개의 눈을 가지고 자신을 노려보는 것 같았다. 아까시 숲이 병풍처럼 에워싼 곳이었다.

그는 마음을 진정시키려 묽은 잿빛의 너럭바위에 앉아 휴식을 취했다. 아까시 숲은 바람이 불 때마다 조금씩 짙은 그림자를 쏟아 부었다. 서늘함이 감도는 어두운 그늘에선 죽음이 서식하려고 다가오는 듯한 음습함이 느껴졌다.

"헉!"

순간 최선우는 기겁하여 자리에서 일어났다. 아까시 숲 속에서 눈이 유독 큰 독사 한 마리가 빠끔 고개를 내민 것이다. 어릴 적엔 겁 없이 잡아 본 적도 있는 독사인데 나이는 용기마저 무력화시키나 보다. 최선우는 저도 모르게 서너 발자국 뒤로 물러섰다. 녀석은 그늘이 끝나는 지점까지 소리 없이 기어 나왔다. 잠시 방향을 가늠하는 듯 기다란 혀를 날름거리기 시작하자 섬뜩한 전율이 성게 가시처럼 그의 살갗을 아프게 찔러댔다. 독사가 나타난다는 소문이 사실이구나. 식은땀이 배어 나왔다.

푸드덕!

갑자기 어디에서 날아왔는지 날카로운 부리를 가진 매 한 마리가 숲 근처를 맴돌기 시작했다. 놈은 마당 위를 맴돌며 병아리를 낚아채 가던 옛 모습 그대로 낮은 비행을 계속했다. 또 나뭇가지에서는 청설모가 수선스럽게 그네를 타며 최선우의 시선을 흩트려 놓았다.

최선우는 겁이 나고 혼란스러웠다. 어느새 독사의 몸뚱이가 길게 드러났다. 그는 직감적으로 어서 빨리 이 자리를 피해야 한다고 생각했다. 독사란 놈이 혀를 날름거리며 거리를 점점 좁혀 왔지만, 그는 마치 최면에 걸린 양 물끄러미 독사를 바라보고 있었다. 그는 분명히 보았다. 한 마리인 줄로 알았던 독사가 고구마 넝쿨처럼 따라 나오고 있는 모습을! 어림잡아 수십 마리는 넘을 것 같은 뱀이 떼를 지어 있었다. 아아, 뱀 떼가 마치 새끼 익룡처럼 허공으로 치솟고 있다.

이제 마지막이란 말인가. 그 오백만 원이라는 돈 때

문에 사십 대의 생목숨이 이렇게 죽어가야 한단 말인가. 끝을 알 수 없는 어둠의 구덩이 속으로 빨려 들어가는 듯한 공포가 밀려들었다. 가족의 얼굴과 앨범 속 부모님 모습이 떠오른다. 가족들 모습이 몇 장의 사진으로 쌓여 핏줄을 증명하듯, 나의 삶 역시 아이들의 앨범 속에 삽화처럼 남겨지겠지. 그래, 죽더라도 증거를 남기자.

최선우는 순간적으로 그렇게 생각했다. 처참한 모습이 될지라도 사랑하는 가족을 위해서도 그렇고 수봉산의 괴이한 소문의 진원지를 이 세상에 밝혀놓고 죽어야 할 것 같았다. 그는 재빨리 배낭에서 비디오카메라를 꺼내 작동시켰다. 바로 그 순간 허공으로 치솟은 뱀 떼가 그의 얼굴을 향해 돌진해 왔다.

"으으아악!"

다급히 몸을 피하던 최선우는 그만 발을 헛디뎌 넘어지고 말았다. 수많은 독사들이 그의 몸을 밧줄처럼 단단히 감아오기 시작했다. 그는 "사람 살려요!"라고 소리를 질렀다. 그러나 그의 목소리는 금간 꽹과리 소리에 그쳤다. 그래도 그는 마지막 안간힘을 썼다. 내리막길로 기어 내려가려고 두 손으로 땅바닥을 긁었다. 그러나 그건 어디까지나 마음뿐, 무서움과 안타까움으로 발버둥 쳐 보지만 그의 의식은 점점 흐려져 갔다. 나뭇잎들이 소낙비 내리는 것처럼 흔들리고 뱀 떼가 한순간 개구리처럼 울어대는 것 같았다. 최선우는 몽롱한 의식 속에서 생명의 불씨가 꺼져가는 것을 느꼈다. 그는 아주 오래전 유년시절로 의식을 가져가고 있었다.

어느 해 겨울이던가.

며칠째 내리던 함박눈이 그쳤다. 소 여물로 쓰기 위해 쌓아 놓은 짚더미 끝에는 풍금의 건반처럼 일렬로 고드름이 달렸고, 아이들은 너나 할 것 없이 고드름을 따서 볶은 콩처럼 오도독 깨물어 먹었다. 동네 사람들이 빗자루와 삽을 이용해 눈을 치우기 시작한다. 선우도 아이들과 함께 동화책 속에서 마녀가 타고 다니던 것처럼 커다란 빗자루를 들고 나와 골목의 눈을 쓸었다.

"야! 우리, 산으로 가보자!"

선우는 아이들에게 소리를 질렀다. 그곳에 가서 토끼라도 한 마리 잡아오면 실컷 배를 불릴 수 있을 것 같았다. 선우는 이미 눈이 오기 전에 수봉산 자락 곳곳에 올무를 설치해 놓았다. 신발에 새끼줄을 동여매고 무릎까지 푹푹 빠지는 산길을 올랐다. 이윽고 선우와 친구들은 수봉산 자락에 도착했다. 소나무 밑에 설치해 놓은 올무에 어미 토끼의 다리가 졸려 있었다. 토끼는 괴로운 듯 버둥거렸다. 토끼의 빨간 눈동자와 시선이 마주쳤다. 선우는 고개를 돌렸다.

"얘들아! 토끼가 하도 울어서 눈이 더 빨개진 것 같아. 불쌍하다. 그냥 놓아주자."

"이미 다리를 다쳤는데 놓아준다고 살겠냐? 여기 봐! 피가 나고 있잖아. 어차피 죽을 바에는 인간들의 배를 불려주고 죽는 게 적선이야."

어린 선우는 그때 무심코 어른들이 자주 쓰던 적선이란 말을 사용했다.

"임마야! 너 진짜 잔인하다."

"그래 맞아. 아직도 안 죽었는데 뭐. 야! 선우야 살려줘라."

"혹시 아냐? 홍부네 제비처럼 이 산토끼도 은혜를 갚을지도 모르잖아."

"맞아! 은혜를 갚으면 넌 우리 친구들 중에서 최고로 부자가 될 거야. 그러면 과자랑 돌사탕도 실컷 먹을 수 있어."

함께 온 동무들이 한마디씩 거들고 나섰다.

"싫어! 그러면 너희는 흥부가 되고 올무를 놓은 나는 놀부가 되는 건데 미쳤냐? 내가 놀부가 되게……."

"선우야! 이 토끼도 집에서 아기 토끼가 기다리고 있을 거야. 그런데 엄마가 안 돌아가면 그 새끼들이 얼마나 울겠냐?"

유난히 착하고 정이 많은 명화는 눈물까지 그렁그렁 매달고 말했다. 그러나 준기는 부러움을 감추고 비난의 눈빛으로 선우를 쏘아보았다.

"니들, 내가 부러워서 그러는 거, 난 다 알고 있거든. 암만 그래도 이건 내가 설치한 올무니까 내 토끼란 말이야."

선우는 그날 잡은 토끼를 기어코 집으로 가지고 왔다. 산토끼 고기는 뽕나무에 달린 덜 익은 오디빛이었고 조금 질겼다. 하지만 지금껏 먹어 본 그 어떤 고기 맛도 그와 견줄 수 없었다. 어른이 되어서도 그 맛을 떠올릴 때면 언제나 군침이 돌았다. 아버지는 독감에 특효라는 산토끼 고깃국을 가족 모두가 모처럼 먹을 수 있어 이번 겨울은 모든 식구가 건강한 겨울을 날 것이라고 말씀하셨다. 아버지의 목소리를 떠올리며, 선우는 그렇게 깊고 깊은 어둠 속으로 빠져들고 있었다.

3

수봉산의 별들이 불을 밝히고 있다. 초저녁에 홀로 빛나는 금성이 아이의 눈빛처럼 빛난다. 별빛이 초롱초롱한 밤의 풍경은 완벽한 우주의 아름다움이다. 하늘 가득히 안개꽃 도배지가 펼쳐진 것처럼 끝없이 이어진 미리내가 숲 속을 하얗게 밝히고 있다.

인류는 고대부터 별을 바라보며 인간의 운명을 점치면서 무한한 상상력의 나래를 펼쳤다. 점성학이라는 학문도 별에서 유래되었다. 그래서 밤하늘의 별만큼이나 많은 신화가 생겨난 것이다. 그러니 별은 신화의 고향인 셈이다.

한낮의 공개 재판으로 잔뜩 숨을 죽였던 동물들은 죄다 일찍 잠자리에 들었는지 숲 속은 석류굴처럼 고요하기만 하다. 하얀 깃털의 까치 꼬까선은 아까부터 별자리를 바라보고 있었다. 여름에는 마음 놓고 별자리를 관찰할 수 있어서 행복했다. 조상 대대로 헤아려 왔어도 결코 정확한 숫자를 알 수 없는 별들의 세상이 신비스럽기만 하다.

꼬까선은 낮에 있었던 일을 애써 잊어버리려 작정한 듯, 별을 헤아리는 데 골몰했다. '별 하나 나 하나, 별 둘 나 둘…….'

주문처럼 부지런히 별을 헤아려 보지만 자꾸만 순서에 혼동이 생긴다. 그러자 그녀는 별 헤기를 중단한 채 거문고자리의 일등성 베가에서 독수리자리의 일등성 알테어까지 직선을 그어 본다. 일명 직녀성과 견우성이라고 불리는 두 별 사이에 오작교가 놓인 적이 있다. 그녀의 조상인 까치들과 사촌 검정 부리 별까랑의 선조들인 까마귀들이 힘을 합쳐 일 년에 단 하루 칠석날에 몸으로 다리를 놓았다는 하늘의 길…….

꼬까선은 태어나고 한 번도 오작교를 놓는 모습을 본 적이 없다. 오작교는 어느 때부터인가 전설 속으로 사라져 갔다. 칠석날 견우와 직녀가 만난 기쁨의 눈물이 빗방울이 되어 떨어진다는 얘기도 아득한 옛날이야기가 되었다. 그래도 그녀는 아직까지도 견우와 직녀의 숭고한 사랑을 믿고 있다. 비록 슬픈 운명의 새가 될지라도 그들처럼 사모하는 주인공이 되어보고 싶었다.

"오빠! 보고 싶다. 도대체 어디쯤에 있는 거야? 오빠도 지금 이 순간 저 별을 보고 내 생각 하고 있으면 좋겠어."

그녀는 가만히 그리운 별까랑을 불러 보았다.

이따금 찾아드는 한낮의 고독과 외로움은 견딜 만해도 한밤의 적막은 버거웠다. 찔끔 눈물이 나왔다. 근원이 모호한 슬픔을 싣고 온 바람이 그녀의 목덜미를 나뭇가지처럼 툭 건드리고 지나간다. 바깥에 목매던 시간이 내면을 찾아 어둠 속에 혼자 있을 때에는 가까운 피붙이와 그리운 자의 이름이 가장 먼저 언저리를 맴도는 법이다.

별까랑 오빠와 마지막으로 강둑에 앉아 하염없이 황혼을 바라본 게 벌써 일 년 전이다. 별까랑에게 보내는 그녀의 연정처럼 황홀한 파스텔 톤으로 칠해진 황혼이 정거운 날이었다. 언제나 검은 정장을 즐겨 입는 별까랑. 무대에 올라선 지휘자처럼, 검은 색깔은 별까랑에게 장중한 느낌을 더해 주었다. 쉽게 범접할 수 없는 어떤 위엄마저 느껴진다. 그런 별까랑이 수컷답게 느껴진 것은 당연한 일이다. 사랑에 빠지면 별빛이 빛나지 않는 밤이어도 찬란하게 느껴지는 것처럼, 연인은 항상 멋지게 보이는 법이다.

그날, 그들은 이별을 예견하고 있었다.

"오빠! 꼭 떠나야만 하는 거야?"

강둑에선 엉겅퀴 무리들이 서로 키재기를 하고 있었다. 그 옆으로 인간의 무릎 높이보다 더 높게 자란 쑥이 빽빽하게 우거져 있었다.

"인간들이 먹을 게 없을 때는 저 쑥을 밀가루와 섞어 보리밥 위에 얹어 쪄서 먹었다고 들었어. 그토록 가난했던 인간들이 배가 부르고부터는 아예 자연산 식품은 거들떠보지도 않았지. 그런데 최근에는 건강식품이랍시고 쑥 진액이니 뭐니 해서 다시 쑥을 찾고 난리들이더구나."

별까랑은 차마 떠난다는 말을 할 수가 없었다. 그래서 두서없는 말로 새롭게 부각되는 인간의 먹거리 이야기를 했다.

"오빠! 왜 딴소리야. 정말 떠나느냐고 물었잖아?"

꼬까선은 울먹이는 목소리로 별까랑의 얼굴을 바라보며 원망의 눈길을 보냈다.

"미안해."

"정말 가는 거구나. 응?"

"그래. 사실 나도 가고 싶어서 가는 건 결코 아니야. 무엇보다 너를 남겨두고 떠나야 한다는 게 마음에 걸리지만 어쩔 수가 없어. 내 속을 열어서 보면 아마도 저 쑥색하고 같을걸. 우리가 살아가야 할 미래가 불투명해서 불안해. 어떨 땐 미쳐버릴 것처럼 답답하고……."

"그랬구나. 오빠의 마음이 그 정도인지는 몰랐어."

"꼬까선! 이 세상은 어차피 신이 창조할 때부터 약육강식의 정글 법칙이 정해져 있다는 건 알아. 하지만 수천 년 동안 공존해온 인간들이 내 동족을 배반했어. 너도 알다시피 어느 날 갑자기 부모님의 행방이 묘연해졌어. 형제들도 마찬가지야. 그런 내가 불쌍해서 네 부모님이 키워 주신 거고."

부모 생각에 젖은 별까랑의 목소리가 울먹였다.

"부모님이 한없이 그리울 때가 얼마나 많은지 아니? 그럴 때면 북받치는 슬픔과 외로움의 무게가 감당키 힘들어서 심장이 아프단다. 그러니 봄날 지천으로 핀 꽃들이 하나같이 흰색으로 보일 때가 많았어. 잘못 봤나 싶어 눈을 닦고 또 닦아서 봐도 여전히 몽땅 하얀 빛깔의 꽃으로 보였지. 바람 불지 않아도 맥없이 떨어져 땅바닥에 흰 십자가를 그리는 꽃. 그 꽃빛이 얼마나 슬픈 빛인지 아무도 상상할 수 없을 거야.

그뿐이겠니? 달을 바라보면 부모님 생각이 더 간절했어. 특히나 보름달 뜨는 것이 나는 제일 싫었지. 달은 부모를 그리워하는 수많은 고아들의 눈물 그릇이야. 그리움의 눈물이 가득 차서 터져 버리면 초승달이 되고 또다시 채워지면 보름달이 되는 거지. 달은 눈물로 채워지는 것이 분명해."

별까랑은 꼬까선 앞에서 차마 눈물을 보일 수 없어 떨어지는 별똥별에 시선을 고정했다. 그는 그렇게 부모님 생각에 사로잡히더니 말문조차 닫았다.

오랜 시간 한밤의 고요 같은 침묵이 흘렀다. 침묵이 이어지자 말이라는 게 부질없고 덧없게 여겨졌다. 하지만 어둠 속에서 흐르는 침묵은 견디기 힘든 서먹함도 함께 불러온다. 그 서먹함이 길어질 때 길 잃은 짐승처럼 불쑥 나오는 것이 또한 말이다. 한동안 말문을 닫아 버린 별까랑에게 참다못한 그녀가 먼저 입을 열었다.

"오빠! 인간의 살육이 어디 어제오늘의 일이야? 그러니 오빠가 이해해!"

"다른 동물들에겐 반드시 잉태와 생산을 전제로 성행위를 하도록 점지했는데 인간들에게는 왜 예외 법칙을 주었는지 나도 모르겠어. 그러다 보니 그들은 체력 강화를 위한 음식에 미쳐서 동물들을 닥치는 대로 잡아먹고 있어."

검정 부리 별까랑은 길게 한숨을 쉬었다.

"인간이 해괴망측한 먹이 사냥을 시작했다는 건 나도 알아. 그들 자신을 위해 평생을 봉사해 온 기르던 개조차도 건강탕이니 보신탕이니 하는 이상한 이름을 붙여서 남녀노소를 불문하고 즐겨 먹으니까."

"그것까지는 이해한다고 치자. 이제는 그것도 모자라 개구리며 지렁이는 물론 천연기념물로 정해놓은 보호동물까지 잡아먹거나 박제하잖아. 어디 그뿐이니? 이제는 내 동족인 까마귀까지 잡아먹기 시작했다고."

"인간은 언젠가 반드시 신의 저주를 받을 거야. 오빠!"

"신이 존재한다 해도 우리랑은 상관없는 것 같아. 인간만 보호해주는 신의 이름을 가장 그럴싸하게 팔아먹는 사기꾼이 인간인데, 신이 심판할 때까지 가만히 앉아 있겠니? 아마 그때쯤이면 눈 밝고 귀 밝다는 신의 존재조차도 부정할 거야."

별까랑은 이내가 깔리기 시작한 강둑에서 *끄억끄억* 울부짖듯 설움을 토해냈다.

"어쩌면 인간들에게 혐오스러운 날짐승으로 버림받았을 때가 행복했던 것 같아."

그는 짧은 한숨을 내쉰 뒤 다시 이야기를 이어갔다.

"생각해보렴. 인간이 얼마나 까마귀를 무시했는지는 그들의 속담이나 관용어에서도 잘 나타나지. 인간은 자기들을 욕할 때도 '염병에 까마귀 소리'라느니, '까마귀 고기를 먹었다'느니, '까마귀 날자 배 떨어진다'느니 하면서 별별 이상한 말로 내 동족을 저주하고 능멸해 왔잖니?"

"확실히 인간의 변덕은 바람 부는 춘삼월 날씨처럼 가늠하기 어려운 게 분명해. 그동안 인간들이 희망의 상징으로 여겼던 우리 까치도 이제는 인간들에게 쫓기는 신세가 됐거든."

꼬까선은 최근 한 전력 회사에서 '까치와의 전쟁'을 선포했다는 사실을 알고 있었다.

"우리 할아버지가 돌아가시기 전에 그랬어. 더 이상 인간과 가까이하지 말라고. 장담하건대 인간이 우리 종족까지 먹어치울 날이 올 테니까 가능하면 인간과 멀리 떨어져 생활하라고 말이야. 하지만 인간이 그토록 조롱하고 혐오 동물로 정의해 놓은 우리를 설마 잡아먹기야 하겠느냐면서 아무도 그 말을 듣지 않았지. 결국 그 설마가 우리 까마귀를 죽이고 있어."

별까랑의 모습은 쓸쓸해 보였다. 마치 알곡 거둬들인 들판을 찾아와, 머무를 곳 찾지 못해 휘돌고 있는 바람처럼 쓸쓸한 여운이 그를 감쌌다. 그는 착잡해진 마음을 긴 한숨으로 토해냈다. 별까랑의 모습을 바라보는 꼬까선도 마음이 아팠다. 극심한 가뭄에 마른 논바닥 갈라지는 듯한 아픔이 명치 끝에 매달려 있는 듯하다.

"오빠! 이럴 때 나는 어떡해야 하는지를 모르겠어. 도깨비 방망이 같은 게 있다면 뚝딱뚝딱 두들겨서 오빠 상처를 아물게 해주고 싶은데 ……."

꼬까선은 속이 상했다. 사랑은 상대를 위해 그 모든 것을 기꺼이 견뎌내고 함께하는 것임을 알지만, 그렇다고 그를 따라나설 수도 없는 일. 그 어떤 방법으로도 별까랑 오빠를 붙들 수가 없었다. 아니 그를 위로해 줄 말조차 찾지 못하고 있는 자신이 한심했다.

어둠이 두 연조의 어깨 위로 바싹 내려와 앉는다.

개구리들의 곡소리가 시작되고 있다. 개구개굴, 개구개굴……. 개구리 일가는 초저녁마다 인간에게 잡아먹힌 동족들을 추모하는 곡을 하고 있다.

"꼬까선! 너도 정신 바짝 차려야 해. 까치라고 해서 언제까지 인간이 미소만 지을 줄 안다면 기필코 크게 후회하게 될 거야. 인간이 언제 너희 종족을 배반할지 모른다, 이런 얘기야. 그러니 절대 긴장을 풀어서는 안 돼. 알았지?"

별까랑은 예언하듯 단정적으로 말했다.

"그런 걱정은 안 해도 될 거야. 오빠! 우리 까치는 이 나라의 국조로 지정됐잖아. 옛날부터 우리는 인간에게 기쁜 소식을 갖다 준다고 해서 희작(喜鵲)이라고 불렸대. 설마 자기 나라 국조인 우리를 해치기야 하겠어?"

미래에서 온 전설

꼬까선은 자신만만하게 얘기했다. 그녀도 요즘 들어 인간이 예전에 보이지 않던 공격성을 드러내고 있다는 것을 잘 알고 있다. 그래도 설마 인간이 그렇게 좋아하는 우리까지 해치진 않을 테지…… 그녀는 그렇게 믿고 싶은 마음이 간절했다.

"네가 내 말을 믿든 안 믿든 이제는 어쩔 수가 없구나. 내일 아침이면 떠나야 하는 마당에 모든 게 변명으로 들릴 수도 있으니까."

별까랑은 잠시 호흡을 가다듬었다. 꼬까선은 아직까지 그의 행선지조차 모르고 있다.

"그래서 어디로 가려고?"

"……."

"오빠! ……."

"아직까지 까마귀 종족을 성스럽게 모시는 인간이 살아가는 땅이 있단다."

"그곳이 어딘데……?"

"바다 건너 일본이란 나라야. 그 나라의 인간이 가장 성스럽게 여기는 곳이 소위 말하는 신사라는 곳이지. 그런데 그 신사에서 우리 종족은 인간들로부터 경외의 대상이 되어 마음껏 자유를 구가하며 살아가고 있다는 얘기를 들었어. 그래서 그곳으로 가서 새로운 삶, 축복의 미래를 설계할 생각이야."

"다행이야, 오빠! 아직까지 그런 낙원이 남아 있다니 말이야."

꼬까선은 별까랑이 생명의 위협을 느끼지 않고 살아갈 수 있는 땅이 있다는 사실이 그저 고마울 뿐이었다.

"하늘이 도운 것일 수도 있지. 어쨌거나 난 바다를 건너고, 푸른 파도 위를 날아 일본 땅의 신사로 갈 거야. 인간들은 여권이라는 것을 가지고 가야 하지만 우린, 그냥 날아가기만 하면 되니까."

"오빠가 가는 것을 말릴 수 없다는 건 알아. 그러나 아빠가 이 사실을 알게 되면 무척 서운하게 생각할 거야."

"네 아빠한테 인사를 드리고 가는 것이 마땅하지만 내가 간다고 하면 분명 못 떠나게 막으실 거야. 나를 친자식처럼 키워준 은혜는 두고두고 갚아야겠지. 그럴 기회가 오게 될지…… 어차피 이곳에 더 있다가는 언제 인간에게 잡아먹힐지 모르는 일이고. 내일 날이 밝아오는 미명쯤이면 난 이미 떠나고 없을 거야. 나 대신 꼬까선 네가 잘 말씀드려. 알았지?"

"아빠가 이해해 줄지는 모르겠지만 알았어. 오빠."

"인간들에게 쫓겨 정든 고향 땅을 떠난다고 생각하니 정말 미칠 것 같구나. 인간에게 죽임을 당한 부모님의 원수도 갚지 못하고 오히려 도망이나 다름없이 남의 나라로 가야 한다니……."

별까랑은 막상 떠난다고 생각하니 분하고 비참한 감정이 치밀어 올랐다. 그는 한동안 가슴을 진정시키려 몇 번씩이나 숨을 길게 내쉬었다.

꼬까선은 그런 별까랑을 물끄러미 바라볼 뿐이다. 한참 동안 나무 그늘 같은 침묵이 이어졌다. 침묵이 길어지니 거대한 강줄기나 큰 산 하나가 비집고 들어선 느낌이 든다. 꼬까선은 더 이상 아무 말도 할 수가 없다. 어느새 사방은 잘 익은 머루색처럼 변해 별까랑의 표정을 읽을 수조차 없다.

"오빠! 꼭 연락해야 해. 알았지?"

"그래. 자리 잡으면 소식을 전할게. 이제는 떠나야 할 시간이구나. 네가 먼저 둥지로 가렴. 난 수봉산 입구에서 눈 좀 붙였다가 출발하면 되니까."

"아니야. 오빠가 먼저 가. 오빠가 진짜 떠나는 모습을 내 눈으로 확인해야만 실감이 날 것 같아."

"……알았어. 그럼 건강하게 잘 있어. 안녕!'

별까랑은 그녀에게 입맞춤이나 포옹조차 하지 않고 허공으로 날아오르더니 어둠 속으로 사라져 갔다. 입으로 말하지 않아도 그녀는 눈과 표정으로 별까랑의 사랑을 읽고 있었다.

별까랑을 보내고 나자 비로소 꼬까선은 자신의 가슴속에 시간의 법칙을 벗어난 사랑이 자라고 있음을 깨달았다. 간절함이란 이렇게 애타고 허전할 때 찾아오는 것일까. 꼬까선은 이별의 아픔을 겪는 순간, 별까랑을 향한 감정이 더없이 소중하고 간절한 사랑이라는 것을 깊이 느꼈다. 별까랑이 떠난 세상은 암청색 밤바다처럼 어두웠고 별빛마저 눈물처럼 글썽거렸다. 바람도 슬픈지 그녀의 눈물을 살며시 닦아 주었다.

"인간하고 똑같은 놈!"

잠이 든 줄만 알았던 아빠 까치의 입에서 깊은 탄식과 함께 모호한 욕설이 터져 나왔다.

"누구한테 하는 소리예요?"

꼬까선은 아빠 역시 잠이 오지 않아 이제까지 몸을 뒤척인 것이 분명하다고 생각했다.

"누군 누구니? 별까랑! 그놈이지!"

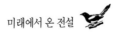
미래에서 온 전설

"아니, 왜 하필 오빠를 인간과 비교하시는 거예요?"

"실컷 공들여 키워놓았더니만 도망을 간단 말이야? 배은망덕도 분수가 있어야 할 게 아니냐?"

"살아남기 위해서라고 하잖아요. 아빠가 이해하셔야 해요."

사실 별까랑과 꼬까선은 서로가 한 번도 사랑을 고백한 적도 없이 헤어졌다. 화롯불처럼 은근하게 묻어 놓고 안으로 달구어 온 세월이었다. 하지만 서로의 가슴에 인삼꽃보다 빨간 뜨거운 사랑이 심어진 것만은 분명하다. 그래서 그녀는 별까랑을 향해 비난을 퍼붓는 아버지를 이해시키려 했다.

별까랑이 수봉산을 떠났다는 사실을 아버지에게 얘기한 것은 물론 꼬까선이다. 그 소식을 처음 들었을 때 그는 별다른 반응이 없었다. '오죽했으면……'이라고 혼잣말처럼 그렇게 중얼거린 게 전부다. 그런데 무엇이 다시 아빠의 심기를 불편하게 해서 별까랑 오빠가 도마 위에 올랐는지 이해할 수가 없다.

"다들 도망만 가면 어떡하느냐 이 말이다. 자기중심적인 자는 코앞의 이득에만 눈을 돌리고 생각이 깊은 자는 다 함께 살아가는 현실을 걱정하는 법이다. 누군가는 남아서 이 땅을 지키며 인간의 횡포에 대항해 싸워야 할 게 아니냐. 이제 이 도시에서 마지막으로 원형이 남은 우리의 보금자리인 수봉산이 인간에 의해 언제 사라져 버릴지 모르는 데다가 갈수록 먹이조차 구하기 힘들어지는 판에 수봉산을 개발한다는 소문은 계속되고……. 검독수리 의장님이 오죽하면 자기 살을 도려내는 심정으로 수봉산 가족에게 사형을 선고했겠니?"

아빠 까치는 앉은 채로 가만히 날갯짓하며 한숨을 내쉬었다. 꼬까선은 그런 아빠의 하얀 깃털이 어쩐지 빛을 잃어가고 있다는 생각이 들었다. 날갯짓조차, 말라서 죽어가는 들풀처럼 힘이 없어 보였다.

"의장님이 아무리 초강경수를 둔다고 해도 새로운 보금자리를 찾아서 떠나는 동물들을 막을 수는 없을 거예요. 별까랑 오빠가 그랬어요. 살아남는 것 이상의 가치는 없다고 말이에요."

"하긴 살아남아야겠지. 어쩌다가 이 지경이 됐는지 모르겠다. 옛날에는 수봉산뿐만 아니라 산 아래 새밭골에도 수많은 새 떼가 저마다 노래를 불렀지. 백강에는 사시사철 면경처럼 맑은 물이 흘렀고 말이야. 그래서 이 도시 이름도 모든 동물들이 더불어 산다고 해서 수동시가 됐단다. 이제는 맑은 물도 귀해지고 동물들은 자꾸만 그 숫자가 줄어들고 있으니 대체 이 현실을 어쩐단 말이냐?"

대대로 살아온 고향이다. 내가 살고 있고 내가 사랑하는 수봉산을 떠나는 것이 못마땅하다는 것보다 인간들의 이기적 생활 변화에 따른 무자비한 개발에 그는 울화가 치밀었다.

아빠 까치의 얼굴에는 소나기 내리기 직전의 먹구름 같은 수심이 가득했다.

새밭골에 아파트가 들어선 것은 지난해다. 이제 수봉산마저 개발된다면 숲 속의 동물들은 정말이지 정든 고향을 떠나 새로운 보금자리를 찾아 기약할 수 없는 여행길에 올라야 할 것이다.

"아빠. 배고파……."

한참 단잠에 빠져 있던 꼬까선의 남동생 까돌이가 잠꼬대를 한다. 얼마나 배가 고팠으면 꿈속에서도 먹을 것을 찾을까. 하긴 꼬까선 역시 배 속에서 꼬르륵 소리가 난 지 오래다. 제대로 포식해 본 게 언제인지조차 가물거렸다.

"너도 배가 고픈 게로구나?"

배고픔의 슬픔은 감정 조절을 불가능하게 하는지라 왈칵 심장으로부터 물기가 차오르는가 싶더니 꼬까선의 눈으로 흘러내렸다. 아빠 까치는 눈물 흘리는 딸이 애처로운지 깃털을 가만히 부벼댔다.

"전 누나니까 참을 수 있으니 걱정하지 마세요."

꼬까선은 잠꼬대하는 동생을 가엾이 여기면서 올해 들어 부쩍 성장해버린 자신을 느꼈다. 별까랑이 떠난 후 이별의 슬픔을 알았듯이, 최근 들어 계속된 허기에 가난이란 것이 무엇인지 절실히 느낀 것이다.

"참는 김에 조금만 더 참거라. 내일은 별수 없이 식구들을 데리고 과수원에 가야겠구나."

"과수원에요?"

"이 숲 속에서 마땅한 먹을거리가 더 이상 눈에 띄지 않으니 근처 과수원에라도 갈 수밖에……."

아빠 까치는 다시 땅이 꺼질 듯이 한숨을 내쉬었다.

"한때는 인간들이 까치설날이니 하면서 우리 동족을 그들 문화에 연결시켰을 정도로 좋아했지만, 이제는 벌레를 잡아먹는 익조 중의 익조인 우리에게 전쟁을 선포하다니…….

아침 일찍 울어주면 기쁜 소식이 있다고 믿는 인간이어서 조상들은 대대로 민가 가까이 있는 고목의 우듬지에다 둥지를 틀었지. 하지만 온갖 매연과 공해로 인해서 우리는 숲 속으로 피난할 수밖에 없었어. 그런데 숲의 나무를 마구 베는 인간들 때문에 숲 속에서도 쫓겨났어. 그래서 불편하지만 전신주에라도 둥지를 틀어야 했단다. 그렇지만 전력 회사란 곳에서 인간들이 오더니 높은 사다리를 놓고 올라와 둥지를 뜯어버렸어. 이젠 아주 깊은 산속으로 왔지만, 이곳마저 스키장·콘도·목장·리조트 등을 개발하려고 하니 우린 어떻게 살아갈지……."

아빠 까치는 울분 섞인 눈물을 감추려 지그시 두 눈을 감았다.

4

새밭골의 과수원은 넓었다. 과수원마다 새끼 배와 사과들이 월경을 시작한 소녀의 젖가슴만 한 크기로 달려 있었다. 과수원 곳곳에 가을 들녘에서나 볼 수 있는 허수아비가 벌써부터 장승처럼 표정을 잃은 채 서 있었다. 허수아비는 모두 비닐 옷이나 색종이를 걸치고 있어서 바람이 불 때마다 나뭇잎처럼 파르르 떨며 빛을 발산했다.

"아빠! 허수아비잖아?"

하얀 깃털 꼬까선은 계절을 앞당겨 등장한 허수아비가 신기했다.

"인간들이 우리 까치를 하급 동물로 취급한다는 징조구나. 이제는 참새들도 속아 넘어가지 않는 허수아비로 우리를 겁주려 하다니 참으로 미련한 인간들이라니까."

아빠 까치는 인간들의 잔꾀가 무척 못마땅한 눈치다.

"맞아요. 인간들은 아직까지 까치들의 지능지수가 얼마나 높은지 모르나 봐요. 가장 똑똑한 척하는 인간들이 이럴 때 보면 가장 우둔하다니까요."

평소 과묵하기로 소문난 엄마 까치가 남편의 말을 받아 코웃음을 쳤다.

별까랑 오빠가 있을지도 모르는 일본의 까치들은 열차를 탈선시키기 위해 레일 위에 돌멩이를 올려놓기도 한다고 한다. 인간은 으레 인근 불량소년들의 소행이겠지 하고 비디오카메라를 몰래 설치했는데, 결국 주범이 까치란 것을 알고 비상한 지능을 가지고 있는 까치의 행동에 충격을 받았다고 했다.

"아빠! 저기 연도 있네?"

꼬까선은 허수아비뿐만 아니라 과수원 여기저기 긴 장대에 내걸린 방패연을 발견했다.

"신경 쓸 필요 없다. 인간들이 이제는 별짓을 다하는구나."

"아마 때까치들 때문일 거예요. 때까치들은 지난해부터 이곳에서 포식을 했다고 하잖아요."

"어차피 인간들이 우리의 먹이를 사라지게 했으니 별수가 없잖아? 굶어 죽지 않으려면 인간들의 먹이를 빼앗는 수밖에······."

"꼬까선아! 까돌아! 배부르게 많이 먹거라. 응?"

"이럴 때 포식하는 거야. 비록 익지 않아 맛은 그다지 좋지 못하겠지만 그래도 많이 먹어 둬라."

까치 내외는 꼬까선과 까돌이 남매에게 아무 거리낌 없이 먹어치울 것을 권한다.

"이렇게 몰래 숨어들어와서 먹으니까 스릴이 있어서 좋기는 하지만, 마음이 낭떠러지에 서 있는 것처럼 조마조마해요. 옛날에 인간들도 서리라는 것을 하면서 분명 이런 기분이 들었겠지요?"

꼬까선은 부지런히 새끼 배를 쪼아 먹으며 말했다.

"누나! 서리가 무슨 뜻이야?"

정신없이 배를 쪼아 먹던 까돌이가 배 조각을 떨어뜨리며 물었다.

"응, 그건 말이야. 여러 명의 인간들이 장난으로 남의 농작물을 훔쳐 먹는다는 뜻이야."

"이제는 깡그리 잊어버렸겠지만 서리도 사실 따지고 보면 배가 고팠기 때문에 만들어낸 장난 문화이거든. 요 즘에야 누가 그걸 장난이라고 하니? 인정보다는 욕심을 앞세우는 영악한 인간들은 이제 서리조차도 절도죄로 몰아붙이는 세상이 돼 버렸어."

"과거 인간들도 배가 고픈 시절이 분명 있었지. 인간의 식생활은 쌀을 빼놓고는 이야기할 수 없단다. 그러나 아무리 손발이 부르트도록 일을 해도 논에서 나오는 벼의 수확량은 얼마 되지 않았어. 벼의 가장 오래된 이름은 인도 말로써 '브리히'인데, 함경도 지방에서 '베레'라고 부르던 것이 우리말로 벼가 되었다는구나. 조선 시대에만 해도 쌀이 많이 나는 기름진 땅으로 호남 지방의 구례와 남원, 그리고 그다음으로 영남 지방의 성주와 진주를 손꼽았지. 하지만 토질이 좋지 못한 강원도나 경기도엔 쌀 수확량이 변변치 못해 그 이듬해 여름이 되기 전, 보릿고개라는 것을 넘기지 못하고 굶어 죽는 인간들도 참 많았다는구나."

"자기들도 그렇게 어렵게 살았으면서 왜 우리 동족을

못살게 구는지 모르겠네."

까돌이가 배가 부른지 트림을 한다.

"인간이란 그저 앞만 보고 달려가는 족속이니까. 과거는 쉽게 망각하는 못된 버릇이 있지."

까치 내외가 번갈아 가면서 비난을 했다.

"궁금한 것이 있는데요. 그 시절 우리 까치가 먹었던 것은 뭐예요?"

꼬까선은 인간들의 행위가 이해가 가지 않았다.

"주로 곤충이나 벌레들을 먹었단다. 식량 걱정을 할 필요가 없었기 때문에 인간이 애써 농사를 지어 놓은 곡식이나 과일까진 넘보지 않아도 됐지. 그저 가끔 간식으로 조금 먹어보긴 했지만 말이다."

"옛날에는 까치밥이란 게 있었어. 마음씨 좋은 인간들이 과일을 수확할 때 전부 따지는 않았지. 자기들도 먹을 것이 늘 부족했지만 나무마다 우리 까치들이 먹을 수 있도록 몇 개씩은 꼭 남겨두는 아량을 베풀었지."

까치 엄마는 그 시절이 그리운 듯 눈물까지 글썽이며 거든다.

"그러면 별까랑 오빠 조상들은 무엇을 먹고 살았나요?"

"별까랑의 조상인 까마귀들은 우리와는 좀 달랐어. 같은 까마귓과의 동족이지만 식성은 전혀 달랐지. 그들은 새의 알이나 쥐, 들쥐, 갑각류, 곤충류와 함께 농작물도 먹었으니까. 그때 얼마나 식량 사정이 좋았느냐 하면 때까치들은 먹이가 너무 많아 먹다 남은 것을 겨울에 먹기 위해 나뭇가지에 꽂아서 저장까지 했단다."

아빠 까치는 잠시 그 시절로 돌아간 듯 엷은 미소를 띠었다.

20세기 중반, 슬픔과 가난 속에서도 인간은 동물들과 더불어 살았다. 까치 부부는 조상들에게 전해 들은 이야기와 일부 자신들이 겪었던 그 행복한 시절을 떠올리며 말을 이었다.

"그러고 보니 그때가 태평세월이었지요. 요즘 인간 세상에는 먹을 것이 넘쳐난다지요. 그러나 우리는 그 반대가 되고 말았으니 세상은 참 불공평하네요. 눈을 씻고 찾아봐도 먹이가 귀한 세상이니……."

"워낙 독한 살충제를 써대니까 벌레들이 견딜 재간이 없는 거야. 들녘에 버려진 농약병만 해도 수억 개나 된다고 하잖아? 그 흔하던 메뚜기도 이제는 대부분 사라진 들녘이야. 방과 후 아이들이 병을 들고 메뚜기를 잡던 모습이 아직도 눈에 선하구나."

과거의 기억은 색깔, 소리, 냄새, 느낌이 한데 어우러져 머릿속에 저장되는 법이다.

아빠 까치는 그 기억 속으로 들어가려는 듯 크게 숨을 들이쉬며 호흡을 가다듬었다.

"태초에 창조주께서는 인간도 날짐승과 길짐승, 곤충, 벌레, 물고기 등과 함께 동물로 만드셨단다. 하지만 차츰 사악해진 인간이 부를 축적하는 바람에 오늘날과 같은 비상사태를 맞게 된 거지."

아빠의 이야기를 듣고 있던 꼬까선은 침을 꼴깍 삼켰다.

"봄이면 참꽃이 지천으로 피었단다. 인간은 그 참꽃을 따 먹기 위해 '화전놀이'라는 이름으로 보자기를 들고 산으로 가던 시절이었지. 허기진 배를 채우기 위해 그냥 먹는 것이 더 많기도 했지만, 따온 참꽃을 절구에 찧어서 밀가루와 함께 반죽해 칼국수를 만들어 먹기도 했단다.

그뿐만이 아니란다. 감꽃이 떨어지면 인간은 그것도 주워서 먹었지. 감꽃이라고 아무거나 먹는 건 아니더구나. 떨어진 지 반나절만 지나도 질기고 맛이 없거든. 바람이 불지 않아도 저절로 떨어지는 꽃들이라서 눈을 커다랗게 뜨고 나무를 올려다보면 떨어지는 것이 보이지. 아이들은 얼른 달려가 금방 떨어진 선명한 꽃들만 주워 먹었단다. 개미들도 싱싱한 꽃 맛을 아는지 떨어진 꽃잎에 재빨리 달려든단다. 그러면 아이들은 그 개미를 입으로 후후 불어가며 툭툭 털어서 먹더구나. 나도 먹어봤는데 약간은 쌉쌀하면서도 단맛이 조금 섞인 맛이 났었어."

"아빠, 저도 얼마 전에 감나무에 올라가 감꽃을 슬쩍 쪼아 봤는데 별 맛이 없어서 그냥 뱉어 버렸는걸요."

"그래. 그 별맛 없는 것을 배가 고픈 인간들이 먹던 시절이 있었지. 고종시 감꽃은 바깥쪽으로 조금 젖혀진 것이 나리꽃을 닮아 꽃잎의 모양이 참 예뻐. 둥시 감꽃은 펑퍼짐한 모양으로 밑이 뻥 뚫려서 손가락에 끼웠다가 빼서 먹더구나. 또한 감꽃을 명주실에 줄줄이 꿰어 목걸이를 만들어 걸고 다니다가 심심하거나 배가 고프면 따서 먹었지. 그렇게 감꽃은 배고픈 아이들에게 고마운 간식이 돼 줬단다. 또 그들은 감나무 잎 몇 개를 넣어 김장을 하거나 밥을 지으면 뜨거운 여름철에도 밥이 상하지 않는다고 집집마다 뜰 안에 감나무를 키웠단다."

"또 하나 있지. 아주 작은 감처럼 생긴 고욤나무 꽃. 그 꽃이 가득히 떨어져 있는 것을 보면 아기별들이 소풍

내려온 것처럼 예뻤어. 분홍빛과 흰빛이 서로의 색상을 조금씩 양보한 정말 고운 색이야. 우리 꼬까선이를 볼 때마다 떠오르는 별꽃. 그 꽃을 보고 있으면 내 마음에도 작은 별꽃이 피는 것처럼 기분이 좋아져. 맛은 감꽃하고 거의 같지만. 떫은맛이 조금 더 났지. 그 별처럼 작은 고욤나무 꽃을 주워 먹다가 실에 꿰어 팔찌와 반지를 만들더구나."

엄마 까치가 신이 난 듯 거들고 나선다.

"아빠! 엄마! 요즘 인간의 아이들은 그런 것을 먹는 것인지조차도 모르고 있어요. 그리고 그런 놀이 자체를 할 줄 모르는 것 같던데요."

"그래 맞다. 감꽃을 먹어보는 그런 정서를 가진 인간은 거의 없어졌으니까. 그런 부모들 손에서 길러진 아이들은 전래동요도, 놀이도 잃어버린 채 소풍을 가서도 어른들이 부르는 노래를 하더구나.

언젠가 시내 수동초등학교 학생들이 소풍 온 것을 잠시 본 적이 있었지. 1학년 아이가 어른들이 부르는 애절한 사랑 노래를 부르며 몸을 흔들어 댔지. 그것을 본 선생님들과 어른들은 박수까지 치면서 함께 따라서 부르더구나. 누구 하나 나서서 아이들과 어울리는 동요를 부르지 않았어. 인간들 세상에는 '아이는 아이다워야 한다'는 말이 있단다. 동심을 잃지 않고 순수한 행동을 하면서 크는 아이가, 가장 어른다운 어른으로 성장한다는 것을 저들은 알지 못하니 참으로 안타까운 일이지."

"컴퓨터와 티브이, 거기다 스마트폰은 아이들의 정신을 쥐고 흔들고 있단다. 진취적이고 다양한 사고를 지니지 못하도록 일정한 틀 속에 가두어 버리고 말았지. 그럼에도 인간은 날마다 새로운 과학신과 경제신을 만들어 내고 있단다."

"우리의 현실과는 다르게 요즘 인간들 세상에는 먹거리가 넘쳐난다지. 그럼에도 시골에서 살았던 인간 어른들이 향수에 젖는 음식이 있단다. 햇감자 몇 개가 듬성듬성 얹혀 있고 유월 콩이 군데군데 들어 있는 보리밥이지. 흥부 이야기에 나오는 박을 타서 만든 바가지에 보리밥을 한가득 퍼오면 아이들이 그 냄새를 길게 마시고 난 뒤 서로 많이 먹으려고 옆으로 눈 하나 돌리지 않았단다. 그야말로 게 눈 감추듯 먹어 치웠단다."

"그런 삶을 살아왔음에도 요즘 인간 세상에 버려지는 음식물 쓰레기가 산을 이룬다잖아요. 그 반대로 아프리카의 어떤 나라에는 못 먹어서 굶어 죽는 인간이 산을 이루고요. 정말 불공평한 인간 세상이지요."

까치 부부는 서로 번갈아 가며 인간 세상 이야기와 고생담을 얘기하며 자신들이 직접 겪은 듯 착잡한 표정을 지었다.

꼬까선은 인간 세계에서 일어난 것들을 들으면 들을수록 이해할 수 없는 먼 나라의 이상한 이야기처럼 무섭게 들렸다.

5

수동시 자연사랑회 사무실 벽 대부분은 온통 사진으로 채워져 있다. 물고기와 새들의 사진뿐만 아니라 포유류와 곤충들의 모습도 확대되어 있다.

자연사랑회 사무국장인 남정환은 아까부터 나비들 사진을 바라보고 있다. 금세라도 벽에서 빠져나와 창문을 열고 훨훨 날아갈 것처럼 보인다. 검은 날개에 노란 반점이 오묘한 조화를 이룬 호랑나비가 봉선화에 앉아 한창 꿀을 빨아 먹고 있다. 그 모습을 바라보며 창조주의 예술적 재능에 감탄을 연발한다.

시인 김삿갓이 금강산에 올라 '멋진 화가를 데려와 이 경치 그려낸들 숲 속에 떨어지는 새소리 어이하리'라고 읊은 것처럼 제아무리 천재적인 화가라 한들 창조주가 만들어낸 나비의 몸짓을 그려 낼 수는 없을 것이다.

아름다운 과거를 생각하는 것은 세월을 거슬러 올라 그리움을 그리는 일이다. 문명의 소리가 들리지 않는 곳에서 파도치듯 산등성이를 오르내리며 물결치는 바람 소리를 홀로 듣는 일이다. 그는 과거를 더듬어 지그시 눈을 감았다.

그에게는 나비를 닮은 여자가 있었다. 무료한 말년 병장 시절 후배의 소개로 알게 된 디자이너 지망생인 여자 박지희. 그녀와 운명적인 사랑을 시작한 것은 미모와 마음이 조화를 이룬 아름다운 여자였기 때문이다. 언제나 화려한 무늬의 의상을 즐겨 입던 그녀는 이 세상에서 가장 아름다운 여자라고 스스로 도취되어 있었다.

"지희 씨의 미모가 눈부셔 미스코리아 선발대회에 나가 보셔도 될 것 같은데요."

"호호, 구경하러 대회에 가보라는 말을 하시는 거죠?"

"아닙니다. 구경이라니요. 진심으로 드리는 말입니다."

어느 날 그는 그녀에게 미스코리아 선발대회 출전을 권유했다.

"여인들의 감성은 거미줄과 같은 거 아세요? 상대가 건성으로 던지는 예쁘다는 칭찬 한마디에도 마음이 출렁거리지요. 게다가 황홀한 어지러움까지 느끼는 법이거든요. 거짓말이라도 기분은 좋군요."

박지희는 상기된 표정이었다.

"저는 진심입니다."

남정환은 정색을 했다.

"아름다움이란 가장 자연스러운 그대로가 아닐까요? 인위적으로 잘 가꾸어진 화단의 꽃보다는 야생화가 더 신선하고 예쁘게 보이는 것처럼 말이에요. 성형으로 생긴 칼자국을 화장으로 숨긴 채 등수를 매긴다는 것 자체가 위선이죠. 정말 웃기는 일이라는 생각이 들어요."

정신이 건강한 여인은 외모도 아름답다 했던가. 망국의 풍조인 용모 지상주의나 '몸짱' 신드롬을 유발하는 쾌락자본형 세상에 전혀 물들지 않은 여인. 좋아하면 생긴다는 콩깍지를 걷어낸다 해도 여자의 얼굴은 신이 빚은 예술 작품이었다. 게다가 사고까지 저리 반듯한 걸 보면서 그는 이 여인을 만난 것이 그저 행복하기만 했다.

상대가 빤히 쳐다보는 앞에서 무슨 말을 하지 못할까. 사랑의 밧줄을 타고 나아가는 중이라 남자는 여자의 사탕발림에 도취되었다. 그러므로 상대의 진정성을 추출해내기란 쉽지 않았고, 맹세의 밧줄이 언제 끊어질지도 모른다는 생각조차 해 본 적이 없었으므로 무조건 그녀에게 빠져들었던 것이다.

후방 사단에 소속된 부대에서 시내 중심지까지는 버스로 한 시간이 걸리는 거리다. 일요일 외출을 나왔다가 헤어질 시간이 되면 항상 얼마의 용돈과 버스 토큰 한 개를 내밀던 섬세한 그녀였다.

"정환 씨는 제대해서 뭘 할 거예요? 설마 남들처럼 평범한 샐러리맨이 되려고 하는 건 아니겠죠?"

"저는 경제학을 전공했으니 당연히 무역회사에 들어가야겠지요."

"그런 것보다는 고시에 도전해 보는 건 어떨까요? 물론 많이 힘들고 어려운 길이라는 걸 알지만."

"고시요?"

 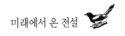

"사나이로 태어나 남의 밑에서 일하는 것은 좀 그렇 잖아요. 만인이 우러러보는 자리에 올라 보는 게 훨씬 가 치 있는 일이라고 저는 생각하거든요."

그제서야 남정환은 그녀가 배우자를 통한 우아한 비 상을 계획하고 있다는 예감이 들었다. 그렇지만 그녀를 포기하고 세상을 살아간다는 것은 단 한 번도 상상해 본 적이 없다. 박지희가 자신의 곁에 있다는 것은 사랑과 꿈, 나아가 삶의 전부였기 때문이다. 그래도 사랑의 조건 은 서로의 관계를 누르는 짐과 같았다.

제대를 하고 그녀의 바람대로 고시에 대한 꿈을 실현 해 보고 싶어 도전했다. 하지만 고시 패스는 고속도로 하 이패스 통과하는 것처럼 결코 쉬운 일이 아니었다. 그의 머리는 이미 녹이 슬어 있었다. 녹이 슨 낮은 숫돌에 정 성 들여 갈고 또 갈면 얼마 지나지 않아 제대로 된 낮의 역할을 하게 된다. 하지만 사람의 머리는 전혀 차원이 다 르다. 인내와 뼈를 깎는 고통과 노력이 필요하다는 것을 그는 뼈저리게 느꼈다. 그 무엇보다 돈 한 푼 안 생기는 고시 공부는 경제적 여건마저 허락하지 않았다.

결국 그는 고시를 중도에 포기하고 조그만 무역회사 에 입사했다. 그러자 박지희는 기다렸다는 듯이 그동안 쌓아온 관계에 면도날을 들이댔다. 평범한 사람의 아내가 되기는 자존심이 허락하지 않는다는 것이었다. 하지만 그의 마음속엔 이미 그녀가 연리지처럼 몸의 한 부분이 되어 있었다. 그런 그녀를 자신의 마음과 상관없이 떠나보내야 했다.

환상과 꿈으로 채워져 가는 세상이지만 사랑은 가장 순수하고 진실함을 바탕으로 해야 한다. 상대방이 만들어 놓은 완벽한 그릇에 담기는 것이 아니라 부족한 부분을 함께 채워 가는 것이다. 그러기에 사랑하는 사람들은 눈으로는 세상의 아름다움만 바라보고, 말로는 편안함과 기쁨을 심어주며, 귀로는 상대의 장점만 듣고 생각은 조화로운 미래를 꿈꾸어야 마땅하다. 그러나 그가 박지희와 쌓아온 인연은 모래성에 쌓아올린 궁전이 되어버렸다. 허무와 아픔을 뛰어넘어 그것은 상처 난 곳에 소독약을 붓는 것처럼 고통스러운 일이었다. 과학과 의학이 아무리 발전해도 단 하나 사랑을 대신해줄 명약은 없었다. 배신의 상처를 혼자 감당해야 하는 시간은 익모초처럼 쓰고 북극처럼 추웠다.

그 뒤 고향으로 돌아와 환경운동을 하고 있지만 아직 미혼을 고집하고 있는 그였다. 나비의 사진을 보며 한동안 첫사랑의 아픈 추억에 젖어 있던 남정환은 전화벨 소리에 현실로 돌아왔다.

"남 국장님! 저, 이신숙이에요. 황소개구리 사냥대회 준비는 잘 되어 가세요?"

전화를 걸어 온 사람은 남정환과 교분이 두터운 수동신문 이신숙 기자였다.

"그럭저럭 해 나가고 있습니다. 누님처럼 든든한 후원자가 있으니까요."

"지금 제가 좀 찾아뵐까 합니다만 시간 있으신가요?"

"여부가 있겠습니까? 외출 계획을 취소하고서라도 기다리고 있겠습니다."

"호호! 고맙습니다. 그럼……."

남정환은 황소개구리 사냥대회의 스폰서를 구하러 시내의 관공서와 유지들을 찾아 나서려던 계획을 미룬 채 이신숙을 기다렸다. 그는 이신숙을 '누님'으로 부를 정도로 믿고 의지하는 관계였다. 일주일째 황소개구리 사냥대회 준비에 여념이 없는 그는 홍보 팸플릿을 만들고 후원자를 찾아 나서야 했으며, 게다가 시청의 협조도 얻어내야 했다. 황소개구리 문제는 이미 수동시에서도 큰 골칫거리였다.

　수봉산 옆에 자리 잡은 새밭골 저수지에서는 수만 마리의 황소개구리들이 밤마다 시끄럽게 울어대고 있었다. 1970년대에 미국에서 식용으로 수입된 황소개구리는 자연 늪에서 양식되었는데 결국 식용에 실패하고 말았다. 인간의 마구잡이식 외제선호사상으로 인해 황소개구리는 이제 자연 생태계 파괴의 주범으로 떠올랐다.

　남정환은 얼마 전 이신숙 기자를 만났을 때도 황소개구리나 블루길, 뉴트리아 같은 외래동물의 무차별적인 토착생태계 파괴에 대한 울분을 함께 토론했었다.

　"자연 생태계마저 외제가 판을 치는 세상에 산다는 게 너무나 치욕적입니다."

　남정환은 목에 잔뜩 힘을 준 채 황소개구리 문제를 끄집어냈다.

　"적어도 먹는 것 하나만은 신토불이가 제일인데 큰일이에요. 이러다가는 인간 사회뿐만 아니라 동물 세계도 외국에 종속되는 게 아닌지 모르겠어요."

　이신숙은 남정환의 의견에 공감을 나타냈다.

　자연사랑회 회원은 아니지만 이신숙은 누구보다도 환경보호에 대한 인식이 투철한 여자였다. 그 때문에 남정환은 이따금 그녀와 만나 부담 없이 이야기를 나눌 수 있었다.

"누님! 황소개구리의 천적이 발견됐다는 기사 혹시 기억나십니까?"

"두꺼비가 황소개구리를 뒤에서 졸라 죽였다는 그 이야기 말이에요?"

"맞습니다. 그런데 요즘 들어 학자들 간에 견해가 일치되지 않아서 골치가 아픕니다."

수년 전 언론에서 특종으로 보도한 '황소개구리의 천적' 기사는 당시에 대단한 화제가 되었다. 증언에 나선 낚시꾼은 물두꺼비가 길이 30센티 크기의 황소개구리의 등에 올라타서 앞다리로 배를 졸라 죽을 때까지 다리를 풀지 않았다고 했다. 더욱이 길이가 40센티 이상 되는 황소개구리를 2~3마리의 물두꺼비가 함께 공격하고 있었다고 증언해 황소개구리의 천적이라는 의견이 대두된 것이다. 현장 답사를 하게 된 아무개 교수는 한술 더 떠서 교미기에 상대를 두 발로 조르는 습성이 있다면서 물두꺼비가 앞발로 황소개구리의 가슴을 압박해 질식시켜 죽인 게 확실하다고 했다.

"거기에 대해 반론을 제기한 교수가 있었죠?"

"네. 그 무렵 학계에서 그 교수의 견해에 전면적인 반론을 제기하는 학자들이 나타났었지요."

두꺼비 분야 국내 최고 권위자라는 모 교수는 두꺼비는 산란 촉진을 위해 암컷의 등에 올라타 강하게 껴안는 습성이 있다고 했다. 수컷이 황소개구리를 암컷 두꺼비로 잠시 혼동한 것일 뿐이라는 것이다. 결국 토종 두꺼비가 자신의 암컷과 외래종인 황소개구리를 식별하게 되면 황소개구리를 죽이는 사례는 사라질 것이라고 단정지었다.

또한 환경부 생태계 조사단의 아무개 박사는 교미 과정에서 두꺼비 등의 돌기에서 분출되는 독에 의해 황소개구리가 죽었을 수도 있다는 의견을 조심스럽게 내놓았다.

"학계에서 자주 논란이 된다는 것은 바람직한 일인 것 같아요. 그러다 보면 언젠가는 황소개구리 퇴치 방법에 대한 종합보고서가 나오겠죠."

"문제는 천적을 살려야 한다는 겁니다. 이 세상은 어차피 인간만 살라고 만들어진 것이 아니잖습니까. 또 인간만 살 수도 없고요. 조물주가 어련히 알아서 먹이사슬을 만들고 천적관계와 공생관계를 만들어 놓지 않았겠습니까? 그런데 인간의 무분별한 이기심으로 인해 천적마저 멸종 위기에 몰리고 만 것이지요."

"남 국장님! 아직은 소수지만 그래도 환경보호운동에 뜻을 같이하는 사람이 있다는 데 만족해야 할 것 같아요. 한 사람, 두 사람 모아가다 보면 수봉산 종합개발계획도 막을 수 있는 힘이 생기는 게 아니겠어요?"

남정환은 이신숙이 수동시에 있다는 것만으로도 큰 위로가 되는 것 같았다. 아직도 식자 계층에 있는 많은 사람이 자연 생태계에 대해 무감각하다. 19세기 이후 계속 진행되어 온 무차별적인 환경 파괴와 핵실험, 그리고 종교적 대립과 반목으로 지구는 붕괴 위기에 직면해 있음에도 자각하지 못하고 있다. 그러니 대부분의 사람은 생태계가 파괴되건 말건 자신의 이익을 위한 개발에만 혈안이 되어 있었다.

남정환은 수봉산 개발계획의 전면 백지화를 요구하는 시위를 여러 번 주동했다. 현중만에게 그는, 눈엣가시를 벗어나 비바람이 아무리 몰아쳐도 끄떡하지 않는 암반 같은 존재였다.

"그건 그렇고, 이제 후원자들은 다 구했나요?"

"아직은 계획의 반도 구하지 못했습니다. 환경단체야

어디 힘이 있어야 말이죠."

남정환은 크게 한숨을 내쉬었다.

"현중만 시의원에게 부탁해 봤나요? 그 사람은 돈도 많고 의장이 되려고 요즘 물밑 작업이 한창이지 않습니까?"

"후후! 돈이 많은 사람인데 찾아가지 말라고 해도 찾아가야지요. 벌써 찾아갔지만 냉정하게 거절당했습니다. 더욱이 수동시에서 가장 열렬하게 개발을 찬성하는 사람 아닙니까. 수봉산 문제로 사이가 벌어진 것도 원인이겠지요. 그리고 사람 냄새라고는 전혀 나지 않는 그 환경 파괴자에게 더 이상 고개를 숙이고 부탁하면서까지 후원금을 받아내고 싶지는 않습니다."

"그런 일이 있었군요. 그것참……."

현중만처럼 개발계획을 세워 오직 자신들의 이익을 추구하려는 생각에 묶여버린 사람은 마치 안과에 가서 임플란트를 하려는 사람과 같다. 이치에 맞지 않는 것인 줄 분명 알면서도 줄기차게 밀어붙이려는 근성이 있다. 따라서 두루 살피고 깊이 생각하지 않는다. 이런 것을 남정환이나 이신숙이 모를 리가 없다. 두 사람은 그렇게 헤어졌었다.

그 후 이신숙을 다시 만난 것은 그리 오래 지나지 않아서였다. 그녀는 자녀 둘을 대학에 보낸 40대 후반의 여인이지만 얼핏 보면 30대 후반으로 보일 정도로 젊게 보이는 외모를 보유하고 있다. 정신이 건강한 여인이라 그런지 외모도 동안으로 보인다.

이신숙은 자리에 앉자마자 갖고 온 수동신문을 펼쳤다.

"특종이라도 있습니까?"

"이미 알고 계실 수도 있지만 어제 수봉산에서 또 한 사람이 죽었거든요."

"또 죽었습니까?"

남정환은 신문을 읽어 내려가기 시작했다.

'마의 수봉산! 여덟 번째 희생자 나와!'

굵은 고딕체의 검은 글씨가 마치 시체가 들어 있는 검은 관처럼 느껴졌다.

'죽음의 산이라고 불리고 있는 수봉산에서 올 들어 여덟 번째 희생자가 나와 의문을 더해가고 있다. 19일 저녁 8시쯤 수봉산 등산로에서 수동시 정화면 새밭리에 사는 최선우(44) 씨가 독사 떼에 물려 숨진 채 119 구조대원에 의해 발견됐다. 숨진 최 씨는 이날 오전에 수봉산으로 간 것이 확인됐다. 이날 최 씨의 죽음으로 지금까지 수봉산에서 의문의 죽음을 당한 사람은 여덟 명으로 늘어났으며, 주민들은 수봉산 개발계획을 철회해야 한다고 주장했다. 새밭골에 사는 정동호(70) 씨는 산신령의 노여움으로 풀이하고 수봉산 개발 반대투쟁을 벌이겠다고 말했다.'

"동물들의 노여움이 아직까지 풀어지지 않은 것 같군요. 하긴 수봉산이야말로 수동시가 보호해야 할 마지막 남은 자연의 보고인데 골프장이다 호텔이다 하는 게 말이나 됩니까? 온통 개발이란 이름으로 마구잡이로 파헤쳐대는 인간들이 결국 신의 심판을 받게 될 날이 오게 될 겁니다."

남정환은 마치 인간의 죽음이 예정된 것이 아니냐는 듯한 말투다.

그가 별로 놀라지 않는 것은 자연파괴에 앞장서는 인간들에 대한 적개심 때문인지도 모른다.

"자연의 신성함은 마을 가까이에 있고 사람의 마음속에 있지요. 수봉산은 가깝고 오르기가 만만한 산이지요.

그곳이 사람을 위로할 수 있는 것은 개발된 문화의 영역이 아니라 자연 그대로이기 때문입니다. 그런 곳임에도 인간의 오만방자한 대응 방법은 인간 스스로가 무덤을 파는 꼴입니다. 벌써부터 그 징조들이 나타나지 않습니까? 수봉산이 인간의 입산을 거부하는 것도 그렇고, 수리골에서 계속되는 모기들의 대공습도 마찬가지죠. 낙동강 주변에서는 뉴트리아가 설치고, 백강 상류의 호수가 블루길이나 배스의 천국이 되고, 황소개구리가 창궐하는 것도 인과응보라고 보면 됩니다."

그의 얘기를 듣고 있는 동안 모든 것이 진짜인 거 같아 이신숙은 괜스레 다리가 후들거렸다.

"하긴 대홍수나 폭설이 계속되고 밀림이 몇 달째 타들어 가는가 하면 허리케인과 지진으로 인해 하루라도 지구가 조용한 날이 없는 것을 보고 종말의 징조가 아닌가 하는 두려움마저 들어요. 특히 수년 전 일본의 쓰나미는 지구 종말의 예고편을 보는 것 같았으니까요."

"지구의 종말을 막기 위해서라도 인간은 자연을 보호해야 합니다. 어쩌면 인간의 전쟁인 제3차 대전이 일어나 지구가 멸망하는 게 아니라 세상의 동물들이 몽땅 세력을 규합해 인간에게 선전포고를 할 수도 있으니까요."

남정환은 당장 동물들과의 전쟁이 일어날 것처럼 공포에 질린 얼굴을 했다.

그의 말은 상당히 설득력 있게 들렸다. 실제로 중국 한나라 말기 삼국이 다투던 때, 일개 곤충인 메뚜기의 대공습으로 중원 땅이 초토화되어 수년 동안 인간은 곡식을 얻지 못했다. 어디 그뿐인가? 남미에서는 수만 마리의 게 떼가 출현해 교통이 마비되고, 호주에서는 쥐 떼의 공습으로 한 마을이 몽땅 정든 고향을 떠나야 했다.

이신숙은 문득 히치콕 감독의 영화 「새」를 떠올렸다. 수만 마리의 새들이 공격해오던 그 장면을 아직까지도 생생하게 기억한다. 수봉산처럼 뱀 떼가 아니라 하늘에서 새들이 공격해 온다면…… 막상 그 일이 실제로 벌어진다면? 상상만으로도 그녀는 심장이 멎을 듯한 충격을 느꼈다.

우리 민족은 수천 년의 역사를 이어오는 동안 최소한 900회 이상의 외침을 받은 고난의 역사를 가진 나라다. 일제의 총칼 앞에서도 지켜왔고 반 토막으로 갈라진 이 나라가 세계 10위권 안에 드는 경제 대국이 되었다. 혼란과 가난에서 벗어날 동안 수많은 백성들의 눈물이 강으로 흘러 바다를 채웠을 것이다. 어른 세대들이 굶주린 허리와 슬픔을 동여매고 별 보고 나가 별 보고 귀가하는 날들로 이루어낸 나라다. 그런 이 땅에 선지식과 개혁, 개발 운운하는 인간들이 만들어낸 결과가 머지않아 어둠의 장막으로 덮일 수도 있다는 불안이 엄습해 왔다.

6

들녘이 아랫목에 장작불을 땐 구들장처럼 뜨거운데 왕개미 일가족이 일렬종대로 일터에서 돌아오고 있었다. 그들의 입에는 제각기 좁쌀 크기의 먹이가 물려 있었다. 행렬의 뒤쪽에 있는 개미들은 지렁이와 굼벵이의 사체를 여러 등분으로 나누어 낑낑대며 운반하는 중이었다. 언제 봐도 부지런한 무리다.

그 옆 풀섶에서 쐐기와 땅지네들이 더위에 지친 모습

으로 망연히 개미 일행을 바라보고 있다.

세상의 수레바퀴는 지상의 모든 생명에게 똑같은 시간으로 흘러서 절대 정지가 없는 변화의 연속이다. 무더위 속에서도 꿋꿋하게 야생화가 피었다. 꽃잎 끝이 동글동글한 국화꽃을 닮은 산구절초가 일찌감치 피었고, 대장장이의 딸이 죽은 자리에서 생겨났다는 전설의 쑥부쟁이가 함께 피었다. 한 그루에 수십 개의 연보랏빛 꽃을 피워 군락을 이룬 쑥부쟁이밭이 불꽃 같은 햇빛의 반사로 눈이 부시다.

잎 끝이 뒤쪽으로 둥글게 젖혀진 채 노랗게 핀 원추리꽃에서는 백합 향기가 났다. 꽃향기가 백 리를 간다는 백리향도 연분홍색 꽃이 잎겨드랑이 끝에 무리 지어 피어있다.

말매미와 침매미들의 합창이 바람처럼 시원하게 들려온다. 어디선가 쓰르라미도 뒤질세라 목청을 높였다.

"아빠! 물이 마시고 싶어요."

꼬까선은 아빠 까치에게 말했다.

"그래 알았다. 우리 백강에 한번 가 보자. 요즘은 마음 놓고 마실 수 있는 물조차 귀한 세상이 되어 버렸구나."

아빠 까치는 언젠가 인근 도시에 있는 흑강에서 하얗게 배를 드러낸 채 둥둥 떠다니고 있는 물고기를 먹은 숲속 동물들이 잇따라 죽어간 것이 떠올랐다. 그들이 백강에 도착했을 때는 저절로 눈살이 찌푸려졌다. 백강 역시 오염되긴 마찬가지. 더러운 너겁들이 강 가장자리에 쌓여 있었다. 강 복판에는 생활하수와 몰래 방류된 폐수들로 인해 싯누런 거품들이 뽀글뽀글 끓어오르고 있었다.

"아빠! 이 물도 먹지 못하겠어요. 악취가 심해서 구역질이 날 것만 같아요."

꼬까선은 견뎌내기 어려운 갈증이 계속되었지만 쉽사리 수면에 부리를 갖다 댈 수가 없었다.

"아! 이 일을 어쩌면 좋으냐? 한때는 수백 종이 넘는 어종이 살던 곳이었는데……. 이곳에서 오리와 두루미, 백로들이 떼를 지어 물고기 사냥질에 시간 가는 줄을 모르던 곳인데, 이제는 한 마리도 보이지 않는구나."

"인간들이 그들을 추방시킨 것이나 다름이 없군요."

"이익만 챙기는 인간의 이기심 때문이지. 결국은 그게 자신의 후손에게 화가 되어 돌아간다는 사실을 모르는 모양이야. 어쩌면 후손들까지 생각하지 않는지도 몰라."

아빠 까치는 후손들을 생각하니 슬프고 절망스러워 한숨을 쉬었다. 산다는 것이 사찰 법당의 추녀에 달린 풍경처럼 작은 바람에도 울어야 하고 흔들려야 했다. 까치들의 삶은 원치 않는 방향에 따라서 이처럼 흔들리거나 크게 울어야 하는 아픔을 동반하고 있었던 것이다.

"아빠! 새밭골 저수지로 가 봐요. 거긴 폐수가 흘러들어올 구멍이 없을 것 같아요."

"그렇게 하자꾸나."

까치 부녀는 온 힘을 다해 날갯짓을 했다.

한때는 낚시꾼들이 떼를 지어 몰려오던 새밭골 저수지는 얼음처럼 차가운 침묵을 고수하고 있었다. 유명 저수지라 가족 단위의 인간들이 텐트까지 치고 밤을 밝히며 강태공의 꿈을 꾸던 곳이었건만 지금은 아무도 없다.

꼬까선은 실망스럽기 짝이 없었다. 물빛조차 누렇게 변색되어서 목이 탔지만 참을 수밖에 없었다. 게다가 마땅한 먹이조차 보이지 않는다. 지난해까지만 해도 피라미, 붕어, 모래무지, 미꾸라지를 비롯한 수많은 물고기들이 헤엄치던 곳이었건만 모두 어디로 갔는지 좀체 모습을 나타내지 않았다.

'나 좀 살려주세요!'

그때 참개구리 한 마리가 수면으로 머리를 내밀었다. 가까스로 제방까지 헤엄쳐 나온 개구리는 연신 개굴개굴 울어대기 시작했다. 비가 올 것 같지도 않은데 구슬프게 울어댄다. 꼬까선은 사태가 심상치 않음을 느꼈다. 대낮에 참개구리가 울거나 비명을 지르는 일은 거의 없기 때문이다.

"쟤한테 분명 무슨 곡절이 있는 모양이구나."

아빠 까치가 풀숲에 내려앉았다. 꼬까선은 파랗게 질린 참개구리가 측은하기만 했다.

"킬러가 따라오고 있어요."

참개구리는 얼마나 충격을 받았는지 눈망울까지 툭 불거져 나와 금방이라도 눈알이 빠져 떨어질 듯 위태롭게 보였다. 인간들이 물속까지 잠수해 개구리를 잡는단 말인가. 꼬까선은 그렇게 추측할 수밖에 없다.

"저것 보세요. 계속 쫓아오잖아요."

참개구리가 수면을 가리켰다. 그곳에는 두꺼비보다 훨씬 더 큰 몸집을 자랑하는 거대한 괴물이 제방을 향해 엉금엉금 기어오고 있었다. 얼핏 보기에는 일반 개구리들과 별반 다를 게 없어 보이지만 덩치가 보통개구리의 서너 배는 되었다. 몸 전체가 거무튀튀하게 생긴 놈이 낮은 목소리로 우엉우엉 괴성을 질러댔다. 꼬까선은 소름이 쫙 끼쳐 왔다.

"저 괴물이 도대체 뭐지?"

"저수지의 살육자 황소개구리예요."

"황소개구리라고? 아니, 그렇다면 저놈이 외국에서 수입되어 토종 개구리의 씨를 말린다는 그 괴물이란 말이니?"

"그렇다니까요. 인간들이 너무 외제를 좋아하다 보니 엉뚱하게 우리 동족이 멸종 위기에 몰렸다니까요."

"저런! 어쩌면 좋니, 응?"

꼬까선은 남의 일 같지가 않았다. 어쩌다 인간은 개구리까지 수입해 와서 생태계를 망치는지 이해가 가지 않는다. 신음이 새어 나왔다.

"저놈은 우리 동족만 잡아먹는 게 아니에요. 물뱀이나 살모사까지 마구 먹어치우는 왕성한 식욕을 갖고 있다고요."

"뱀까지……?"

"그렇다니까요. 이 저수지에서 저놈을 이길 동물은 이제 아무도 없어요. 가장 짧은 시간 안에 저수지를 통째로 자기들의 왕국으로 만들었다니까요."

"어쩐지 그 많던 붕어들이 없어졌다고 생각했더니만…… 저놈들이 낚시꾼들조차 오지 않는 아무짝에도 쓸모없는 저수지로 만든 주범이구먼."

아빠 까치의 뒤에 숨어 있는 게 안심이 안 됐는지 참개구리는 폴짝폴짝 뛰어 제방 위로 올라갔다. 꼬까선은 그제야 의문이 풀리는 듯했다.

"우엉! 우엉! 내 앞을 가로막지 마라!"

"고얀 놈! 굴러 들어온 돌이 박힌 돌을 뺀다더니 네놈은 외국에서 온 놈이 어째서 토종을 밀어내고 주인 행세를 하려고 하느냐?"

풀숲에 올라온 황소개구리가 아빠 까치에게 길을 비킬 것을 요구하자 도저히 참을 수 없다는 듯 그의 입에서 고함이 터졌다.

"까치야. 넌 숲 속의 일이나 신경을 쓰지, 왜 저수지까지 내려와 소란을 피우냐?"

"너처럼 마구잡이로 살생을 하는 놈이 어디 있느냐? 네놈을 혼내주고 말 테다."

"웃기고 있구먼. 이 저수지는 우리 동족이 점령한 지한참 됐거든! 어디 이 저수지뿐인 줄 아니? 이 나라의 5대강 역시 외국 투사들인 블루길이나 배스가 장악했지."

"블루길, 배스는 또 뭐야?"

"흉포하기가 나보다 더한 미국산 수입어종이라면 알겠니? 두고 보라지. 조만간 이 나라의 모든 강과 저수지에다 미국의 깃발을 꽂을 테니까."

녀석은 음흉한 미소를 잔뜩 머금은 채 아빠 까치 옆을 우회해서 청개구리를 쫓아가기 시작했다. 꼬까선의 다급한 목소리가 터져 나왔다.

"안 되겠어요. 아빠가 참개구리를 부리로 물어서 다른 곳으로 옮기세요."

"알았다."

아빠 까치는 재빨리 참개구리의 목을 덥석 물었다. 그러고는 철길이 보이는 풀숲에 도착해서야 땅바닥에 내려앉았다.

"고맙습니다. 제 목숨을 살려주셔서⋯⋯."

"다 같이 인간들 때문에 수모를 당하고 살아가는 판이니 서로 돕고 살아야지 별수가 있겠나?"

"사실 이 모든 위기 상황의 주범은 인간이에요. 조상 대대로 우리 동족은 우물 안 개구리라는 비난의 대상이 됐어도 그저 제 분수만 지키며 살았거든요. 인간에게 그저 맹목적으로 충성했어요. 비가 올라치면 미리 울어서 알려주고, 인간에게 해로운 곤충이나 파리들만 잡아먹고 살아왔죠. 그런데도 인간은 왜 그렇게 우리가 못마땅한지 '개구리 낯짝에 물 붓기'라느니, '개구리 올챙이 적 생각 못한다' 면서 야비한 언사만 늘어놓잖아요? 어디 그것뿐이에요? 이제는 저 괴물처럼 큰 황소개구리까지 들여와 자기들 입맛에 맞지 않는다고 방사하는 바람에 온 나라가 황소개구리 천국이 됐다니까요. 언젠가는 인간도 자기들이 들여온 황소개구리로 인해 피해를 보고 말 거예요."

참개구리는 입에 거품을 잔뜩 문 채 인간의 횡포를 비난했다. 녀석은 이제 인간이라면 생각조차 하기 싫다는 표정이다. 참개구리의 불만은 공감을 불러일으키기에 충분했다.

"자네 말이 맞네. 개구리 올챙이 적 생각 못한다는 것은 인간에게 딱 맞는 말이지. 우물 안 개구리라는 것도 그래. 인간은 온통 못된 것만 동물들에게 비유하는 나쁜 습관이 있다니까."

"우리 개구리는 대대로 외모나 성품이 조상을 그대로 빼 닮았죠. 사랑하는 자식은 어김없이 제 아빠와 엄마를 닮는다고요."

"언젠가는 우리의 원수인 인간이 신의 저주를 받게 될 날이 올 테니까 마음을 편하게 먹어. 그나저나 황소개구리를 어떻게 하면 퇴치할 수 있지? 내 부리로는 도저히 감당하기 어려워서 말이야."

"아직 소수이기는 하지만, 인간들이 발등에 떨어진 불이란 것을 인식하게 된 것만으로도 다행스러운 일이에요. 하지만 아직까지는 그리 다급하게 느끼지 않는 것 같아요."

"아니, 왜?"

"수년 전 인간 세계에서 환경부장관이란 중책까지 맡은 사람이 앞장 서서 천여 명의 인간들과 함께 황소개구리 소탕작전을 벌였죠. 그런데 어떻게 되었는지 아세요?"

"……?"

"그날 잡은 황소개구리는 고작 한 마리예요. 올챙이는 수백 마리를 잡았다지만, 천 명이 넘는 인간이 모여 단 한 마리의 황소개구리를 잡았다는 게 믿어지세요? 게다가 장관이란 인간이 한 말이 걸작이에요. 자기네들이 온다는 소리를 듣고 황소개구리들이 다 도망간 모양이라고 했다나 봐요. 인간이란 게 얼마나 생색내기 전시효과에 탐닉하는지 잘 보여준 예라니까요."

"참으로 한심하기 그지없는 놈들이구먼."

"인간이란 동물이 얼마나 바보스러운가 하면요, 남쪽 지방 어느 도시에서는 공무원들과 실직자들을 동원해 이틀간 황소개구리의 올챙이를 수만 마리나 잡았다고 자랑했거든요. 그런데 나중에 알고 보니 대부분 제 동족인 토종 개구리의 올챙이였다는 거 아니겠어요? 이거야말로 인간들 표현을 빌리면 빈대 잡으려다 초가삼간 태우는 격이지 뭐예요. 우리가 모르는 사진을 찍고, 학문을 한다는 인간들의 수준이 겨우 그 정도라니까요."

참개구리의 말을 듣고 있던 꼬까선은 어처구니가 없어서 그저 멍하니 녀석의 얼굴만 바라보았다.

참개구리와 헤어진 그들이 다시 물을 찾아간 곳은 수동시를 한참 벗어나 백강 상류에 위치한 거대한 호수다. 신의 심판을 조금이라도 막아 보려고 인간이 연구해 낸 댐이 설치됐기 때문에 백강 상류에는 거대한 인공호수가 만들어져 있다.

다행스럽게도 인공호수라고 물만 있는 것은 아니었

다. 호수 옆으로 삼단 머릿결처럼 부드러운 버들나무가 늘어져 있고, 이름 모를 식물들이 어울려 울타리를 만들어 공생하고 있었다. 호수 곳곳에는 부레옥잠을 비롯한 수초들이 잠자리들의 춤사위에 따라 함께 출렁거렸고, 가을 하늘 한쪽을 잘라다 놓은 듯 호수는 맑고 푸르렀다. 하지만 호수 주변에는 인간들의 별장과 식당이 가로수처럼 늘어서 있어서 자연경관을 크게 해치고 있었다.

"우선 목부터 축이자꾸나."

아빠 까치는 먼저 물을 마실 것을 권했다. 꼬까선 역시 갈증을 참은 채 오래도록 날갯짓을 해서 전신의 맥이 빠져 있었다. 까치 부녀는 실컷 호수의 물을 마셨다. 물을 마시고 포만감으로 가득 차자 그들은 호숫가에 나란히 앉아 휴식을 취하기 시작했다.

멀리 가두리 양식장이 보인다. 그 옆으로 수상스키를 즐기는 인간의 행렬이 포물선을 긋고 사라지는 비행기처럼 아스라이 멀어져 가고 있다. 하얀 물보라가 무지개를 만들었다. 그때 아빠 까치 앞에서 불쑥 수면 위로 고개를 내미는 물고기가 있었다.

"넌 붕어가 아니니?"

"안녕하세요?"

붕어는 정중하게 인사를 했지만 어쩐 일인지 그의 표정은 암갈색 파스텔 톤을 연상시켰다. 꼬까선은 문득 녀석의 표정에서 죽음의 그림자를 읽었다. 그녀의 가슴속에서 쿵 하는 울림이 들려왔다.

"무슨 일 있니?"

"말도 말아요. 블루길이니, 뉴트리아니, 배스니 하는 외래어종 때문에 죽을 맛이라니까요. 놈들이 물고기뿐만 아니라 새우와 조개, 수초류까지 마구 먹어치우는 바람에 호수의 자연정화 능력이 크게 떨어졌다고요."

"그놈들이 벌써 이 호수까지 장악했단 말이지?"

붕어의 입에서 황소개구리가 얘기했던 외래종 이름이 나오자 아빠 까치는 침통한 표정으로 물었다.

"호수의 무법자들이라니까요. 워낙 덩치가 커서 플랑크톤과 치어들을 닥치는 대로 먹어치우고 있어요. 비단 블루길과 뉴트리아뿐만이 아니에요. 민물의 호랑이인 큰입배스와 민물 조스라고 불리는 북미산 붕메기를 비롯해 이스라엘잉어, 초어, 백련어, 무지개송어 같은 것들도 죄다 외래 전사들이죠."

"저런! 쯧쯧…… 어쩌다가 이 넓은 호수까지 그렇게 됐지?"

"인간의 장난 때문이죠, 뭐."

"장난?"

"한창 배가 고팠던 시절에 인간들은 식량 증진을 위해 수입한 블루길을 소양호와 청평호에 공식 방류를 했대요. 하지만 풍토가 다른 외국의 근성으로 단단히 무장한 놈들을 너무 경시했죠. 번식력이 강한 놈들은 순식간에 주요 하천과 호수를 점령해 토종 물고기들을 닥치는 대로 잡아먹었거든요."

붕어는 마치 한 움큼의 타액을 뱉으려는 듯 커다란 입을 쫙 벌리며 지느러미를 세차게 흔드는 시늉을 했다. 아빠 까치가 꿍 하고 신음을 흘리는 순간, 메기와 송어가 물 위로 솟구쳤다.

"너희도 블루길에 쫓겨 온 거니?"

꼬까선은 녀석들까지 쫓겨 왔다는 게 믿어지지 않았다.

"큰입배스와 찬넬메기 떼가 중대병력으로 공격해오고 있다고요."

"그렇게나 많이 쫓아 온다고?"

메기의 말에 충격을 받은 것은 붕어다. 붕어는 어쩔 줄을 몰라 했다.

"외래 전사들이 그렇게 무섭니?"

"아휴! 말도 마세요. 그들은 외관만 물고기일 뿐 크기와 난폭한 성질은 사나운 짐승을 닮았다니까요. 오죽하면 우리가 민물의 호랑이, 민물 조스라고 부르겠어요?"

메기는 창조주가 만들어낸, 같은 메기지만 전혀 별종인 찬넬메기에 대한 두려움으로 가득했다.

"문제는 생태계 교란이에요. 신토불이 어쩌고 하는 인간들이지만 이미 전국 대부분의 하천에는 외래어종들이 토종 물고기를 추방했으니까요. 녀석들이 얼마나 무서운가 하면 물고기와 동물성 플랑크톤을 먹기 때문에 식물성 플랑크톤이 많이 늘어난다는 거죠. 그렇게 되면 적조가 발생할 가능성이 커집니다."

언제 왔는지 얼굴을 나타낸 버들치가 한마디 거든다.

"아빠! 차라리 녀석들도 남성들 정력에 좋다고 인간들에게 선전하면 기를 쓰고 잡아먹지 않겠어요?"

"인간들이 매운탕 요리대회니 외래어종 낚시대회니 해서 잇따라 외래어종 박멸작전에 나서고 있지만 그 숫자가 많아 감당을 못한답니다."

붕어는 그 말을 남긴 뒤 더 이상 지체할 수 없다는 듯 물속으로 자취를 감추고 말았다.

"저희도 이만 갈게요. 안녕히 계세요."

송어와 버들치도 작별을 고했다. 물 위에는 잔잔한 파문만 추억처럼 일렁였다.

"참으로 통탄할 일이로구나. 그나마 모처럼 상봉할 수 있었던 물고기들이 저렇게 도망가기에 급급하니 말이야."

까치 아빠는 지그시 부리를 맞부딪히며 인간에 대한 분노의 감정을 나타냈다. 꼬까선은 결코 남의 일 같지가 않았다.

"이러다가는 토종 물고기가 전부 멸종할 날도 얼마 남지 않은 것 같아요."

"그러게 말이다. 중국과 붙어 있던 한반도가 빙하기 이후 황해로 분리되면서 이 땅의 민물고기는 수만 년 동안 고립된 채 안정된 생태계 속에서 진화를 거듭해 왔지. 그런데 외래어종의 수입으로 이제는 생태계가 최악의 교란상황에 처했구나."

아빠 까치가 커다랗게 날갯짓을 하며 날아올랐다. 그 뒤를 꼬까선이 따라갔다.

호수는 여전히 침묵한 채 검푸른 모습으로 서성이고 있다.

7

수동시 현중만 시의원은 창밖의 풍경에 정신을 뺏긴 채 담배가 타들어 가는 것도 모르고 있다. 언제부턴가 그는 이따금 창가에 서서 고층빌딩이 장대처럼 허공으로 뻗어 나가는 광경을 바라보는 횟수가 늘어나고 있다.

도로에는 아지랑이처럼 지열이 끓어오르고 자동차의 행렬은 뒤가 보이지 않을 정도로 이어졌다. 모두 한 평 남짓한 공간 속에서 에어컨에서 나오는 인공 바람을 쐬며 만족해하는 것 같다.

그는 하늘과 맞닿아 있는 듯한 수봉산에 시선을 고정했다. 서너 조각의 구름이 걸터앉은 수봉산 정상이 보일 듯 말 듯 자리 잡고 있다. 수봉산만 개발된다면……. 그는 수봉산을 바라볼 때마다 꿈을 꾼다. 수십 홀 규모의 잘 다듬어진 골프장, 수백 개의 객실을 갖춘 특급호텔, 사철주야로 이용이 가능한 잔디 스키장, 국제대회를 유치할 수 있는 종합수영장, 하루 수십만 명이 이용할 수 있는 레저 공원……. 그랬다. 이 나라에서 제일 가는 리조트 개발이 그의 목표다. 그러나 그 원대한 계획에 제동이 걸렸다.

도대체 말도 안 되는 나쁜 소문이 지난해 봄부터 나돌기 시작했다. 산나물을 뜯으러 간 공무원 부부가 비위에서 떨어져 죽더니, 엘니뇨 현상이 계속되면서 일찍 성장한 벌떼의 공격을 받거나 뱀에 물려 등산객들이 잇따라 변을 당하기 시작한 것이다.

여름이 되자 이제 아무도 수봉산에 가려고 하지 않았다. 결국, 재벌들이 투자 계획을 재검토한다는 보고가 들어왔다. 그대로 앉아서 그의 오랜 꿈이 무너지는 것을 방관할 수는 없다. 고민 끝에 그가 내린 결단이 최선우에게 수봉산 산행을 사주한 것이었다. 실직자가 되어 취직을 부탁한다면서 나타난 그에게 무조건 돈을 줄 수도 그렇다고 그냥 보낼 수도 없었다. 뭔가 일을 시킨 다음 그에 합당한 대가를 지불하는 게 합리적인 금전의 사용 방법이었기 때문이다.

그런데 그 최선우가 수봉산을 채 반도 올라가지 못하고 뱀 떼의 공격을 받아 죽었다고 한다. '한심한 자 같으니라고. 참으로 바보 같은 놈!' 그는 최선우의 죽음에 대한 최소한의 양심도 느끼지 않은 채 욕설을 내뱉었다.

얼마나 칠칠치 못하면 뱀에 물려 죽는단 말인가. 하지만 솔직히 순간 그도 섬뜩한 느낌이 들었다. 아주 강한 자력처럼 그의 전신을 에워싸고 있는 것은 분명히 두려움이었다.

정녕 수봉산에 산신령이 존재한단 말인가. 현중만은 세차게 고개를 내저었다. 도대체 지금 무슨 엉뚱한 상상을 한단 말인가. 나날이 새로워져 가는 과학문명 시대에 산신령이라니, 어디 있을 법한 얘기인가. 더욱이 동물들의 공격이라는 말도 그랬다. 제아무리 용감한 호랑이라도 총 한 방이면 그만이 아닌가. 게다가 호랑이 같은 맹수가 사라진 지 오래다. 기껏해야 벌이나 뱀에게 물려 죽는 게 고작이다. 모든 것은 부주의 때문일 것이다.

"아마도 죽은 사람들 모두 운명이라는 것이 정해져 있었을 테고 또 재수가 없어서 그렇게 된 것이 분명해. 그럼 그렇고말고."

현중만은 그렇게 단정하며 구시렁거렸다. 비록 최선 우가 죽었지만 그의 자리를 대신할 사람은 얼마든지 있을 것이다. 이 세상에 돈 갖고 안 되는 일이 도대체 어디 있단 말인가. 약해져서는 안 돼. 현중만은 흐트러진 의식에 기를 불어 넣기라도 하듯이 '끙' 하고 단전에 힘을 주었다.

그는 천천히 책상 앞으로 갔다. 수동시의회 시의원 현중만이라고 쓰인 명패가 보였다. 이제 이 명패는 조만간 의장 현중만으로 바뀔 것이다. 권력과 재력은 거머쥘 수록 오래가는 법이라고 그는 자신에게 다짐하듯 읊조렸다.

'후후!' 그의 입에서 음산한 웃음이 새어 나왔다.

얼마 전 현중만은 자파세력이라고 확신이 가는 시의원 당선자들을 수미정에 초대했다. 현중만 자신을 포함해서 전체 23명 중 모두 10명이 참석했다. 2명이 더 참석해야 안심할 수 있지만 이 정도도 성공적인 모임이었다.

"여러분! 제가 건배를 제안하겠습니다."

모두의 술잔에 넘치도록 가득 술이 채워지자 황태호가 술잔을 높이 들고 소리쳤다.

"현중만 의원의 필승을 위하여!"

"위하여!"

술잔이 서로 부딪쳤다. 그들이 술잔을 단숨에 비운 후에도 박수 소리가 한동안 방안을 진동시켰다.

"현 의원이 한 말씀 하셔야지?"

황태호가 좌장답게 현중만에게 기회를 주었다.

"모두 의정활동을 준비하느라 바쁘실 텐데 이렇게 참석해 주셔서 뭐라고 감사드려야 할지 모르겠습니다. 외람되게 제가 이런 자리를 마련한 것은 다들 아시겠지만 얼마 남지 않은 의장선거에 출마하기 위해서입니다. 사실 수동시가 제 고향은 아닙니다만, 그럭저럭 살다 보니 어느새 20년이 넘어 제2의 고향이나 다름없게 됐습니다."

"고향이 따로 있습니까? 유행가 가사에도 있듯이 살다 보면 고향이고, 정들고 마음 가는 곳이 고향이지요."

"그 문제는 하등 신경 쓰실 필요가 없습니다."

미래에서 온 전설

"고맙습니다. 그동안 제 나름대로 지역 발전과 주민들의 화합을 위해서 노력해 왔다고 자부합니다. 그렇지만 지역 주민들이 저를 어떻게 평가할지는 알 수 없는 일입니다. 우선은 여러 당선자님께 제 뜻을 먼저 밝히는 게 도리인 것 같아 변변찮지만 자리를 마련했으니 양해해 주시길 바랍니다."

"잘 생각하셨습니다. 사실 시의회 의장 자리는 돈 쓰는 자리가 아닙니까. 재력이 있는 분이 의장이 되셔야 의정활동을 하는 데 어려움이 없을 겁니다. 다행히 현 의원은 자타가 인정하는 재력가인 만큼 의장 후보 영순위로 손색없습니다."

"맞습니다. 요즘 세상에는 돈을 벌기도 어렵지만 제대로 쓸 수 있는 사람이 과연 몇 명이나 되겠습니까?"

"그렇습니다. 재력도 재력이지만 얼마나 지역을 사랑하느냐 하는 열정 또한 중요한 게 아니겠습니까? 그런 점에서 끊임없이 봉사활동을 해 오신 현 의원님이야말로 의장으로서의 필요한 자격을 두루 갖춘 분이라고 봅니다."

"주머니가 넓어야 큰 물건을 담는다고 했습니다. 또 가지고 있는 두레박줄이 길어야 깊은 우물물을 길어 올릴 수 있는 법이지요. 이 수동시에서 주머니가 가장 짱짱한 분이 아니십니까. 큰 두레박으로 깊은 우물물을 길어 올려 목마른 수동 시민들에게 나눠줄 수 있는 분은 바로 현중만 의원뿐입니다."

뭔가 이득을 좇는 자들일수록 입에 발린 선한 말을 고상하게 하는 법이다. 제법 학식을 갖춘 누군가가 중국 장자의 글을 인용해 유식하게 말했다. 모두 현중만이 듣기 좋아하는 소리만 했다. 현중만은 그럴수록 겸손해야 한다는 것을 잘 알고 있다. 그리고 이들이 술자리가 끝나기 전에 수표가 든 봉투 한 개씩을 기대하고 있다는 것도 안다.

"과찬이십니다. 어쨌거나 여기 모이신 분들은 이번에 분명히 저를 밀어주시는 것으로 알겠습니다. 가능하다면 경선을 하지 않고 단일후보로 추대받게 해주시면 더욱 고맙겠습니다."

현중만은 처음부터 경선은 생각하지 않고 있었다. 지금처럼 팽팽한 세력 균형이 이루어지는 판에 경선을 하게 되면 그야말로 부르는 게 값일 수도 있다.

"걱정하지 마시라니까. 우린 현 의원의 열성 팬들이라고. 하핫!"

황태호가 현중만의 등을 두드렸다.

"그나저나 홍기성 의장은 세대 교체 할 때도 됐는데 또 한 번 해먹겠다는 심보는 뭐야?"

"늙은이가 노망이 든 게지, 뭐. 1기 때부터 줄곧 의장을 했으면 이제는 점잖게 물러나 지역의 원로로 활동할 수 있을 텐데 말이야."

"누가 아니래. 수동시가 자기 아니면 아예 움직이지 않는 줄 안다니까."

갑자기 술좌석이 홍기성의 성토장으로 변하기 시작한다. 현중만은 그런 모습을 보며 아주 만족스러운 미소를 지었다. 그의 표정이 밝아지는 것을 눈치 챈 수미정 사장 주정옥이 그에게 술잔을 권했다.

"현 의원님의 필승을 빌겠어요. 한잔 받으세요."

"고맙소. 마담!"

현중만은 기분 좋게 술잔을 비웠다.

수동시의회 의장만 된다면…… 그는 두 주먹을 불끈 쥐었다. 현중만은 어느 날 갑자기 이 수동시로 들어왔다. 그리고 건축 경기에 힘입어 이제는 모두가 부러워할 정도의 부를 이룩했다. 이제 의장이 되어야 한다. 그래야 최대 소원인 수봉산 리조트 지구 개발을 서두를 수 있다.

투자를 약속한 서울의 재력가들도 시의회 의장이 된다면 확실하게 믿을 수 있다고 했다. 그는 수봉산 중턱에 수만 평의 임야를 소유하고 있다. 수봉산만 개발된다면 그는 가만히 앉아서 땅값 상승으로 인해 수십억을 벌어들일 수 있다. 또 그의 뒤에는 여당 실세인 수동시 국회의원 문종헌이 있다. 아무것도 꺼릴 게 없다.

"노래방 기계 돌릴까요?"

"그럽시다. 모처럼 실컷 즐깁시다."

황태호가 손뼉을 치며 환호성을 질렀다. 찬란하고 야릇한 조명 불이 켜지자 사내들의 노래가 시작됐다. 나훈아의 「고향역」이 나오고, 「칠갑산」도 나왔다. 모두 자리에서 일어나 날개옷을 입은 아가씨들을 껴안고 춤을 추었다.

"현 의원! 애창곡 한 곡 뽑으시오."

황태호가 마이크를 넘겼다.

"왜 불러 / 왜 불러 / 돌아서 가는 사람을 왜 불러 / 아니, 안 되지 나를 부르지도 마!"

현중만은 목청을 높였다. 마음속으로 노래를 불렀다. 나를 막지 마라. 나를 부르지도 마라. 나는 오로지 내가 갈 길을 가고야 말 것이다. 그날 그는 헤어질 때 준비해

온 봉투 하나씩을 모두에게 돌렸다.

"얼마 되지 않습니다. 제 성의로 받아 주십시오. 한 장씩 넣었습니다. 경선 없이 단독후보 추대가 이루어지도록 꼭 도와주시기 바랍니다. 부탁드립니다."

"뭘, 이런 것까지……."

시의원 당선자들은 봉투를 받자 하나같이 입 가장자리가 염천의 소불알처럼 길게 늘어졌다.

"의원님, 더우신데 시원한 음료수라도 갖다 드릴까요?"

손지영이 노크를 하고 들어서며 말했다.

"당연히 오케이지. 얼음 듬뿍 넣은 냉커피로. 지영이도 함께 마시면 더욱 영광이고……."

현중만은 그녀의 옆구리를 슬쩍 건드렸다. 그의 옷깃을 스치기만 해도 수수꽃다리 향기가 났다. 처녀만이 가져다줄 수 있는 풋풋함이다.

"저명하신 분께서 이러시면 안 되는 거 아시죠?"

지영이 웃음을 띤 채 눈을 흘기며 앵돌아져 나간다. 벌써 여러 번 그녀를 유혹해보려고 했지만 좀처럼 빈틈을 보이지 않는다. 때마침 핸드폰이 울린다.

"의원님, 저예요. 날씨 더운데 몸은 괜찮으세요?"

끈적끈적한 주정옥의 음성이 전화기 너머로 들려왔다. 오랜 화류계 생활에서 자연적으로 몸에 밴 가식적인 음성이다. 그를 대함에 있어 그녀는 언제나 헌신적이었다. 이 세상에 헌신적으로 순종하는 여인을 싫어할 남자가 어디 있겠는가. 그녀는 오로지 자신만을 위해 태어난 듯, 매 순간 최선을 다해주었다.

"무슨 일이야?"

"다른 게 아니고요. 수봉산 개발계획 말이에요. 시간을 좀 더 두고 해결했으면 해요. 잡음이 너무 많아요."

"갑자기 무슨 뚱딴지같은 소리야?"

"환경단체에서 당신을 표적으로 삼아 성토집회를 제법 많이 했잖아요. 그래도 별 소득이 없자 다가오는 황소개구리 사냥대회 때 서울에 있는 환경단체 회원들을 대거 동원해 수봉산 개발 반대집회를 연다나 봐요."

주정옥은 진심으로 걱정이 되는 듯했다.

하긴 일개 다방 마담에게 고급 한정식집을 사주고 경영을 맡긴 남자다. 방마다 열 폭 병풍이 둘러쳐진 데다가 방음 시설까지 완벽해 이제 수미정은 수동시의 유명 요정으로 자리매김하고 있다. 더욱이 미모와 언변까지 뛰어난 주인 마담의 매력 때문에 시내 기관장들까지 자주 이용하는 고급 사교장이 되었다.

그들 중 아무도 주정옥이 현중만과 내연의 관계를 맺고 있다는 사실을 모르고 있었다. 현중만은 자신도 모르게 언성이 높아졌다.

"웃기는 놈들이야. 밥 먹고 할 일 없는 인간들이 모여서 괜히 트집을 잡는 거라고. 아, 골프장이 들어서 봐. 나처럼 외박 즐기는 인간들 죄다 이곳으로 몰려와 투숙할 게 아니냐고. 먹고 마시고 자고……. 그들이 뿌리는 돈이 얼마인지 알아? 더구나 빈약한 시 재정에도 막대한 수입이 생겨 숨통이 트이게 되는데 반대라니!"

"의원님 얘기가 백번 옳다고 해도 자연을 보호하고 생태계를 보전해야 한다는 주장도 일리는 있잖아요. 제 얘기는 반발 심리가 조금 누그러진 다음에 하자는 거예요."

"신경 쓸 거 없어. 자연사랑회 놈들은 내가 황소개구리 사냥대회에 후원금을 내지 않았기 때문에 보복 심리로 그러는 거야. 자연사랑회 좋아하시네!"

"죄송해요. 다시 연락 드릴게요."

주정옥이 전화를 끊었다. 현중만은 물끄러미 사무실

벽을 바라보았다. 정면 가득히 온통 자신의 홍보기사와 활동사진이 붙어 있다. 스크랩한 신문기사를 크게 확대한 것도 있고, 각종 사회 봉사활동 때 기념으로 찍은 사진이 수도 없이 붙어 있었다.

정치판에 뛰어들고자 그동안 참 많은 사람들을 만나 인연을 만들어 왔다. 흔히들 그랬다. 옷깃만 스쳐도 인연이라고. 인연은 무슨 얼어 죽을 인연. 몸뚱이를 부딪치며 몇 시간을 그가 뿌린 돈으로 먹고 노래하고 함께 밤을 지새워도 다음날이면 각자 자신의 이익을 좇아 모두 길을 떠나는 타인들이다. 그 타인들을 향해 내 발걸음으로 다가가 지금의 자신을 존재케 했다. 그리고 그 길을 낼수 있었던 것은 오로지 부적보다 효력이 높은 돈 덕분이었다.

8

　수봉산이 저만치 보이는 수리골 들판이 바람결에 흔들린다. 수봉산에 들러 소나무를 어루만지고 온 것인지 솔 향기가 삽상하게 스친다. 벼잎과 콩잎을 비롯해 수많은 식물들이 바람을 마시느라 서로 몸을 비비고 있다. 그곳에 왕파리와 벼룩, 빈대가 몸집 굵은 쥐 앞에 모여 앉아 심각한 표정을 하고 있다. 들풀들을 일으켜 주려는 듯, 바람이 지나가도 그들의 표정은 쉽게 풀리지 않고 있다. 무엇인가 단단히 화가 난 것도 같고, 알 수 없는 공포에 사로잡혀 있는 것도 같다.

그들과 조금 떨어진 곳에서 아까부터 풀을 뜯고 있던 황소가 자꾸만 뒷걸음질을 치고 있다. 황소는 꼬리로 허공을 휘젓거나 고개를 이리저리 뒤틀면서 괴로운 몸짓을 계속하고 있다.

"대낮부터 모기들이 공격을 하는 모양이군."

왕파리가 부럽다는 표정을 지었다.

"밤낮으로 포식할 수 있다니 신이 주신 축복이 분명한 것 같아요."

그러자 몸집 작은 벼룩이 한마디 거든다.

"모기들에게 항의하러 와서 무슨 추태예요? 모기들이 그렇게 부러우세요?"

신경질 많은 빈대가 톡 쏘아붙인다.

"우리끼리 말다툼하려고 온 건 아니잖아? 너희는 어떻게 모였다 하면 싸우니? 어려운 때일수록 힘을 합쳐야 한다고."

몸집 굵은 쥐가 두 눈을 사납게 흘기며 좌장처럼 의젓하게 꾸짖었다.

그들이 한참 옥신각신하고 있을 때 흡혈의 욕구를 채

운 모기들이 떼를 지어 날아왔다.

"당신들이 웬일이지? 나한테 할 얘기라도 있어요?"

모기 중에서 우두머리 격인 왕모기가 파르르 날갯짓을 하며 내려앉았다.

"우리가 이렇게 온 것은 항의하러 온 거예요."

"항의라니요? 우리 동족이 언제 당신들에게 잘못을 저지르기라도 했단 말입니까?"

왕모기는 의아스럽다는 듯 좌중을 둘러보았다.

"도대체 살 수가 없다고요."

"맞아요. 이 수리골이 당신들의 천국이 된 다음부터 우리는 가만히 앉아서 휴식을 취할 자리조차 없어졌단 말입니다."

"지금도 숨이 막혀 겨우 할딱거리고 있는 기 안 보이세요? 이렇게 오염된 곳에서 어떻게 숨 쉬고 살아야 할지 앞이 캄캄하네요."

몸집 굵은 쥐를 제외한 셋은 똑같이 모기를 비난했다. 그들은 한마디씩 하고 있는 순간에도 호흡이 가쁜지 잔뜩 얼굴을 찌푸린 채 겨우 말을 이어 나갔다.

"그게 무슨 소립니까? 좀 알아듣기 쉽게 얘기해 보세요."

왕모기는 도무지 이해가 가지 않는다는 표정이다.

"당신들이 하도 난리를 피우는 바람에 인간들이 동네 전체에 살충제를 무자비하게 살포했잖아요. 비단 동네뿐만이 아니라고요. 이 들녘에도 헬리콥터까지 동원해 약을 뿌리는 바람에 하루 종일 독한 냄새가 진동한다고요. 그 때문에 면역성이 약한 우리 동족이 얼마나 죽어 나가는지 알기나 해요? 지금도 바람이 불 때마다 농약 냄새가 날아와서 질식사할 것만 같다고요."

왕파리 옆에 앉아 있던 빈대가 높고 날카로운 목소리로 항변했다.

"그걸 왜 나한테 따집니까? 인간이 저지른 행위니까 인간에게 몰려가서 항의를 하든가 동족을 죽인 복수를 해야지. 내 말이 틀렸습니까?"

"누가 그걸 몰라서 그래요? 우리는 당신처럼 공격용 무기가 없잖아요. 인간에게 대항할 방법이 없다는 거예요."

"우리는 자생적인 대항력이 없어요. 그래서 말이지만 당신들 동족이 이제는 다른 곳으로 이주했으면 해서 이렇게 온 거예요."

벼룩이 빈대 편을 들고 나왔다.

"참 딱하기도 하구먼. 이 세상에 공짜가 어디 있어요? 우리 동족이 수리골을 장악해서 태평성대를 누리기까지 수억 마리의 동족이 생명을 잃었다는 사실을 모르나 보네요. 지금도 그래요. 비록 수리골 정복자로서의 명성은 얻었지만 하루에도 수많은 동족이 여전히 죽어가고 있다고요. 피를 흘리지 않고서는 인간들에게서 아무것도 얻어낼 게 없다는 것을 잊으면 안 됩니다."

왕모기는 무슨 뚱딴지같은 소리냐는 반응을 보였다.

"당신 얘기를 이해하지 못하는 건 아니야. 하지만 이건 사는 게 아니라고. 동족들은 죄다 인간의 집에서 쫓겨나와 들녘을 배회하는 방랑자가 됐다고. 광이나 천장에 가만히 숨어 있다가 쌀이나 보리를 마음껏 포식하던 때가 너무나 그립단 말이야. 들녘에서 우린 거지나 다름없어. 게다가 언제 날짐승들의 밥이 될지도 몰라 항상 공포에 떨며 살아야 한다고."

그때까지 침묵하고 있던 몸집 굵은 쥐가 입을 열었다. 쥐는 옛날이 그리운 듯 지그시 눈을 감고 선조들의 전설적인 이야기를 생각했다. 인간들의 주거 형태가 초가집이던 시절, 쥐들의 삶은 활기가 넘쳐났다. 그때 인간은 수확한 곡식을 광에다 넣어두거나 마루나 사랑방에 그냥 쌓아두었다. 그래서 인간들이 있건 말건 대낮에도 얼마든지 배불리 먹을 수가 있었다.

지금은 대부분의 건물이 콘크리트로 지어졌고 거기다 농약 피해로 인해 쥐 후손들은 주거지를 잃어버린 상황이나 다름없다.

"쥐 아저씨 얘기가 맞습니다. 농약 때문에, 살충제 때문에 피해를 본 건 저희 동족도 마찬가집니다."

언제 왔는지 살이 홀쭉한 메뚜기가 숨을 할딱거리며 맞장구를 쳤다.

"지난 수천만 년간 우리 메뚜기 동족은 태평성대를 누려왔습니다. 인간에게 귀중한 식량이 되어 주기도 했지요. 그런데 어느 해부터 동족들의 숫자는 날로 줄어들어 겨우 명맥을 유지할 뿐입니다. 바로 농약 때문입니다. 그처럼 인간은 무지막지한 살생을 자행하는 족속입니다."

메뚜기는 그래도 분이 풀리지 않았는지 가느다란 다리로 땅을 박박 긁어댔다.

"메뚜기의 말에 일리가 있습니다. 지금까지는 이 모든 참상을 모기들만의 잘못으로 생각했는데 인간에게 대항해 싸우는 것이 좋은 방법인 것 같습니다. 사실 인간들과 가장 가까이에서 생활해 온 대표적인 동물이 우리 파리들이 아니겠습니까? 우리 할아버지 시절에는 인간의 학교에서 파리를 잡아오란 숙제도 냈습니다. 그때 아이들은 성냥갑 속에 선조들의 시체를 빼곡하게 채워서 선생님에게 제출했지요. 우리 파리 가문에 대대로 내려오는 굴욕적인 역사입니다. 그러나 이제 더 이상 도망만 다니지는 않겠습니다. 우리도 인간에게 대항해 싸울 테니 방법만 알려 주십시오."

왕파리조차도 다시 목청을 높였다. 어느새 좌중의 분위기는 인간에 대한 성토와 주전론으로 무르익어 가기 시작했다.

"여러분들의 오해가 풀려서 퍽 다행스럽습니다. 사실 따지고 보면 인간은 얼마나 오만합니까? 그 오만한 인간에게 경종을 울려주기 위해 우리 모기들은 대대적인 전투를 벌이고 있는데 머잖아 그 성과가 나타날 것 같습니다. 조금만 더 기다려주십시오. 우리 동족의 힘으로 안 될 때는 도움을 청하겠습니다."

"잘 알겠습니다. 인간의 오만에 대해 말씀하셨으니까 말인데 뻔뻔스러운 사람을 보고 '벼룩도 낯짝이 있지'라는 표현을 씁니다. 게다가 조그만 이익을 가당치 않은 곳에서 얻어내려 할 때 '벼룩의 간을 내먹지' 하고 우리 동족을 빗댑니다. 얼마나 인간이 뻔뻔스럽고 욕심 덩어리면 그런 표현이 나왔겠습니까만, 하필이면 비유할 데가 없어서 우리 동족을 인간의 나쁜 행위에 비유하는지 정말이지 불쾌하기 짝이 없습니다."

몸집 작은 벼룩이 억울하다는 표정으로 말했다. 신경질 많은 빈대도 거들고 나왔다.

"우리 보고는 '빈대 잡으려다 초가삼간 태운다'고 하잖습니까? 얼마나 우리 동족을 하잘것없는 존재로 보면 그런 말을 하느냐 말입니다. 이제는 우리도 작은 고추가 맵다고, 뭔가 따가운 맛을 인간들에게 보여줄 필요가 있습니다."

"하잘것없는 존재로 보기는 모기도 마찬가집니다. 인간의 말 중에 '모기 보고 칼 빼기'라는 표현이 있으니까요. 아무것도 아닌 하찮은 일에 너무 야단스럽게 덤빈다는 뜻이지만 중요한 것은 하잘것없는 존재로 모기를 선택했다는 사실입니다. 게다가 아주 가냘픈 소리를 모깃소리라고 하거든요. 후후! 인간이 그렇게 헐뜯던 모기한테서 요즘 혼이 빠질 정도로 시달리고 있으니 아마도 정신이 번쩍 들 것입니다."

왕모기는 고소하다는 듯 한동안 날개를 파닥거리며 웃었다.

"그건 우리 동족도 마찬가지예요. 인간은 간신배들을 가리켜 '파리가 들끓는다'고 하지요. 사실 쓸개에 붙고 간에 붙는 것은 인간 자기들인데 말입니다. 인간은 자신의 목적을 위해서는 어제의 원수가 오늘의 친구가 되고, 오늘의 친구가 내일엔 적이 되는 게 다반사가 아닙니까? 또 파리 목숨이라는 표현도 있어요. 남에게 쉽사리 죽임을 당한다는 뜻인데 얼마나 우리 파리들을 우습게 봤으면 그러겠어요. 장사가 안 되면 파리 날린다고 우리 탓으로 돌리는 인간들이기도 하고요."

왕파리는 장황하게 분통을 터트렸다.

"그러고 보니 우리 쥐 동족들은 너희에 비해서 그래도 행복한 것 같구나. 인간의 표현 중에는 우리 동족을 비유한 명언이 있단다. 비밀은 없다는 뜻으로 '낮말은 새가 듣고 밤말은 쥐가 듣는다'고 하고, 희망을 잃지 않고 살기 위해 '쥐구멍에도 볕 들 날이 있다'고 하지. 하지만 여전히 깔보는 표현도 있다. 쥐방울만 하다느니, 쥐뿔도 모른다느니, 쥐꼬리만 하다느니 하는 표현이 그렇지."

몸집 굵은 쥐의 말이 막 끝났을 때 갑자기 수풀이 돗

자리 퍼지듯 천천히 누웠다. 바람은 불지 않았다. 함께 모인 일행의 시선이 그곳으로 집중되었다. 모두의 얼굴에 경계의 빛이 확연하다.

"앗! 독사잖아?"

가장 기겁을 한 것은 몸집 굵은 쥐였다. 아니나 다를까. 몸집 굵은 쥐가 바들바들 떨면서 그 자리에서 꼼짝도 못 하고 있는 사이에 삼각형 모양을 한 독사의 머리가 징그럽게 수풀 밖으로 비집고 나왔다.

"살려주세요!"

몸집 굵은 쥐는 그동안 보였던 여유로운 모습과는 전혀 딴판이었다. 그의 목소리는 공포로 가득해서 턱까지 덜거덕거렸다.

"걱정 하지 마. 너를 잡아먹으려고 나타난 게 아니야."

독사는 긴 몸을 수풀 속에서 전부 빼낸 다음 둥근 용수철처럼 똬리를 틀고 앉았다. 모두 숨을 죽이고 그를 바라보았다.

"너희가 하는 얘기를 수풀 속에서 다 들었어. 참으로 가상하다는 생각이 들었다. 인간들 때문에 멸종의 위기에 처한 건 너희뿐만이 아니야. 우리도 마찬가지라고. 그래서 닥치는 대로 인간들을 물어서 죽이고 있지만 재래식 방법으로는 한계가 있다는 생각이야."

"수봉산에서는 눈 큰 독사들의 활약이 대단하다고 하던데요?"

"지엽적인 살생은 결코 성공할 수가 없어. 우리 동족만으로는 인간을 공격하는 데 한계가 있다는 결론이야. 모두 힘을 합쳐야 해. 그래야 인간을 추방하고 우리들의 낙원을 건설할 수 있어. 이 수리골 만이라도 인간의 공해가 없는 순수한 자연 생태계가 지배하는 낙원으로 만들자고."

독사의 말에 모두의 얼굴에는 비장한 기운이 감돌기 시작했다.

"저도 앞장을 서겠습니다."

그때 벌 한 마리가 사뿐히 내려앉으며 말했다.

"어서 오게나. 자네가 도와준다면 큰 힘이 될 거야. 수봉산에서도 우리 동족과 자네 동족이 일심으로 단결해 인간을 몰아내는 데 앞장선다고 들었어. 이 수리골이라고 해서 못할 것도 없잖나?"

"고맙습니다. 언젠가 할아버지께서 입으론 달콤한 말을 하면서 배 속에 칼을 지니고 있는 건 오히려 인간들이라고 하셨습니다. 우리 동족의 배 속에 있는 칼은 사실 남이 공격해오거나 공격의 위험성이 있을 때만 사용하는 정당방위용입니다. 인간처럼 아무 저항 능력이 없는 어린아이를 유괴해 무참히 살해하지도 않습니다. 그런 인간들에게 우리는 영양가 높고 맛 좋은 꿀을 선물합니다."

"그러고 보니 인간들은 맛있는 음식을 먹고 꿀맛 같다는 말을 곧잘 한다고 들었습니다."

왕모기가 거들었다.

"그러게 말입니다. 그 많던 산이 하나둘 사라져 가고 꽃밭이 있던 자리에 공장을 짓고, 꽃나무가 있던 자리에는 골프장이 들어섰습니다. 늦여름부터 신작로마다 길게 늘어선 코스모스 꽃길도 흔하게 볼 수 없는 풍경이 돼 버렸습니다. 꽃이 부족해 꿀을 만들어내는 우리 동족의 숫자도 줄어든다는 것을 아둔한 인간이 모르는 것 같습니다."

"여러분! 모두의 의견이 인간을 공격하자는 데 일치된 것 같습니다. 그러나 여러분들은 이제 씨족이 얼마 남지 않았습니다. 하지만 우리 동족은 어미 한 마리가 생존 기간 동안 천여 마리의 자손을 출산하는 왕성한 번식력을 자랑하고 있습니다. 그러니까 우선은 저희 동족만으로 지금까지 해왔듯이 수많은 모기를 집합시켜 모기 떼로 밀고 나가겠습니다. 그런 다음 인간의 반응을 봐서 다시 협의하기로 합시다."

왕모기가 결론을 내리려고 했다.

"가장 좋은 방법이 있어. 인간에게 말라리아와 뇌염을 전염시켜 그들을 죽이는 거야. 그렇게 해 보라고. 그러면 나도 들녘에 나온 인간들에게 유행성 출혈열을 전염시킬 테니까."

몸집 굵은 쥐는 성질 급하게 끼어들어 한마디 했다.

왕파리도 이에 뒤질세라 끼어들었다.

"우린 인간들이 먹는 음식마다 파고들어 그들이 제일 끔찍해 하는 구더기 알을 낳아 놓겠습니다."

"모두 좋은 생각입니다. 하지만 말라리아와 뇌염을 전염시키는 모기는 따로 정해져 있습니다. 그들을 찾아서 한번 설득해 보겠습니다."

"그렇게 하십시오. 그리고 우리 모두 모기처럼 살충제와 농약에 대한 면역력을 스스로 키워 나가도록 노력해야 합니다."

왕모기의 말에 왕파리가 대충 결론을 지으며 허공으로 훌쩍 날아올랐다.

9

초저녁 하늘에 개밥바라기별이 방긋거리며 돋아 있다. 하지만 밤하늘의 경치는 액자에 담긴 그림처럼 마을 사람들의 뇌리에서 멀어져갔다. 수리골 저녁은 모기 떼의 습격으로 시작되기 때문이다.

한동조는 일찌감치 일을 끝낸 다음 도망치듯 마을로 향했다. 오늘은 마을회관에서 모기 떼에 대한 대책회의가 열리는 중요한 날이다. 그가 논에서 나오자 여기저

기서 허리를 굽힌 채 풀을 뽑거나 농약을 뿌리던 사람들
이 하나둘 일을 마무리하는 모습이 보였다. 그들 모두 무
더운 날씨인데도 긴팔 옷을 입고 얼굴에는 방충망까지
쓰고 있다. 언뜻 보면 벌통을 만지다 나온 사람의 모습
같다.

이제 마을 사람들은 더러는 회의에 참석하러 가고, 나
머지는 집으로 가서 이른 저녁을 먹고 문을 꼭꼭 닫은 채
두문불출할 것이다. 그러지 않고서는 활개 치고 돌아다
니는 모기 떼의 습격에 견딜 재간이 없다.

"한 씨! 저 하늘 좀 봐! 벌써 녀석들의 교미가 시작
됐어."

기상훈이 하늘을 가리켰다.

아직은 수봉산 위 옅은 노을이 호롱불 같은 빛을 밝히
고 있음에도 하늘 가득 어둠을 끌고 몰려온 것은 새까만
모기 떼였다. 수천수만, 아니 수억 마리의 모기 떼가 마
치 개미군단처럼 까맣게 하늘을 뒤덮고 있다.

"에엥."

소방차의 사이렌처럼 또렷한 굉음을 내면서 나비 떼
처럼 춤을 추는 모기들이다. 가을 들녘을 온통 뒤덮는 고
추잠자리 떼의 장관은 비교가 안 된다. 하지만 분명한 것

은 모기 떼가 벌써부터 흡혈 공습작전에 나섰다는 사실이다.

"이놈의 모기 새끼들 때문에 정말 미치고 환장하겠네. 이게 도대체 뭔 난리인지 모르겠다니까."

짝짓기를 마친 모기 떼가 얼굴에 쓴 방충망을 뚫으려고 달려들자 기겁을 한 한동조가 방충망을 흔들어대며 이죽거렸다.

"이런 젠장! 모깃불 피워놓고 멍석에 누워 옛날이야기 듣던 시절이 엊그제 같은데 어째 이리 세상이 변했는지 모르겠네."

얼마 전에도 아내는 또다시 시내로 이사를 가자고 막내와 함께 울먹이면서 조른 적이 있다.

"진작 시내로 이사 가자고 할 때 갔으면 이런 고생은 안 했을 거 아니에요. 이게 어디 사람 사는 동네냐고요. 내사 모기 등쌀에 밤 나들이조차 못해 보고 사는 건 생전 처음이에요."

"너도나도 농촌을 떠나면 어떻게 되겠어? 그리고 시내로 가 봐야 막노동밖에 더 하겠어? 농사는 가장 정직한 거라고. 뿌린 만큼 거둘 수 있는 게 농사이니까."

"그래도 모기가 어지간히 난리를 피워야 말이지요.

모기에 물리지 않은 데가 없다고요."

한동조는 아무래도 모기 떼의 극성이 예삿일이 아니라고 생각했다. 옛날에는 이 같은 기상이변이 일어나면 전쟁이 벌어지거나 임금이 죽는 등 나라에 변이 생긴다고 했다. 하지만 과학은 그런 미신을 쫓아버린 대신 인간의 폐기물 투기 습관과 자연에 대한 경시 풍조 등을 일깨워 주고 있다.

수리골에서 모기 떼가 극성을 부리자 얼마 전 대학교수와 학생들이 학술 조사를 한답시고 하룻밤을 보내고 갔다. 그들은 떠나기 전에 동네 사람들을 모아놓고 간담회를 갖기도 했다. 간담회 골자는 특별한 대책이 마련되어야 한다는 것이었다.

"특별한 대책이라는 건 무슨 말입니까?"

누군가가 질문을 던졌다.

"말하자면 모기 박멸작전 같은 것입니다. 모기를 없애는 방법은 모기가 유충일 때 천적을 이용하는 겁니다. 송사리나 잠자리 유충, 민물 가재, 특히 하루 천 마리 이상 유충을 잡아먹는 미꾸라지 등이 천적으로 알려져 있습니다."

"에이, 여보시오! 저 더러운 물에 송사리가 어디 있고 가재가 어디 있소! 그러지 말고 이주 대책이나 세워달라고 하시오."

"이주 대책은 저희가 관여할 문제가 아니고 행정기관에서 알아서 할 문제입니다. 여러분에게 학자의 한 사람으로 말씀드리고 싶은 것은 저나 여러분 할 것 없이 인간이 스스로 불러들인 재앙이란 사실입니다. 이제 보십시오. 하늘에서 헬리콥터로 살충제를 뿌리고 여러분들이 아무리 디디티(DDT)를 살포하고 에프킬라를 뿌려대도 모기가 소멸되진 않습니다."

"맞아요. 옛날에는 이러지 않았는데 그게 왜 이렇게 됐습니까?"

"모기들이 살충제에 대한 저항력이 강해진 거지요. 감기에 걸렸다고 자꾸 약을 먹어 보세요. 나중에는 점점 더 독한 약을 써도 잘 듣지 않습니다. 그와 똑같은 이치입니다. 그리고 무엇보다 큰 문제는 그렇게 마구 뿌린 모기약이, 물론 농약도 해당이 됩니다만 불행하게도 모기들의 천적까지 죽였다는 사실입니다. 자연은 자연 나름대로의 규칙이 있습니다. 그런데도 우리 인간들은 너무나 자만하고, 오만했던 거지요. 이제 인간은 인간에 대한 자연의 역습을 겸허하게 받아들이고 지금부터라도 도시, 농촌 할 것 없이 생태계 보전에 힘을 합쳐야 할 것입니다."

교수의 말에 모두 숙연해졌다. 학자들이 돌아간 다음 마을 사람들은 하나같이 더 이상 이 동네에 살 수 없다는 결심을 굳히기 시작했다. 결국 동네회의가 소집됐고 오늘 결판이 날 참이다.

마을회관 앞에 있는 유문등에서는 벌써부터 찌지직하고 모기 타는 냄새가 코를 찔렀다. 수십 마리씩 동포를 잃어도 녀석들은 어김없이 떼를 지어 밀고 들어왔다.

"자, 날이 완전히 어두워지기 전에 빨리 회의를 마치고 돌아갑시다."

주민들이 모인 마을회관은 열대야 현상으로 찌는 듯이 덥다. 하지만 모두 꼭꼭 문을 잠근 채 형광등도 출입구 위에 있는 외등 한 개만 켜 놓았다.

"엊그제 왔던 교수들도, 이곳이 더 이상 사람이 살 만한 곳이 못 된다고 하지 않습니까? 그렇다고 수만 평이나 되는 늪을 다 메울 수도 없는 노릇이니까 시청에 쳐들어가서 집단 이주 대책을 세워달라고 합시다."

"공무원들도 지난번 이 상황을 보고 갔잖습니까. 아마 그들도 나름대로 대책을 세우고 있을 것입니다."

자신의 친척이 시청 환경과 과장으로 있다는 마을 사람 중 한 명이 나서서 말했다.

"먼저 서낭당에 제사라도 지내보는 게 어떻겠나?"

여든이 넘은 지씨 할아버지가 서낭당 이야기를 꺼냈다.

"설마, 이 판국에 제사를 지낸다고 효과가 있을까요?"

"내 생각에는 우선 이 방법이라도 써 보는 것이 좋을 듯하네. 신경이 날카로워진 마을 사람들이 아닌가? 제사로 인해 한마음이 되는 계기도 될 수도 있고…… 하도 답답해서 이런 방편이라도 해 보자는 게 아니겠나?"

사람이 나이를 먹는다고 해서 모두 다 지혜와 혜안이 열리지는 않는다. 지씨 할아버지는 삶의 이치를 살필 줄 아는 종교 서적과 샤머니즘, 사회과학서 등등 많은 책을 읽은 분이다. 그렇게 학식과 인품을 두루 갖춘지라 이 마을 대소사를 관장하고 있다.

"모기가 어떤 존재인가? 세계를 검으로 정복한 알렉산더대왕도 마흔 살이 안 돼서 모기에 물려 허무하게 죽어갔네. 모기라는 놈은 예나 지금이나 위대한 장군도 죽음으로 몰고 갈 만큼 위험한 존재네."

"어르신! 암만 그래도 그렇지 천재지변인데 서낭당에

제사 지낸다고 나아질 것 같지는 않은데요. 미꾸라지가 천적이라고 하니까 양식 미꾸라지를 대량으로 사들여 방생하는 게 어떻겠습니까?"

기상훈이 한마디 거들고 나섰다.

그렇게 갑론을박하는 사이에 여기저기서 앵앵거리는 소리가 들려온다. 이놈의 물귀신 같은 모기 새끼! 주민들이 자신의 팔과 다리를 철썩철썩 때리는 소리가 쉼 없이 들려온다. 그러나 이미 모기는 피를 빨아먹고 저만치 달아난 뒤다.

"마을에 안 좋은 일이 일어날 때마다 서낭당에 제사를 지내온 전통이 있으니, 어르신 말씀도 일리가 있습니다. 그러나 일단은 진정서부터 작성해야 하지 않겠습니까."

"시의원들은 도대체 뭐하는 작자들인지 모르겠습니다. 뽑아달라고 논밭에까지 와서 머리 굽히고 인사하더니, 이제는 코빼기도 안 보이니 말입니다."

누군가 시위를 제안하자 주민들의 불만은 시의원에게까지 확산되어 터져 나왔다.

"그런데 곰곰이 생각해보니 자연의 역습인가 뭔가 그 교수님이 얘기한 게 아무래도 맞는 것 같아."

"그게 무슨 소립니까?"

"수봉산에서 또 사람이 죽었다는 소문 못 들었나? 새 밭골에 사는 실직자가 등산길에 나섰다가 뱀한테 물려서 죽었다고 합디다."

"나도 그 얘기를 들었습니다. 아무래도 예삿일이 아닌 것 같습니다."

"어쩌다가 세상이 이래 됐는지…… 인간이 짐승들한 테 꼼짝없이 당하는구먼. 쯧쯧!"

"그래도 어쩌겠습니까? 별 뾰족한 수가 있어야지요."

"엘니뇨인가 뭐신가 하는 기상이변도 따지고 보면 인 간이 원인이라고 안 합디까?"

"참으로 큰일이여. 사람 사는 동네가 어쩌다가 이래 됐는지……."

모두 탄식뿐이다. 결국 집단 이주 대책을 세워달라는 탄원서를 작성하고 모두 연명으로 날인했다.

한동조는 회의가 끝나자 집으로 향했다. 어느새 어둠 이 질펀하게 깔리고 곳곳의 유문등마다, 모기들이 타들 어 가는 소리와 함께 역겨운 냄새가 흘러나와 한동조를 곤혹스럽게 만들었다.

돌이켜보면 한동조는 코에서 단내가 나도록 열심히 살아왔다. 그동안 한 번도 자연에 대해 신경을 써본 적이 없다. 그런데 돌이켜 생각해 보니 그 역시 논두렁에 아무렇게나 농약병과 비닐을 버렸다. 어릴 적 그는 아침마다 도랑에서 세수하고 양치질을 했다. 그렇지만 지금 농촌의 도랑이란 도랑은 죄다 농약병과 비닐과 각종 쓰레기로 뒤범벅되어 있지 않은가.

논두렁뿐만이 아니다. 비교적 경치가 좋다고 알려진 곳은 도시에서 놀러 온 사람들이 버린 각종 깡통과 비닐봉지가 흉물스럽게 널려 있다. 대도시에 가서 날품팔이를 하더라도 농촌을 지키는 것보다 낫다고 생각한 사람들이 도시로 떠났지만, 떠난 사람이나 남은 사람이나 오로지 먹고사는 데만 신경 썼을 뿐이다.

한동조는 교수의 말이 자꾸만 섬뜩하게 뇌리에 박히는 걸 느꼈다. 인간에 대한 자연의 역습이라고 했다. 어쩌면 장마가 오기 전에 말라리아나 뇌염이 발생할지도 모르는 일이다.

한동조가 정자나무 아래 도착하자 모기 떼가 달려들기 시작했다. 모기들의 숲이다! 까마득한 밀림의 한복판에 들어선 듯 아무것도 보이지 않았다. 팔다리는 물론 어깨며 얼굴까지 수없이 따끔거렸다. 할아버지의 옛날이야기를 듣던 예전의 정자나무 아래가 아니다. 시원한 바람을 마주한 채 별을 헤아리던 정자나무 아래의 추억은 망각의 저편으로 빨려 들어가고 말았다.

뛰자. 뛰는 수밖에 없다. 한동조는 모기의 숲을 휘젓기 시작했다. 앵!…… 모깃소리가 더 크게 울려 퍼졌다. 온통 그의 귀는 이명으로 가득했다.

그는 냅다 달리기 시작했다. 달리는 그의 몸에 수많은 모기가 진딧물처럼 빼곡히 붙어서 떨어지지 않았다.

"여보! 나야!"

간신히 집에 당도한 한동조는 현관 앞에서 크게 소리를 질렀다. 문이 열리자 아내의 오른손에는 어김없이 살충제 한 통이 쥐어져 있다.

"여보! 눈감고 코 막아요."

그의 아내는 말을 채 끝내기도 전에 남편의 몸에 사정없이 약을 뿌려대기 시작했다. 그제야 새카맣게 붙어 있던 모기 떼들이 혼비백산해 달아나기 시작한다. 어떤 놈은 마루에 그대로 떨어지고, 어떤 놈은 천장으로 도망가기도 한다. 한동조는 코와 입을 막았던 손을 떼지만 여전히 숨이 가빴다.

간신히 모기를 퇴치한 그는 방에 들어서자마자 훌러 덩 옷을 벗어 던지고는 세면실로 들어갔다. 농가 구조의 개선사업의 일환으로 목욕탕이 달린 세면실을 마련하길 참 잘했다는 생각이 든다. 그는 샤워기를 틀어 차가운 물이 한동안 몸을 타고 흘러내리도록 했다. 온몸이 따끔거리기 시작한다. 그렇게 한 차례 전쟁을 치르고서야 그는 안방으로 나온다. 귀갓길마다 치르는 전쟁이다.

저녁 밥상이 마련됐다.

"여보! 마을회의에서는 무슨 얘기가 나왔어요?"

아내가 출입문 쪽에다 연신 살충제를 칙칙 뿌려대며 묻는다.

"갑론을박이지, 뭐. 지씨 어르신께서는 서낭당에다가 제사를 올리자고 하시더군."

한동조는 된장에 풋고추를 찍으며 피식 웃었다.

"할아버지 말씀도 일리가 있어요. 서낭당이 노했을 수도 있어요. 지난번 제를 지내기 전 제관 중 한 사람이 부부싸움을 했다는 소문이 나던걸요."

마을마다 기준이 다르지만 대체로 정월 보름날에 맞춰 제를 올린다. 서낭당에 제사 지낼 제관은 보통 세 명 정도 뽑는다. 상주도 안 되고 혼자 사는 홀아비도 제외

된다. 제관으로 정해지면 아무리 추운 날씨에도 제를 올리기 일주일 전부터 매일 한 번씩 찬물에 목욕을 해야 한다. 몸가짐 마음가짐을 정갈히 하는 가운데 부부합방도 금기하는 것이 관례다. 그런데 지난번 제사를 끝낸 며칠 뒤, 동네 아낙들이 모여 제관 중 한 사람이 부부싸움 하는 소리를 들었다고 입방정을 떨었다.

"이 사람! 한술 더 뜨는구먼. 자연재해야. 인간이 저지른 죄에 대한 당연한 결과라는 게 교수님의 말씀이잖아."

"그래, 결론이 났어요?"

"대충 집단 이주 대책을 세워달라고 시위하러 가자는 쪽으로 결론이 났어. 그놈의 시위를 또 해야 하다니 이제는 지겹구먼. 시위하지 않고 민원이 해결되면 얼마나 좋을까."

사람들은 툭하면 머리띠 둘러매고, 경운기로 길을 막고, 고래고래 소리를 지르며 시위했다. 하다못해 시 관내 쓰레기매립장이 수리골로 결정됐을 때도 머리띠를 둘러매고 농성을 했다.

한동조는 이런 현실이 참으로 서글프다고 생각했다.

"공무원이란 사람들 대부분이 농민들의 마음과 고충

을 건성으로 받아드리고 있다는 게 문제지요. 정말 자신의 일처럼 상황을 진지하게 파악하려는 의지가 느껴지지가 않으니까 애부터 할아버지까지 시위 때마다 참여할 수밖에 없는 거라구요. 또 공무원들도 힘들기는 마찬가지지요. 쓰레기를 공중에 버릴 수도 없는데 마을마다 쓰레기 매립장이 들어오는 것을 반대하니까요."

"하긴 그 말도 틀린 건 아니야. 그나저나 서울 큰애한테서는 연락이 없었나?"

"방학하면 집에 내려온다더니 어디 식당에 아르바이트 자리를 구했다나 봐요. 2학기 등록금은 걔가 벌겠다고 하대요. 돈 들어갈 데는 많고, 참 큰일이에요. 한우값은 자꾸만 떨어지고……. 에어컨 할부도 벌써 두 달째 밀렸어요. 다음 장날에는 소를 좀 파세요."

"알았어. 그놈의 모기 때문에 시골에서 비싼 에어컨까지 사야 한다니……."

수리골 사람들은 선풍기도 모자라 올해는 모두 단체로 에어컨을 샀다. 문짝 하나 열 수 없다 보니 그 방법만이 유일한 것이다.

"참, 소들은 괜찮아? 방충망 덮어 줬겠지?"

"예. 단속한다고는 했어요."

한동조는 모기 등쌀에 외양간에도 방충망을 쳐야 했다. 옛날 한두 마리의 소를 기를 때의 외양간은 규모가 작아 방충망을 친다는 것이 쉬웠다. 하지만 지금의 외양간 구조상 형식적인 설치에 그칠 수밖에 없었다. 그가 기르는 소는 모두 열 마리. 그래도 한우값이 괜찮을 때는 한밑천 톡톡히 잡을 수 있었지만, 근래 들어 사료를 비롯한 모든 것들의 가격이 천정부지로 오르는 바람에 또 은행부채만 늘어날 판이다.

　　"미안하오. 진작 시내로 갔으면 이런 고생은 하지 않을 텐데……."

　　저녁상을 물리자 한동조는 아내에게 진심으로 사과하고 싶었다.

　　"그러게 진작 제 말을 좀 들었으면 좋았잖아요. 요즘 세상에 남자는 그저 세 여자 말만 잘 들으면 된다잖아요. 엄마와 마누라, 그리고 네비게이션 이렇게 말이에요."

　　"허허, 그건 그렇지만……."

　　창문 밖에는 모기 떼들이 눈보라처럼 날아다니며 요란한 소리를 내고 있었다.

10

밤새 빛을 삼키던 어둠이 다시 그 빛을 토해내는 시간이다. 이슬에 세수를 마친 들꽃이 산자락을 타고 흐르는 구름에 얼굴을 묻었다가 내보인다. 가히 몽환적인 풍경이 펼쳐지는 수봉산에서 일찍 잠을 깬 까치 부녀의 대화가 도란도란 들려오고 있다.

"꼬까선아! 요즘 들어서는 왠지 지나간 시절이 더 그리워지는구나. 그 옛날! 폐허에 돋아나는 잡초처럼 가난이 지천으로 깔려 있을 때는 인간과 친구 아닌 것이 하나도 없었단다. 바람도 들꽃도 강물도 새들도 이름 모르는 들풀조차 모두 그들의 친구였으니까."

"아빠! 이 지구별에 진짜 그런 시절이 있었어요? 저는 별로 믿어지지가 않는 걸요."

"그럼, 당연히 있었고말고. 그 시절 인간의 가슴은 햇빛에 데워진 강물처럼 늘 따뜻했단다. 그래서 자연과 함께 창을 열어두고 살았지. 그랬던 그들이 어느 순간부터 문명이라는 배를 타고 빠르게 변하기 시작했어."

까치 아빠가 옛날을 회상하는 이야기를 들려주고 있는 시간. 수봉산 입구에 자리한 사찰에서 들려오는 목탁소리가 생명 가진 것들을 깨웠다. 잠이 깬 참새들의 조잘대는 소리가 새벽공기를 가르며 목탁소리와 어우러지고 있다. 매미들도 노래를 부르기 시작했다. 그러나 신선하고 경쾌한 산속의 내부에는 왠지 즐거움보다는 하루의 시작에 대한 근심과 두려움이 깔려 있는 듯하다.

산 너머에서 태양이 불쑥 솟아올랐다. 숲 속은 수정처럼 맑은 이슬을 잔뜩 머금은 수목들로 생기가 넘쳐흘렀다. 낮 동안 축 처져 있던 나뭇잎들이 밤사이 새로운 활력을 찾은 듯하다. 참매미네 식구들은 벌써부터 물오른 나무의 진을 빨아먹기 바쁘다. 충분한 아침 식사를 해야 하루 종일 노래를 부를 수 있는 그들은 이 숲 속에서 아침을 거르지 않는 동물에 속한다. 그 옆에서 풍뎅이네 가족들이 기지개를 켜면서 일어나는 게 보인다. 가문비나무 가지에 만들어 놓은 벌집에서는 벌 가족들이 더듬이를 내밀며 아침 식사 거리를 찾아 나서고 있다.

꼬까선은 큰 녹색상 위에 유백색 진주알로 구르는 수많은 물방울의 아름다움을 바라보고 있다. 언제 봐도 질리지 않는 풍경이다. 그러니 이 세상에 자연만큼 아름답고 고귀한 것은 없다는 생각이 절로 들었다.

얼마나 지났을까. 숲 속 가득히 동살이 잡히기 시작했다. 아침 햇살이 나무들 사이로 부챗살처럼 골고루 퍼져서 물감 퍼지듯 숲 속으로 번져오고 있다. 눈이 부시다.

순식간에 아침 햇살이 산 중턱까지 호수처럼 차올라왔다. 그러자 여기저기서 날짐승과 길짐승이 일어나는 소리가 들려온다. 눈 큰 독사가 기지개를 켜고, 두더지도 땅속에서 기어나온다. 부엉이와 박쥐도 날갯짓을 하고 흑의 장군인 검독수리 의장 삼부자가 한꺼번에 날아오르자 늦잠을 자고 있던 다람쥐 가족도 별수 없다는 듯 쪼르르 계곡으로 달려나간다.

그제야 꼬까선은 산 아래로 날아가야 한다는 생각이 들었다. 행여 비둘기 아저씨가 별까랑 오빠의 소식을 갖고 오지 않을까 하는 간절한 바람 때문이다. 간절함이란 허기져 있고 궁핍할 때 그 농도가 진해지는 법. 숲 속의 동물들이 모두 기상하는 시간에 그녀는 언제나 수봉산 입구로 날아가곤 했다.

숲 속의 전령인 비둘기 아저씨는 거의 매일 아침 일찍 찾아와 인간이 사는 동네에서 벌어진 온갖 소식을 알려 주었다. 그 때문에 많은 동물이 그가 찾아오면 표정부터 살피는 버릇이 생겼다. 언제나처럼 가장 큰 문제는 수봉산 개발에 대한 인간의 움직임이다. 그다음은 이웃 동물 가족들의 소식이나 수봉산을 떠난 일가친척들이 보내오는 안부다.

꼬까선이 수봉산 입구까지 내려갔을 때 비둘기 아저씨는 사찰의 표지판 위에 앉아 잠시 쉬고 있었다. 꼬까선은 길옆에 피어 있는 자귀꽃처럼 활짝 웃으며 반갑게 인사를 한다.

"아저씨! 안녕하세요?"

"아! 우리 꼬까선이는 하루도 빠지지 않고 마중 나

오네?"

비둘기 아저씨는 대견스럽다는 듯 꼬까선을 바라보다가 이내 표정이 어두워진다.

"오늘도 무소식이군요?"

그녀는 비둘기 아저씨의 표정에서 별까랑 오빠의 소식이 없다는 것을 읽을 수 있었다.

"미안하구나."

"……."

처음 별까랑 오빠를 기다리러 나왔을 때다. 비둘기 아저씨한테 자신의 마음을 들킨 것 같아 많이 부끄러웠다. 그래서 우연히 산책을 나온 척 시치미를 뗐었다.

그리움은 없어졌다가 다시 떠오르는 달과 같다. 마찬가지로 꼬까선도 자신의 마음을 절대 숨길 수가 없나. 연락을 기다리는 일보다 더 힘겨운 것은 기다리는 마음을 감추는 일이기에 그녀는 얼마 지나지 않아 솔직히 털어놓았다.

"이제는 그만 기다리렴. 그러다가 병이라도 나면 어쩌려고 그러니?"

비둘기 아저씨는 그녀가 여간 걱정스럽지 않은 듯했다.

"괜찮아요. 전⋯⋯."

"그렇다면 다행이다만⋯⋯."

"언젠가는 오빠로부터 연락이 올 거예요. 전 별까랑 오빠를 믿거든요."

그녀는 또박또박 힘주어 말했다. 기다림은 사랑이 사랑다울 수 있게 해주는 믿음 같은 것이다. 그러므로 별까랑을 향한 그리움은 고단한 삶을 버티게 해 주는 힘이 되고 살아가는 에너지가 돼 주었다.

"나도 별까랑의 소식을 전해줄 수만 있다면 얼마나 좋겠니? 별까랑은 정말 신의가 없구나. 이렇게 간절히 기다리는 네 마음을 몰라주다니 말이야."

"낯선 이국땅이 그리 쉽게 적응이 되겠어요? 자리를 잡으면 연락이 올 거예요."

사랑은 어떠한 경우에도 상대를 위해 방탄조끼 역할을 해줄 수 있어야 한다. 꼬까선은 그런 존재가 되고자 별까랑을 두둔했다.

"이제 보니 네 마음이 일편단심이구나. 거기다 마음씨도 꽃보다 곱고 말이야."

"별말씀을요."

꼬까선은 망연히 남쪽 하늘을 바라보았다. 태양은 어

느새 떡갈나무 높이만큼 솟아올랐다. 비둘기 아저씨가 푸드덕 날아올랐다. 그의 모습이 숲 속 저만치 사라져 간다. 그녀 역시 그가 날아간 산 중턱으로 날갯짓을 했다.

숲 속의 동물들은 아침 조회를 하고 있었다. 곧이어 그들은 모두 수봉산 찬가를 부르기 시작했다.

우리가 살아가는 수봉산은 신이 주신 선물이라네.
해와 달도 신의 뜻을 거역할 수 없네.
모든 날짐승과 길짐승도 신이 주신 생명이라네.
모든 곤충과 물고기도 신이 주신 생명이라네.
수봉산 지켜 후손 만대 번영하세.
수봉산 수호로 동물왕국 건설하세.

잠매미의 선창으로 우렁차게 수봉산 찬가가 울려 퍼지자 모두 숙연한 기분으로 합창했다.

까치 아빠는 꼬까선에게 아침조회 때마다 수봉산 찬가를 부르게 하는 것이 조직을 이끄는 방법 중 하나라고 했다. 또한 숲 속의 동물들을 한마음 한뜻으로 묶는 데 수봉산 찬가만큼 좋은 것이 없다고 강조했다.

"전부 좌정하시오."

수봉산 찬가가 끝나자 검독수리 흑의 장군이 우렁찬 목소리로 말했다. 모두 흑의 장군에게 시선을 집중했다.

"비둘기는 어제 일어난 각종 소식을 알려 주시오. 가능하면 좋은 소식부터 얘기하시오."

"네. 의장님!"

비둘기 아저씨가 목청을 가다듬느라고 몇 번 헛기침을 했다.

"수리골 주민들이 모기들의 집단 공격을 연달아 받자 마을회관에서 대책회의를 가졌습니다."

"대책회의?"

"네. 그 회의에서 집단 이주를 결의하고 조만간 시청에 몰려가 항의 집회를 갖는 한편, 집단 이주 대책을 요구하는 청원서를 제출하기로 했습니다."

비둘기 아저씨의 전언은 숲 속의 동물 모두에게 신선한 충격으로 받아들여졌다. 몰래 일터로 나가려던 왕개미 일가족도 비둘기의 얼굴에서 시선을 놓지 않고 있다.

가장 가녀린 동물이라고 생각한 모기들이 그처럼 큰일을 해냈다는 것은 도저히 믿기지 않는다. 그렇지만 비둘기의 성품으로 보아 괜히 하는 말은 아닌 것 같았다.

이건 참으로 기쁨이다.

"우하핫! 인간들이 쫓겨나게 생겼단 말이지? 이런 기쁜 소식이 있나. 우리 숲 속 동물들도 더욱 전의를 불태워야겠구먼. 들녘의 동물들이 그처럼 맹렬한 기세로 싸우고 있는데 우리가 낮잠만 자서야 되겠나. 안 그렇소? 여러분!"

"옳으신 말씀입니다."

검독수리 흑의 장군이 신명이 나서 소리치자, 모두 합창이라도 하듯 맞장구를 쳤다. 흑의 장군은 연신 싱글벙글했다.

"또 다른 소식은 없소?"

"이번에는 나쁜 소식입니다."

"나쁜 소식?"

"네."

"무슨 소식인데?"

"수봉산 중턱에서 특공대에 의해 처치된 최선우란 인간이 사실은 다른 인간의 사주를 받았다는 첩보를 입수했습니다."

"그따위 마음 약한 소리는 아예 하지 마시오. 사주를 했건, 사주를 받았건, 어쨌거나 수봉산에 발을 들여놓은 인간은 모두 죽이기로 결정한 사항이 아닙니까?"

"맞소. 그 점에 대해서는 이의가 있을 수 없소."

흑의 장군 말에 공명 선생까지 거들고 나섰다.

"그런데 사주한 인간은 누구요?"

"현중만 의원입니다."

"뭐라고? 현중만?"

그는 숲 속 동물들에게도 이미 악명 높은 인물이었다. 수동시의회 의원 중에서 가장 강력한 개발론자로서 동물들은 언젠가 피비린내 나는 전쟁을 피할 수 없다는 것도 각오하고 있었다.

"그 인간이 왜 다른 사람을 시켰지?"

"보나 마나 우리들의 정체를 확인하기 위해서일 것입니다. 비디오카메라에 눈 큰 독사들이 찍혔다는 소문이 나돌고 있습니다."

"흠! 그런 일이……."

"앞으로 눈 큰 독사들은 특별히 몸조심을 해야 합니다. 독사가 수봉산에 수도 없이 서식하고 있다는 게 알려졌으니 전국의 땅꾼들이 몰려들지도 모릅니다. 그들에게 발각되는 날에는 제아무리 용맹한 눈 큰 독사들이라고 할지라도 생명이 위태로울 수 있습니다."

"걱정하지 마십시오. 우리 특공대가 있는 한 아무도 이 수봉산에 올라오지 못할 것입니다."

눈 큰 독사가 머리를 꼿꼿하게 치켜들며 말했다.

"그렇습니다. 우리에게는 독침이 있습니다."

붉은 말벌까지 소리를 높였다. 흑의 장군은 아주 만족스러운 표정을 지었다.

"현중만이란 인간에 대해서 좀 상세하게 말해 주시오."

공명 선생은 적을 알아야 승리할 수 있다는 '지피지기 백전백승'이란 말을 신봉하고 있다.

"새밭골과 수리골 일대에 상당한 임야를 갖고 있는 인물입니다. 차기 시의회 의장으로 가장 유력한 인물로 꼽히고 있습니다."

비둘기 아저씨가 간략하게 설명했다.

"수봉산에 골프장을 건설하는 건 어떻게 되어가고 있습니까?"

"현중만이 의장에 당선되면 개발계획이 실현될 확률이 높습니다. 소문으로는 이 수봉산 일대 수백만 평의 부지에다 골프장과 스키장, 민속촌, 워터파크, 스포츠공원, 종합수영장, 레저공원, 특급호텔 등을 건립한다는 구체적인 계획을 세웠다고 합니다."

"흠……."

산까치 공명 선생은 뭔가 골똘히 생각하는 듯했다.

"공명 선생! 현중만이란 인간이 더 이상 화근이 되기 전에 처치해 버리는 게 어떻겠소?"

흑의 장군은 현중만의 제거를 결심한 듯했다.

"그게 그렇게 쉽지가 않습니다. 그가 제 발로 수봉산에 걸어 들어올 리는 만무합니다. 그렇다고 그가 탄 고급 승용차나 저택의 유리를 뚫고 들어가 그를 죽일 만한 무기가 아직 우리에게는 없습니다."

"그럼, 어떡하면 좋겠소?"

"좀 더 두고 생각해 봅시다. 현중만의 여자 관계는 어떻소?"

공명 선생은 몇 번 고개를 갸우뚱하다가 비둘기에게 물었다.

"굉장한 바람둥이입니다. 정력제를 매일 복용하는 대표적인 인간입니다. 거기다 몸에 좋다고 소문난 수많은 우리 동물들을 몸보신용으로 먹고 있다고 합니다. 더욱이 분노할 일은 현중만이 사슴농장까지 만들었다는 것입니다. 체력이 떨어졌다고 생각되면 가차 없이 농장으로 달려가 사슴 피를 포식한다고 합니다."

"죽어 마땅한 놈이군."

"능지처참해야 합니다."

"당장 놈을 처단합시다."

모두 현중만을 성토하기 시작했다.

꼬까선은 별까랑이 남긴 말이 새삼스레 생각났다. 인간에게 혐오 날짐승으로 대접받을 때가 더 행복했다던 별까랑 오빠. 그는 지금쯤 무엇을 하고 있을까? 낯선 타국에서의 생활이 지금쯤은 어느 정도 적응이 되었을까? 일본은 같은 인간조차도 다른 나라에서 왔다는 이유로 차별하는 나라인데, 이민 온 그를 괴롭히지는 않을까? 아니면 혹시 왕따라도 당하는 것은 아닐까? 별까랑에 대한 그녀의 걱정과 그리움은 호수의 물보라처럼 퍼져 나갔다.

"오늘 회의는 이것으로 마칩니다. 특공대 여러분은 오늘도 등산로 요소요소에 엄중한 경계를 펴기 바랍니다. 이상!"

흑의 장군이 회의 종료를 알렸다. 그제야 모여 있던 동물들이 하나둘 숲으로 흩어지기 시작했다.

꼬까선은 별까랑을 추억하고 있다. 하얀 솜털 이불이 들판 가득 널려 있던 날이었다. 신작로에도 아이들의 키만큼이나 함박눈이 쌓여 차량통행이 전면 통제되었다.

"오빠! 저 눈이 끝나는 곳까지 같이 날아가 보지 않을래?"

꼬까선은 비가 내리는 날보다 눈이 오는 날을 더 좋아했다. 소나기건 부슬비건 후줄근하니 비가 쏟아지면 괜스레 우울해지곤 했다. 내성적인 성격에다 섬세한 면이 있는 그녀는 고독이 싫었다. 그렇지만 함박눈은 삼라만상의 찌든 때를 순백으로 덮어주지 않는가. 이 세상에서 가장 소중한 그녀의 순결처럼 아름다운 설경이 정말 좋았다.

그들은 무작정 북쪽을 향해 날아가기 시작했다. 하얗게 눈을 뒤집어 쓴 뱀처럼 꿈틀대며 기차가 달려가는 모습이 보였다. 산촌 아이들은 멍멍이와 함께 눈밭에서 뒹굴고 동구 밖 정자나무는 하늘을 향해 하얀 버섯처럼 피어나 있었다. 꼬까선은 저절로 탄성이 쏟아졌다.

"참으로 아름다운 풍경이야. 그렇지, 오빠?"

"자연이란 신이 빚어낸 작품 중에서 최고의 걸작이니까."

"최고의 졸작은 뭔데?"

"그야 당연히 인간들이지. 신이 인간을 만들지만 않았다면 정말이지 지상은 낙원이 됐을 거야."

"인간이 없었다면 맹수들이 역시 살생을 저질렀을 텐데?"

"그래도 인간처럼 지능적이고 계산적인 살생은 하지 않았겠지. 그저 자연 순리에 따라 허기진 배를 채웠을 뿐. 아프리카의 대초원 위에 사는 사자나 표범도 배가 부르면 누 떼가 지나가고 얼룩말이 보여도 가만히 바라보고만 있지. 인간처럼 마구잡이식 사냥은 하지 않는다는 얘기야."

별까랑의 날갯짓이 빨라지기 시작했다. 검은 턱시도 자락이 휘날린다. 매서운 바람이 부리 끝을 훅훅 스치고 지나가지만 별까랑은 전혀 추위를 느끼지 않는 듯했다.

"오빠! 어디까지 갈 거야?"

꼬까선은 이미 북쪽 하늘을 날고 있다는 것을 깨달았다. 그녀는 은근히 겁이 났다. 북쪽으로 계속 날아가다 보면 그녀가 한 번도 가보지 않은 공산주의 정부가 세워진 땅이 있다고 들었다. 그곳의 아이들은 에티오피아 아이들처럼 헐벗고 굶주린다는데, 아이들이 굶주리는 세상을 본다는 것은 너무나 끔찍한 일이다.

"나만 따라오라니까. 동물들의 천국인 데가 있어."

별까랑은 조금도 속력을 늦추지 않고 소리쳤다.

"그곳이 어딘데? 이러다간 북한까지 가는 거 아니야?"

"남한도 북한도 아닌 땅이 있어. 바로 비무장지대야."

"비무장지대?"

"그래. 같은 동족의 피를 나눈 인간들이 철책선을 사이에 두고 총부리를 겨누고 있는 곳이지. 그곳에는 이미 수십 년 동안 인간의 발길이 끊어졌다고 들었어. 생각해보렴. 인간이 다니지 않고, 인간이 살지 않는다는 것은 바로 동물들에게는 천국이나 마찬가지가 아니겠어?"

별까랑이 환한 표정으로 웃었다. 그제야 꼬까선은 그의 마음을 읽었다.

한반도에서 오염되지 않은 유일한 지역. 자연 생태계가 그대로 보전되어 희귀동물과 식물들이 공존의 아름다운 모습을 보여주는 곳. 그곳은 바로 비무장지대다.

욕심으로 물든 인간들이 반세기가 넘는 동안 총구를

마주한 곳. 핏빛 전운이 감도는 비무장지대도 어리석은 인간들이 만들어 놓은 곳이다.

얼마나 날았을까. 끝없이 이어진 산맥을 지나고 강을 지나자 별까랑과 꼬까선의 눈앞에 온통 검은 숲이 나타났다.

"저긴 눈이 안 온 모양이지?"

꼬까선은 검은 숲을 보는 게 처음이었지만 어떤 이유가 있을 것이라고 지레짐작했다. 그녀의 짐작은 현실로 다가왔다. 갑자기 별까랑이 환호성을 터트렸다.

"꼬까선아! 우리의 동족들이야!"

눈 덮인 숲 가득히 검은 색깔로 반점을 만들고 있는 것은 까마귀와 까치 떼였다. 어림잡아도 수만 마리는 될 것 같은 큰 무리다. 이제까지 한 번도 보지 못한 동족들의 모습이다!

그들이 가까이 날아가자 숲 속의 까마귀와 까치들이 일제히 날갯짓을 하며 반겨주었다. 드넓은 숲 속 가득히 까악까악, 까마귀와 까치들의 합창 소리가 진동했다.

"너희는 어디서 왔니?"

까마귀 중에서 지도자인 듯한 긴 부리 까마귀가 그들에게 물었다.

"수봉산에서 왔어요."

"수봉산이라고? 거긴 개발이 예정된 곳 아니니? 화를 당하기 전에 이곳에서 같이 사는 게 어떻겠니? 여긴 모든 게 풍족하단다. 맑은 물이 사철 계곡으로 흘러가는 데다 벌레와 과일도 다 먹을 수 없을 정도로 많단다. 무엇보다도 인간들이 없으니까 자유를 느끼며 살 수 있단 말이야."

"그게 정말이에요?"

"그렇다니까. 자유는 생명 다음으로 소중한 권리가 아니겠니?"

"꼬까선 네 생각은 어때? 이곳에서 나랑 같이 살아가는 것도 괜찮을 것 같은데……."

별까랑은 줄곧 자유를 갈망해 왔다. 인간의 위험에서 벗어난 곳에서 살 수만 있다면 더 이상 아무것도 바랄 게 없다고 습관처럼 넋두리하던 그다.

"아빠, 엄마가 수봉산에 있잖아. 동생도 그곳에 있고. 난 고향에서 살고 싶어. 고향을 떠난 내 삶은 생각해 본 적이 없어."

꼬까선은 조용히 고개를 저었다. 결국 별까랑도 자신의 의지를 포기한 채 꼬까선을 따라 수봉산으로 돌아와야 했다.

비무장지대…….

꼬까선은 어쩐지 별까랑이 일본에 간 게 아니라 비무장지대의 낙원을 찾아갔을지도 모른다고 생각했다. 그곳에서 수봉산에서 사라진 지 오래된 동물들을 만났지 않은가. 수사슴과 암사슴이 눈길을 다정하게 걸어 내려가는 모습을 보았다. 암노루들이 새끼노루들을 데리고 눈덮인 숲 속을 마음껏 활보하는 모습도 바라보았다.

비무장지대. 꼬까선의 뇌리에는 온통 비무장지대의 생동하는 모습이 석류알처럼 꽉 들어차 버렸다.

11

    남정환과 이신숙은 새밭골 저수지를 향해 달렸다. 남
정환이 준비 중인 황소개구리 사냥대회 장소인 새밭골
저수지에 대한 사전답사 길에 이신숙이 동행한 것이다.
어쩌면 시골에서 자란 사람들의 마음 한구석에는 고향을
그리는 그리움이라는 애틋한 방이 별도로 마련되어 있는
것이 분명하다.
    앞마당 감나무 잎에서 떨어지는 빗방울에 목욕하던

청개구리, 소달구지의 짐을 지게에 나눠 지고 가던 할아버지의 모습, 이장댁 대청에 모여 이야기꽃을 피웠던 순박한 동네 사람들, 신문지를 반듯하게 잘라서 철사에 끼워 사용했던 화장실 등이 생생하게 떠오른다. 눈만 마주쳐도 귀밑이 홍시처럼 빨개지던 처녀들, 그들의 모습이 그리움이라는 방에 아직도 저장되어 있다.

이신숙의 고향도 새밭골 저수지에서 그다지 멀지 않은 곳이기 때문에 모처럼 핑계 대고 고향길에 나선 것이나 다름없다.

그녀의 고향은 감나무골! 감나무가 많아서 불리게 된 지명이다. 이름 때문인지 홍시처럼 겉과 속이 같은 그런 순수한 사람들이 살아가는 동네다. 그 감나무골에는 마당에 있었던 꽃밭의 기억처럼 이신숙의 유년시절이 남아 있다.

이신숙은 고등학교에 진학하면서 고향을 떠났다. 그리고 성년이 된 어느 날, 고향을 찾았을 때 그곳은 이미 타향이나 다름이 없었다. 유년의 아름답던 추억 속 고향이 아니었다. 온통 아파트 단지만 줄지어 서 있었다. 그 뒤 엄마 없는 부엌간처럼 느껴져 의도적으로 고향을 찾지 않았다. 하늘 높은 줄 모르고 들어선 고층빌딩을 보노

라면 며칠을 굶은 것처럼 허했고 가슴에 통증이 일었다. 어쩌면 슬픔을 동반한 고통이었다.

그랬던 그녀도 이제 나이가 든 것일까. 이따금 사라진 그 고향이나마 보고 싶을 때가 있다. 아련한 그 시절로의 여행은 삭막한 도시의 눅눅한 습기를 조금이나마 벗어 던지게 한다.

남정환 역시 시골이 고향이다. 그가 환경문제에 관심을 갖게 된 것은 이따금 강에서 물고기가 떼죽음한다는 보도를 접하면서라고 했다. 그 뒤 사재를 털어 수동시에 환경운동 단체인 자연사랑회를 발족시켰으나 아직은 회원 수가 서른 명밖에 안 된다.

"자연과의 공생만이 인간이 살아남을 수 있는 길이라는 걸 모르다니 참 딱한 일이에요. 요즘은 제비조차 구경하기가 힘들어요. 초가집 서까래 밑에 둥지를 튼 제비야말로 인간과 가장 가까이 공생하던 새인데 어느 날부터인가 찾아보기가 힘들게 됐다니까요."

남정환의 승용차가 지방도로로 접어들자 여름 풀숲에서 전해지는 짙은 풀 냄새가 폐 깊숙이 들어와 담긴다. 삼베어레미 같은 잎을 단 코스모스가 군데군데 피어 작열하는 태양 아래 반가이 인사를 한다. 하얀 나비 떼가 살포시 앉아 있는 듯 나무수국 꽃이 바람에 몸을 맡긴 채 춤을 추고, 도랑가 옆으로 가냘픈 며느리 밑씻개 꽃과 물 봉선화가 한창이다. 자연은 저렇게 염천에도 꽃을 피운 다. 그저 바라만 봐도 보약을 마신 것처럼 포만감이 느껴 진다. 녹음이 짙은 가로수 길을 따라서 가다 보면 눈앞 에 펼쳐지는 녹색의 풍경이 살아서 꿈틀거리고 있다. 도 시의 잿빛이 잠시나마 사라졌다는 사실에 이신숙은 엄마 냄새 같은 공기를 마시게 해주는 푸른 산천이 눈물 나게 고맙다. 이처럼 싱그러운 공기와 색깔이 도시에서 그다 지 멀지 않은 곳에 존재한다는 것 자체가 그저 감사할 뿐 이다.

도시에서의 생활이 아무리 풍요롭고 여유로워도 고 향을 잊게 할 만큼의 힘은 되지 못하는 법이다. 그래서 이따금 쉬고 싶다는 생각이 들 때마다 유년의 고향은 늘 생각의 중심에 놓인다. 고향은 그렇게 느릿한 시간의 여 유로움과 행복한 포만감의 원천이 되어 주기 때문이다.

"국장님! 혹시 여름방학 때가 기억나세요?"

시골 풍경에 취하던 이신숙이 문득 생각이 난다는 듯 남정환에게 물었다.

"그럼요. 그야말로 아이들의 천국이 아니었습니까?

대륙에서 한 번도 분리된 적 없는 이 땅엔 옛날만 해도 갖가지 동식물들이 서식했지요. 춘하추동 사계절의 순환 속에서 사람과 생명체들이 가까이 더불어 살고 있었던 땅이었으니까요. 그 시절 우리는 곤충채집과 식물채집 숙제를 하느라 꽤나 흥미 진지했던 기억이 새롭습니다."

"호호! 저도 그랬어요."

식물채집을 하느라 쑥·바랭이·명아주·질경이·쇠뜨기·여뀌·고들빼기·패랭이·민들레·뱀딸기 같은 키가 작은 것들만 호미로 조심조심 뿌리째 캐서 도랑물에 헹구었다. 그리고 물기를 가만가만 닦아서 헌 책갈피에 나란히 넣어 말린다. 제대로 반듯하게 말리기 위해 돌멩이를 눌러 놓는다. 열흘쯤 지나서 다 쓴 공책을 펴 놓는다. 테이프가 귀했던 시절이라, 얇은 종이를 가늘게 잘라서 밥풀을 발라 헌 공책 위에 뿌리 부분을 먼저 부치고 맨 위쪽 줄기 부분을 다시 붙였다. 그렇게 정성과 기다림으로 식물채집은 이루어졌다

곤충채집은 왕잠자리·고추잠자리·말매미·참매미·호랑나비·베짱이·장수하늘소를 비롯해 여러 종류의 나비들과 사슴벌레·풍뎅이·방아깨비·벌 등등……. 마분지 위에 잘라 놓은 수수깡을 역시 밥풀로 붙였다. 그 위

에 잡아온 것을 놓고 철사를 꽂아 곤충의 몸통에 박고는 그 밑에 이름표를 당당히 붙였다. 발버둥 치는 곤충을 보면서도 불쌍하다는 생각조차 못했던 아이들이었다.

여름방학이면 반드시 주어지던 곤충채집과 식물채집 숙제를 그렇게 했었다. 그래도 어른이 되어 가족들에게 식물도감, 곤충도감으로 불리게 된 것은 어릴 적의 채집 숙제 덕분이 분명하다. 개발이란 명목으로 그 많았던 곤충들은 다 어디로 사라졌는지. 자꾸만 파괴되어가는 자연 생태계의 현실이 너무 안타까워 이신숙과 남정환은 동시에 긴 한숨을 토해낸다

두 사람이 새밭골 저수지에 도착한 것은 사무실을 출발한 지 반 시간만이다. 저수지 위에는 햇빛을 받은 윤슬만이 눈이 부실뿐 한 사람도 보이지 않았다.

"황소개구리 등쌀에 물고기도 사라졌나 봐요. 그렇게 많던 낚시꾼들이 한 명도 없다니 말입니다."

"지금까지는 황소개구리가 토종 개구리나 물고기를 잡아먹지만, 돌연변이를 거듭하다 보면 인간을 잡아먹을 수 있을 정도로 몸집이 크게 자랄 수 있다고 봅니다."

남정환은 돌멩이 한 개를 집어 들고 저수지 수면을 향

해 던졌다. 어떤 화가도 그려 내지 못할 무지갯빛 물보라가 길게 이어지고 나자, 저수지 기슭으로 왕두꺼비 비슷한 황소개구리가 어기적거리며 기어올라 왔다. 보기만 해도 소름이 훅 끼쳐올 정도로 흉측하게 생겼다.

남정환은 재빠르게 황소개구리를 향해 몸을 날렸다. 하지만 놈은 그보다 먼저 물속을 향해 첨벙 뛰어들고 말았다.

"동작이 비호같네요."

"보기에도 흉측한데 저놈의 새끼들은 얼마나 끔찍할까요?"

남정환은 주택가를 급습한 황소개구리 새끼들을 이야기했다. 수년 전 전라도 어느 식당에서 황소개구리 새끼들로 인해 대단한 소란이 벌어진 적이 있었다. 수만 마리의 새끼 황소개구리가 개울가에 지어진 식당으로 뛰어 들어오는 바람에 손님들이 혼비백산해 달아났다고 한다. 비가 내리는 틈을 타 새끼 황소개구리 떼들이 기습작전을 감행했기 때문이다. 그것도 수십만 마리가 인근 저수지에서 떼를 지어 기어 올라오니 주민들이 기겁하기 일쑤였단다. 새끼 황소개구리는 크기가 1센티가량으로 검은색을 띠고 있는데 마치 대왕개미 떼가 움직이는 것 같더란다. 이 때문에 주민들은 손으로 일일이 잡을 생각조차 못하고 빗자루로 구더기 쓸어 담듯 했다는 것이다.

새끼 황소개구리의 공격이 이루어지면 마당과 방, 화장실 등 곳곳에 몰래 들어오는 통에 큰 곤욕을 치러야 한다. 마당은 마치 까만 콩을 깔아놓은 듯 개구리로 가득하다. 그뿐만이 아니다. 정원석과 각종 나무줄기에도 새끼 황소개구리가 벌레처럼 새카맣게 달라붙기 일쑤라는 것이다. 남정환은 저수지 수면을 물끄러미 바라보면서 안타깝게 말했다.

"황소개구리는 한 번 산란할 때마다 보통 개구리의 열 배인 만 개가 넘는 알을 낳기 때문에 번식력이 가히 기하급수적입니다. 저놈들을 박멸하지 않으면 수년 안에 전 국토가 황소개구리의 천국이 될 겁니다."

"……"

"일본에서 식용으로 성공한 탓이 크죠. 그 바람에 너도나도 들여왔으나 사육에 실패하다 보니 산과 들로 퍼져 나간 겁니다. 놈이 다 자라면 무게가 1킬로그램쯤 나간다니 이게 어디 개구립니까? 괴물이나 마찬가지지요."

남정환은 진심으로 생태계 파괴를 걱정했다. 그때, 까악까악 하는 까치 소리가 들려왔다.

"국장님! 저기 보세요. 까치들이에요. 도시에 살다 보니 까치도 참 오랜만에 보는군요."

전봇대 높이쯤에서 나란히 횡대로 날아가는 것은 분명 까치 네 마리다.

"하하! 도시에 살아서가 아닙니다. 시골에서도 옛날처럼 까치가 흔하지 않아요. 먹이가 그만큼 줄어들었다는 얘기겠죠. 생태계 오염도 한몫을 했고요."

"어릴 적에는 아침에 까치가 울어주기만 해도 하루종일 기분이 좋았잖아요? 남 국장님이 계획하는 황소개구리 사냥대회가 잘 될 모양이네요. 호홋!'

이신숙은 그렇게라도 남정환을 위로해주고 싶었다.

"글쎄요."

남정환은 고개를 갸우뚱했다.

두 사람은 어릴 적 무지개를 바라보듯 까치 가족에게 보낸 시선을 쉽게 거둬들이지 못했다.

12

까치 일가는 먹이를 구하러 수봉산에서 내려왔다. 그들은 아무 생각 없이 남정환 일행 곁을 지나 과수원을 향해 날아가기 시작했다. 그중에 가장 예민한 꼬까선이 고개를 갸우뚱한다. 분명히 인간인데 그들에게서는 특이하게 역겨운 그런 인간의 냄새가 묻어나지 않았다. 살생의 표정도 아니고, 아집이나 시기의 얼굴도 아니다. 욕심조차 없어 보인다. 짧은 순간이지만 싱그러운 자연의 냄새가 풍겼다. 꼬까선은 그들의 정체가 궁금했다.

"아빠! 아까 그 사람들 말이에요. 보통 인간들과는 다른 냄새가 났어요."

"다른 냄새가 나다니? 인간들은 전부 욕망으로 꽉 찬 비곗덩어리야. 환상에 젖은 괜한 착각은 화를 자초할 뿐이란다."

아빠 까치는 단호하게 말했다.

"아니에요. 분명히 인간의 모습이지만 인간의 냄새가 나지 않았다니까요. 영혼이 맑아 보였고 물빛 향기가 풍기는 특별한 인간들이었던 것 같아요."

"물빛 향기에 영혼이 맑은 특별한 인간?"

"네."

"하긴 수동시에도 환경운동 단체가 있다고는 들었다만…… 그들이 혹시 자연사랑회와 관련이 있는 사람들인지도 모르겠구나. 조만간 황소개구리 사냥대회를 한다고 비둘기 아저씨가 말하는 걸 들은 적이 있다."

"인간들이 자연보호에 앞장을 서다니 다행이군요. 그런 인간들의 숫자가 자꾸만 늘어나면 얼마나 좋을까요?"

꼬까선은 인간 세상에 환경운동 단체에 봉사하는 사람들이 있다는 사실에 조금은 위로를 받았다.

"까돌이 아빠! 저길 보세요!"

꼬까선의 그런 낭만적인 생각은 곧이어 터져 나온 엄마의 절규에 파묻히고 말았다. 까치네 가족들은 어느새 배 과수원 위를 날고 있었다.

"저런! 이 일을 어째! 죽일 놈들!"

아빠 까치마저 한탄에 가까운 비통한 신음을 쏟아냈다. 꼬까선은 두 눈을 찔끔 감고 말았다. 그녀는 차마 그들의 눈앞에 나타난 참혹한 광경을 맨정신으로 바라볼 수가 없었다.

까치 가족들을 공포로 몰아넣은 것은 다름 아닌 동족의 사체였다. 배나무보다 더 높이 솟아오른 높다란 장대 꼭대기에는 다른 까치네 가족 다섯 마리가 옥수수처럼 꾸러미로 매달려 있다. 그들은 인간 세상에 있었다는 효수형에 처한 것처럼 처참한 모습으로 죽어 있었다. 죽은 지 며칠이 지났는지 사체 위에서 쉬파리들이 허겁지겁 배를 채우고 있는 모습이 보였다.

"여보! 다른 곳으로 가는 게 좋겠어요. 어쩐지 예감이 안 좋아요."

엄마 까치가 다급하게 장소를 옮기자고 했다.

"우리야 참을 수 있지만 애들은 배가 많이 고플 텐데?

내가 망을 볼 테니 당신도 애들과 같이 식사를 하구려."

"당신도 이제는 몸조심을 해야 해요. 남쪽 지방 어딘가에는 우리 동족 한 마리당 5천 원씩 수매를 하는 곳도 있대요. 그만큼 우리는 이제 인간들의 표적이 됐다고요."

"수매를 한다고?"

"그래요. 과수원 주인들에게 특별히 총기 사용허가도 내줬다고 하잖아요. 저 까치들도 한꺼번에 일가족이 몰살당한 것을 보면 총에 맞은 것 같아요."

엄마 까치는 사형 직전의 죄수처럼 잔뜩 겁에 질려 있었다.

"우리는 국조인데 인간들이 사냥한단 말이에요?"

부모의 얘기를 듣고 있던 꼬까선은 현실이 믿어지지 않았다.

"국조라! 제목만 거창하게 정해 놓고 국조를 수매하다니 정말 웃기는 구나. 하긴 인간만 탓해서 뭘 하겠니. 조상들에게서 전해내려 온 먹이만 고집한 우리도 잘못이 크지. 인간처럼 인스턴트 식품도 개발하고 저장 방법도 고안해 냈다면 굳이 위험을 무릅쓰고 과수원까지 오지 않아도 될 텐데……."

엄마 까치는 여전히 떨고 있었다. 장대 끝에 매달린

죽은 까치에게 시선을 고정한 채로 나지막하게 한숨을 내쉬었다.

"길게 얘기할 시간이 없다니까. 인간들이 오기 전에 애들과 함께 최대한 빨리 배를 채워야 할 것 같소."

아빠 까치는 망을 보기 위해 훌쩍 허공으로 날아올랐다. 그 순간 멀지 않은 곳에서 폭발물이 터지는 소리가 들려왔다. 이어서 '탕! 탕!' 하는 총소리가 정적에 싸인 과수원 위로 솟구쳐 오른다.

"탕! 탕! 타타탁······타당탕!······."

마치 전쟁이라도 벌어진 것 같다. 끊임없이 아군과 적군 간에 교전이 벌어지는 것처럼 총소리와 폭탄 터지는 소리가 교대로 계속됐다.

"이게 도대체 어디서 들려오는 소리지?"

가족들의 신변에 위협을 느낀 아빠 까치가 사방을 둘러보았다. 한참만에야 총소리의 진원지를 찾아냈다. 불과 수백 미터밖에 떨어져 있지 않은 사과밭이다. 그곳에서 총을 든 인간 두 명이 무차별적으로 총을 난사하고 있었다. 그러는 중간중간 사과밭 곳곳에서 요란한 폭발음이 들려왔다.

"아빠! 때까치들이야!"

어느새 배나무에서 날아오른 꼬까선이 소리를 질렀다. 엄마 까치와 까돌이도 공포에 질린 얼굴로 하늘 높이 날아올랐다.

사과밭 쪽에서 한 무리의 때까치들이 도망쳐 오고 있었다. 그들은 꼬까선네 가족을 보고도 그냥 달아나기에 바빴다.

"이봐! 그쪽에서 무슨 일이 있었던 거야, 응?"

아빠 까치는 허겁지겁 도망치기에 바쁜 때까치를 막아섰다.

"보면 몰라서 물어요? 인간들이 마구잡이로 총을 쏘는 바람에 수십 마리의 우리 동족이 죽었다고요."

때까치는 아빠 까치와 얘기하고 있는 동안에도 인간들이 추격해 올까 싶어 연신 두리번거리며 전전긍긍했다.

"이것 보라고. 그냥 도망만 간다고 최선의 방법은 아니잖나? 대응책을 세우려고 최소한 노력을 해 봐야 할 게 아니냐고."

"흥! 목숨이 아깝지 않다면 당신이나 한번 가보시오. 우리는 다른 곳으로 갈 테니까요."

"이 친구가 왜 이렇게 심약해졌어? 들녘의 무법자 때

까치란 명성에 흠이 가게 해서야 되겠나? 자네들이 과수원에서 포식한다는 것을 알았기 때문에 우리도 이곳에서 모처럼 배를 채우려는 거라고."

"하지만 제아무리 항우장사라 한들 총알을 맞으면 그만이 아니냐고요. 배에 철판을 깐 것도 아닌데 어떻게 대항하느냔 말이에요. 당신네도 얼른 이곳을 피하는 게 좋을 거요."

"그런데 폭탄 터지는 소리는 뭐야? 다이너마이트라도 던지는 모양이지?"

"폭죽 터트리는 소리예요. 카바이드를 이용해서 대포 소리도 내고 폭죽도 터트리죠. 그런 얄팍한 술수에 넘어갈 때까치 동족들이 아니죠. 그렇지만 총은 정말이지 당해낼 재간이 없다니까요."

때까치는 더 이상 머무를 수 없다는 듯 뒤도 돌아보지 않고 빠른 날갯짓을 했다.

"염병할! 이러다가는 하늘을 나는 동물들까지 멸종되기 십상이군. 일단 자리를 피하자꾸나."

어쩔 수가 없다. 적보다 힘이 약하니 달아날 수밖에. 아빠 까치는 가족을 데리고 수봉산을 향해 날아가기 시작했다.

총은 때까치들도 견뎌낼 수 없는 인간들의 살상무기
란 말인가. 하긴 그랬으니까 다른 까치 일가도 몰살당했
을 것이다.

"지금까지 시도한 방법이 먹혀들어가지 않으니까 마
지막 방법을 쓰나 봐요."

엄마 까치는 살아났다는 사실에 안도의 한숨을 내쉬
었다.

지난해까지만 해도 인간들은 허수아비나 연을 만들
어 놓거나 시끄러운 음악을 트는 게 고작이었다. 그러던
인간들이 올해 들어서는 과수원에다 방조망을 설치했다.
그러나 오늘처럼 총을 쏘기 시작한 것은 처음이다.

"왜 벌써 왔어? 무슨 일이 있는 거야?"

꼬까선네 가족이 수봉산에 도착하자 앵무새가 궁금
하다는 듯 물었다.

"말도 마. 인간들이 마구 총을 쏘아대는 바람에 어쩔
수가 있어야지."

"총을 쐈다고?"

"그렇다니까. 때까치들이 많이들 죽은 모양이야."

"총이라면 참새나 꿩에게 물어보면 뭔가 해결책이 나

올지도 몰라."

"해결책?"

"그래. 그들은 오랜 세월 인간들의 총 사냥 표적이 됐으니까. 그나저나 인간도 이제는 제정신이 아닌 모양이구나. 어떻게 자기 나라 국조인 까치에게 총질을 한담?"

"가난했을 때는 인정이 있었는데 이제는 먹고살 만하니까 그 인정마저 사라진 탓이겠지."

"인정도 인정이지만 정서가 삭막해져서 그래. 인간들 대부분은 스마트폰이라는 것을 24시간 켜둔 채 그것만 보고 다니느라 구름도, 밤하늘의 별들도 바라보질 않아. 그러다 보니 정서는 나날이 삭막해지고 정이니 뭐니 하는 낱말조차도 저들이 만들어 놓은 박물관에 들어갈 위기에 처한 거야."

아빠 까치는 문명만 좇는 인간들에게서 비애를 느꼈다.

"여보! 참새를 만나보러 가자고요."

엄마 까치가 앞장섰다.

"엄마! 배고파 죽겠어. 올 때 벌레라도 좀 물어 와, 응?"

까돌이는 정말 배가 고픈지 창백한 얼굴이다.

"알았다. 조금만 참고 기다리렴."

아빠 까치는 까돌이를 안심시키고 아내와 함께 다시 수봉산을 내려가기 시작했다. 수봉산 모롱이를 도는 중, 흰색에 광택이 나는 검푸른 옷을 입은 늘씬한 몸매의 멋쟁이 제비를 만났다.

"요즘도 인간의 집 처마 밑에 둥지를 짓습니까?"

아빠 까치는 인간과 친하게 지내는 제비라면 참새 소식을 들을 수 있을 것이라고 생각했다.

"옛날 얘기 그만하시오. 온통 농약 냄새 진동하는 그곳에서 우리가 어떻게 견뎌 내겠어요? 게다가 농촌에 벌레들이 남아 있어야 둥지를 틀 게 아니겠소?"

"……?"

"다들 떠났다오. 살기 좋은 곳을 찾아 심산유곡으로 들어가거나 외국으로 이사하기도 해서 이제 새밭골에는 겨우 헤아릴 수 있을 정도의 숫자밖에는 살고 있지 않다, 이런 말이오."

"역시 인간이 문제긴 마찬가지군요. 그런데 참새는 어디 가면 만날 수 있습니까?"

"밤나무골에 가 보시오. 그곳에 가면 유기농법으로 농사를 짓는 마을이 있다고 들었어요."

"밤나무골이라면 수리골에서도 한참 더 가야 하잖소."

"맞아요. 꽤 먼 곳이지만 어쩔 도리가 없잖소. 굳이 참새들을 만나려고 한다면……."

제비가 그 말을 남기고는 어디론가 훨훨 날아가기 시작하자, 까치 부인이 재촉했다.

"빨리 가봅시다. 오는 길에 애들 먹이도 구해야 하니까."

까치 부부는 다시 날갯짓을 했다.

밤나무골은 그렇게 넓은 마을이 아니다. 산골짜기를 중심으로 해서 계단식 논과 밭이 만들어져 있어서 하늘 높이 날다 보면 그냥 지나칠 수 있는 그런 곳이다.

두 줄의 흰색 띠를 두른 날개와 진주색 목도리를 걸친 참새들은 아직 채 여물지 않은 수수를 열심히 쪼아 먹고 있었다.

"난 수봉산의 꼬까선이 아비요. 뭐 하나 물어봅시다."

아빠 까치는 정중하게 예의를 갖추었다.

"말씀해 보세요. 수봉산에서 이곳까지 오실 정도라면 분명 긴요한 일이겠군요."

"다름이 아니라 인간이 마구잡이로 총을 쏘아대는 바

람에 먹이 구하기가 쉽지 않습니다. 참새 종족은 옛날 선조 때부터 인간의 총질에 익숙해지셨을 테니 좋은 방법이 있으면 좀 알려주십사 하고요."

"우리라고 총 앞에 당해낼 재간이 있나요? 그저 눈치껏 먹이를 찾는 수밖에요."

"눈치껏 해야만 한다고요.?"

"그래요. 인간이 지키고 있지 않을 때 먹는 수밖에 없어요. 생각해보세요. 우리가 총알을 피하는 재주가 있다면 그 수많은 참새구이의 희생자가 됐겠습니까? 그 총보다 더 무서운 게 뭔지 아십니까?"

"농약이겠죠. 동물들의 영원한 적이니까."

"맞습니다. 농약은 벌레들만 죽이는 게 아니에요. 어쩌다 곡식을 먹어도 온통 농약에 중독된 것뿐이오. 별수가 없죠. 궁리 끝에 밤나무골이 무공해지역이라는 것을 알고 이곳으로 이주해 온 것이라오."

참새는 머리를 설레설레 흔들었다.

"꿩들도 별다른 방법이 없겠군요?"

"그들도 우리와 마찬가지일 겁니다. 인간이 훨씬 강자니까 약자인 우리로서는 자꾸만 인간을 피해 숨어들 수밖에 없는 노릇이에요. 수년 전만 해도 꿩들이 새끼들을 데리고 다니는 것을 쉽게 볼 수 있었습니다. 하지만 이제 꿩들은 이 밤나무골에도 그저 헤아릴 수 있을 정도 밖에는 없어요."

"그것참!'

아빠 까치는 입맛이 썼다. 밤나무골까지 올 때는 그래도 기대가 컸다. 그러나 아무런 방법도 구하지 못한 채 떠나야 할 판이다.

"한때 인간은, 참새가 방앗간을 그냥 지나가겠느냐며 우리 보고 욕심 덩어리라고 비꼰 적이 있지요. 그런데 이제 인간도 그 말을 바꿔야 할 겁니다. 시골에 그 흔하던 방앗간이 대부분 사라졌으니까요. 그리고 참새가 죽으면 쩍 한다고 했지만, 새밭골에 살 때 동족들이 굶어 죽을 때는 힘이 없어서 신음소리도 못 냈지요. 자꾸 부정적인 이야기만 해서 미안하지만 그게 우리들의 실상인 것을 어떡합니까."

참새는 얼핏 눈물을 보이는 듯했다.

"알겠습니다. 여러 가지로 고맙습니다."

아빠 까치는 밤나무골을 떠날 수밖에 없었다.

수봉산으로 돌아가던 까치 부부는 꼬까선 남매의 파

리한 얼굴이 떠올랐다. 아이들에게 먹이를 물어다 주는 것이 부모 된 도리이지 않은가.

"지금은 점심시간이니까 인간들이 없겠지?"

"글쎄요. 이렇게 뭐든지 익혀버릴 것 같은 폭염이 계속되는데 땡볕 아래서 견디는 건 어려울 걸요. 총소리가 사과밭에서 났으니 배 과수원은 괜찮을 거예요."

엄마 까치도 까돌이의 부탁을 차마 저버릴 수가 없었다.

달궈진 돌덩이 같은 바람이 그들의 목덜미를 빠르게 스치고 지나갔다. 들녘에는 인간의 모습이 한 명도 보이지 않았다. 그 대신 어미 소가 새끼들을 데리고 풀을 뜯고 있다. 이 세상 모든 동물은 자기 새끼 사랑에는 족속의 구별이 없는 듯하다.

"이봐요. 까돌이 아빠!"

그때 밤나무골 쪽에서 목에 흰 띠를 두르고 기름기가 흐르는 붉은 자갈색 옷을 입은 꿩 한 마리가 빠르게 날아오면서 아빠 까치를 불렀다.

"안녕하시오?"

"참새한테서 얘기를 들었습니다. 저를 찾아오셨다고요?"

"실은 인간의 총 때문에 자문을 구하러 갔는데 참새 얘기를 들어 보니 실망만 큽니다."

"요령껏 행동하는 수밖에 없어요."

"요령껏 행동하다니요? 참새도 눈치껏 먹이를 찾으라고 했는데……."

"제 생각과 마찬가지군요. 들어 보세요. 지금은 한낮이 아닙니까? 무더위가 기승을 부리는 이때는 인간이 낮잠을 자기 일쑤지요. 지금 저하고 같이 갑시다. 어차피 저도 식사를 해야 하니까요."

황갈색의 날개를 가진 꿩은 그 몸짓처럼 교만이 넘치는 자신만만한 표정이었다. 엄마 까치는 긴가민가한 걱정스러운 표정으로 그를 바라보았다.

"정말 괜찮을까요?"

"저만 믿으시라니까요. 어차피 굶고 살 수는 없는 문제 아닙니까?"

"그건 그렇지만……."

까치 내외는 꿩의 뒤를 따라 빠르게 날갯짓을 했다. 배 밭 과수원은 한낮의 더위로 인해 개미 새끼 한 마리도 보이지 않았다.

"보십시오. 아무도 없잖습니까?"

꿩은 안심해도 좋다는 듯 먼저 배나무 위로 날아가 앉았다. 그러고는 며칠씩 굶은 동물처럼 정신없이 새끼 배를 쪼아 먹기 시작했다. 까치 내외는 잔뜩 두려움을 안은 채 과수원에 내려앉았다. 아빠 까치가 꼬까선 남매에게 갖다 주기 위해 새끼 배를 입에 물었을 때, 갑자기 요란한 총성이 배나무 가지 사이를 뚫고 화살처럼 날아왔다.

"탕!"

"윽! 비겁한 놈들! 나무 뒤에 숨어 있다니……."

순간 황갈색 꿩의 날개에 피가 튀는가 싶더니 순식간에 땅바닥으로 떨어졌다.

컹! 컹! 어디선가 돌격을 알리는 개 떼의 맹렬한 함성이 들려왔다.

"탕탕탕! 탕탕탕!……."

다시 총소리가 한낮의 과수원을 뒤흔들기 시작했다.

"아악! 까돌이 아빠!"

엄마 까치의 외마디 비명이 터졌다. 아빠 까치는 사랑하는 아내가 배나무 밑으로 툭 떨어지는 것을 바라보았다. 평생을 함께해 온 아내가 죽어가는 모습을 보고도, 총알이 무서워 그냥 지켜볼 수밖에 없는 자신의 무기력함에 분노가 밀려왔다.

어느새 아빠 까치 자신도 아랫배가 뜨끔해졌다. 아무래도 뭔가가 스친 것 같다는 생각이 들었다. 점차 기운이 없어져 간다. 푸른 하늘에 황사현상이 이는 것 같다. 드넓은 과수원 위로 바닷물이 출렁이는 것 같은 착시현상마저 밀려온다. '둥지로 가야 해.' 그는 그렇게 외쳤다.

목숨보다 소중한 아이들의 얼굴이 비 갠 날의 풍경처럼 또렷하게 떠올랐다. 아빠 까치는 온 힘을 쏟아 부으며 마지막 날갯짓을 했다.

13

　현중만의 노력에도 불구하고 수동시의회 의장선거는 경선 쪽으로 기울고 있었다. 그가 대표적인 개발론 대상자라는 사실을 역이용한 홍기성 현 의장 진영의 계산이 맞아떨어졌기 때문이다. 환경보호운동의 개념조차 모르는 시 의장은 자연사랑회가 주최하는 황소개구리 사냥대회를 범시민적인 대회로 후원하기로 했다는 풍문이 돌고 있었다. 그동안 방관하고 있던 중도파들 역시 환경론을 앞세우는 홍기성에게 시 의장을 연임시키자는 쪽으로 의견이 모이고 있었다.

오로지 시의회 의장만을 노리는 현중만에게 그 같은 소식은 충격이 아닐 수 없었다. 어제는 사전 모임에 참석하지 않은 황보정식 시의원과 주수광 시의원 두 사람을 은밀하게 수미정으로 불러 이천만 원을 건넸다. 그토록 물밑 작업을 했지만 단일화는 이미 물 건너갔다.

"부의장님! 도대체 홍기성이 노리는 게 뭡니까? 우리 쪽에 배신자가 있는 게 아닙니까? 그렇지 않고서야 경선을 해서 패할 것이 분명한데 끝까지 경선을 고집하는 이유가 뭡니까?"

현중만은 경선까지 가면 자파 의원들에게 자금을 또 살포해야 한다는 게 아깝기 짝이 없었다. 경선을 하지 않고 추대된다면 경선 자금을 벌 수 있을 뿐만 아니라 그 돈의 절반만 장학금으로 내놓아도 생색내기에 성공할 수 있는 것이었다.

"나도 그 점이 의심스러워서 우리 쪽 의원들에게 일일이 확인해 봤다니까. 그러나 모두 당선을 확신해도 좋다고 하니까 나로서는 믿을 수밖에 없잖아."

황태호 역시 곤혹스러운 표정이다.

"다시 한 번 확인해 보세요. 이제는 경선에 대비하지 않을 수 없어요. 어쩌면 우리 쪽 의원 중에 남모르게 부채가 많은 사람이 있을 수도 있잖아요. 누군지를 알아야 실탄을 지급할 게 아닙니까?"

현중만은 애가 탔다. 그가 이처럼 안절부절못하는 데는 오전에 열린 시청의 간부들 간담회에서 그의 개발론이 밀렸기 때문이다.

"오후에 열리는 시의원 간담회에서 내가 공식적으로 단일화를 얘기해 보겠네. 그래도 안 되면 경선을 해야지 별수가 없잖나."

"황 부의장님만 믿겠습니다."

현중만은 황태호의 손을 굳게 잡았다.

점심 식사가 끝나자 시의회 의장선거를 위한 시의원 당선자 간담회가 열렸다.

"의장님이나 우리 현 의원이나 두 분 모두 주민들로부터 신뢰받는 훌륭한 인물입니다. 서로가 한 발자국씩만 양보하십시오. 수봉산 개발 문제로 주민들 역시 사분오열되었습니다. 이런 판에 전혀 입장이 다른 두 분이 경선을 치른다면 의회조차 반으로 갈라집니다. 그래서는 승자나 패자나 모두 상처만 남게 됩니다. 단일화만이 지역민의 화합과 단결을 이룰 수 있다, 이런 얘깁니다."

황태호는 평소 신망이 두터운 사람이다. 시의원 중에서 유일하게 교직자 출신인 데다가 3선이 되는 동안 모두 무투표 당선이란 기록을 세운 인물이다. 그런 그도 현중만의 금력에 매수당했다.

"내가 수차 주장했듯이 이번만 현 의원이 양보해 달라는 거 아닙니까. 다음에는 나이도 있고 해서 출마하지 않고 조용히 쉴 생각이랍니다. 젊은 사람이 왜 그렇게 서두르는지 모르겠어요."

홍기성 의장은 사나운 표정으로 현중만을 쏘아보았다.

"제 입장도 불변입니다. 산적한 문제가 허다한 우리 수동시 의회를 끌고 나가기 위해서는 원로들보다는 저처럼 참신하고 패기만만한 젊은 사람이 나서야 한다고 봅니다. 나뭇가지는 꽃을 버려야 튼튼한 가지로 자랍니다. 그리고 강물은 기존의 물을 버려야 바다가 된다고 했습니다. 이와 같이 모든 것은 새로운 것을 찾아 변화를 거듭할 때 앞으로 나아갈 수 있는 것입니다. 그러니 제게 기회를 주십시오. 모든 지역의 문제를 원로들과 협의해

결정하겠습니다. 믿어 주십시오."

현중만 의원 역시 직선거리에 있는 홍기성 의장의 두 눈을 힘주어 쏘아보았다.

"그것참! 꼭 경선을 해야 한다는 말이군. 쯧쯧……."

황 부의장은 기운이 빠지는 듯 한숨을 내쉬었다.

"현 의원! 이런 얘기 하고 싶지는 않지만 얼마 전 수봉 산에서 죽은 최선우가 현 의원 사주를 받고 갔다며?"

한동안 침묵이 흐르자 홍기성이 드디어 급소를 찌르 고 들어왔다.

"그게 무슨 소립니까?"

"비디오카메라가 현 의원 것이라는 제보가 있던데, 불쌍한 실직자를 그렇게 죽음의 구렁텅이에 몰아넣어도 됩니까? 얼마 주기로 했소? 유가족에게 조문도 가지 않 은 거로 아는데……."

홍기성의 말은 폭탄선언이나 다름이 없었다. 순간 엄 동설한의 외진 골목길 같은 싸늘한 적의가 흘렀다.

"나는 전혀 모르는 일입니다."

인간이 말을 만든 것은 진실을 드러내기 위해서가 아 니라 감추기 위해서라고 하던가. 현중만은 우선 부정하 는 수밖에 없었다.

"적어도 시의회 의장이 되려면 도덕적으로 하자가 없는 인물이 나와야 하오. 현 의원이 아무리 부정해도 물증이 있는 이상 어쩔 수가 없잖소. 이 세상이 돈만 가지고 무엇이든 될 수 있다고 생각한다면 큰 오산이오. 내 말 명심하시오."

"아니, 의장님! 지금 절 훈계하시는 겝니까? 도덕적으로 하자가 없어야 한다는 말씀, 잘하셨습니다. 그래서 의장님은 시시콜콜 시청 직원들의 인사이동까지 일일이 간섭했습니까?"

"뭐라고? 이 자식이!"

"이 자식이라니! 말이라고 다 함부로 하는 게 아니오."

"뭐야?"

결정적인 순간에 스트라이크를 던지지 못하고 그라운드에 공을 패대기치는 선수처럼 갑자기 홍기성이 벌떡 일어서면서 탁자 위에 놓인 물컵을 던졌다. 다행히 현중만의 얼굴을 비켜나간 물컵은 출입문 바닥까지 날아가 산산조각이 났다. 현중만이 거구를 일으켜 세웠다.

"이 양반이!"

"이게 무슨 추태입니까? 체신 좀 지키십시오. 주민들

이 알면 어쩌려고 그러십니까?"

황태호가 황급하게 두 사람 사이를 파고들어 싸움을 말렸다. 그때까지 언쟁을 관망하던 당선자들이 사태가 심상치 않게 돌아가자 두 사람을 에워싸고 싸움을 만류하기 시작했다.

"자, 자! 모두 앉읍시다. 단일화가 안 되면 경선으로 가면 그만 아닙니까. 제발 서로 인신공격만은 하지 맙시다."

황태호의 조정에 홍기성과 현중만은 못 이기는 척 다시 자리에 앉았다. 짧은 침묵이 담배 연기처럼 불안정하게 이어졌다.

"의원들은 각성하라!"

"생존권을 수호하자!"

"수리골을 이전시켜라!"

갑자기 창밖이 소란스러웠다. 구호를 외치는 소리가 들려왔다.

"무슨 일이지?"

뜻밖의 상황에 어리둥절해진 당선자들이 모두 창가로 우르르 달려갔다.

수십 명의 주민이 붉은 머리띠를 질끈 동여맨 채 시청사 마당에서 무질서하게 모여 구호를 외치고 있었다. 제각기 구호가 적힌 피켓을 들고 맨 앞에 선 사내의 선창에 따라 불끈 쥔 주먹을 쳐들거나 피켓을 높이 치켜세우며 시위하고 있었다.

"모기 때문에 못 살겠다! 대책을 세워다오!"

"수리골을 망친 원흉은 자폭하라! 자폭하라!"

주민들의 계속되는 구호 소리가 유리창을 아프게 찔러댔다. 의회 과장이 허겁지겁 들어왔다.

"의장님! 수리골 대표가 면담을 요청해왔습니다."

"면담? 그 사람들이 요구하는 게 뭐요?"

"수리골에 모기가 많아 더 이상 살지 못하니까 이주 대책을 세워달라는 겁니다."

"이주 대책?"

"네."

"그걸 왜 우리한테 얘기하나? 시장한테 가야지!"

"시의원들은 자기들이 뽑은 민의의 대변자라면서……."

"시장은 자기들이 안 뽑았나?"

"……."

"할 수 없지. 들어오라고 하시오."

홍기성은 흐트러져 있는 넥타이를 고쳐 매고 머리를 매만졌다. 그도 수리골의 모기 소동을 익히 알고 있었다. 그러나 그 모든 게 개발론 대상자들 때문에 생긴 일이라고 굳게 믿어온 그다.

"수리골 주민대표 한동조올시다."

이윽고 건장하게 생긴 사내 한 명이 나타났다. 홍기성은 정중하게 의자를 권했다.

"앉으시죠."

"고맙습니다."

"이주 대책을 세워달라고 했습니까?"

"그래요. 이제는 도저히 더 이상 견딜 수가 없습니다. 지난해는 한 해로 끝나겠지 했습니다. 그런데 이게 뭡니까? 엘니뇨 현상인지 뭔지 그거 때문인지는 몰라도 지난 달부터 극성을 부리던 모기 떼가 지금은 온통 바글바글하다고요. 놈들이 밤낮으로 떼를 지어 물어뜯는 판이니, 어떻게 견뎌 내겠습니까? 거기다 요즘은 왕파리 떼까지 나타나 귀신소리를 낸다고요. 아직도 여름이 지나려면 넉넉히 잡아 두어 달은 기다려야 하지 않습니까."

한동조는 그러면서 팔뚝과 다리를 보여주었다. 그의

몸은 온통 모기에게 물린 자국 때문에 피부 가득히 진물이 흐르고 있었다. 끔찍한 모습이다.

"시장한테도 얘기했습니까?"

"부재중이라 만나지 못했습니다. 어차피 시장님이 결정하시려면 시의회의 협조를 얻어야 할 게 아닙니까. 가부간 결정을 내려주십시오."

"제가 뭐라고 확답을 드릴 수는 없습니다. 다만 시장과 협의해서 주민들의 요구를 수용하는 쪽으로 노력해 보겠다는 말씀밖에는 드릴 약속이 없군요."

"되면 되고, 안 되면 안 되는 거 아닙니까. 일단 올여름이라도 시내에 가건물을 지어 입주할 수만 있다면 더 이상 바랄 게 없겠습니다."

"알겠습니다. 검토해 보겠습니다."

홍기성은 메모를 하기 시작했다.

"의장님! 이 분이 그만큼 듣기 싫다는데 또 검토를 들먹입니까? 내가 의장이라면 당장 주민대표를 모시고 시장님을 찾아가서 담판을 짓겠습니다."

현중만이 불쑥 나섰다.

"나도 수리골에 대한 대학교수단 연구용역보고서를 받아 봐서 실상을 잘 알고 있습니다. 제가 이번 주 안으로 시장과 협의해서 여러분에게 결과를 통보해드리겠습니다."

"의장님! 보고서에만 의존할 게 아니라 방문을 통해 실태를 좀 더 정확하게 파악해야 하는 것이 아닙니까?"

현중만은 계속 홍기성의 비위를 건드렸다. 그는 참다 못해 현중만에게 쏘아붙인다.

"현 의원이 그렇게 관심이 많으면 당신이 한 번 가보시오. 당신이 그렇게 좋아하는 수봉산에서 먼 곳도 아니질 않소."

"내 지역구도 아니고 의장도 아닌데 내가 왜 갑니까?"

현중만이 유들유들하게 말했다.

"이 양반들이 시의원들이라고 뽑아놨더니만 개떡 같은 말만 하고 있네. 이거 순전히 시정잡배보다 못한 사람들 아니야? 모기 문제가 어떻게 우리 수리골만의 문제야? 인재란 말이야! 인재! 알겠어?"

한동조는 어처구니가 없다는 표정을 지으면서 출입문을 쾅 닫고 나가버렸다.

"시의원들은 각성하라!"

"주민들을 무시하는 시의원은 자폭하라!"

다시 우렁찬 고함이 터져 나오기 시작하자 현중만은

슬그머니 미소를 지었다. 어찌 됐건 현재 벌어지고 있는 골칫거리를 해결해야 할 책임은 현 시장과 의장이다.

"먼저 퇴근합니다."

현중만은 골치 아픈 곳에 계속 있을 필요가 없다고 생각했다. 하지만 그의 사무실에서는 더 골치가 아픈 문제가 기다리고 있었다.

사무실에 들어서자 손지영은 대뜸 여자 손님들이 왔다고 했다.

"손님들?"

그는 자기 방문을 밀었다.

키 작은 여자와 조금 나이가 들어 보이는 여자가 자리에서 벌떡 일어나며 그를 노려보기 시작했다.

"당신이 현중만이라카는 사람이오?"

나이 든 여자가 금세라도 주먹을 날릴 듯한 기세로 물었다.

"그렇습니다만."

"내 사위 살려내소! 멀쩡한 사위를 당신이 죽인 거나 다름없으니께."

살기를 담은 눈빛을 한 나이 든 여자가 대뜸 그의 팔

과 멱살을 잡으며 울부짖었다.

"아닌 밤중에 홍두깨도 유분수지, 이게 도대체 뭔 일이난 말이오? 그리고 대체 당신들은 누구요?"

현중만은 여자를 간신히 밀쳐냈다.

그는 이 낯선 여인들이 최선우의 아내와 장모라는 것을 직감적으로 느꼈다. 하지만 그는 애써 모른 척 시치미를 뗐다.

"몰라서 묻나, 아이면 모른 척하는 기가? 뻔뻔스럽기가 생긴 거하고 똑같네. 이래 도둑놈같이 생겨먹었으니 장례식에도 얼굴을 안 내밀었제. 인두겁을 쓰고 우에 이럴 수가 있나. 내가 이래 안 찾아왔으면 이 인간이 감쪽같이 넘어가려 한기 분명하구먼. 아이고! 이제 내 딸은 손주들하고 우째 산단 말이고! 아이고!"

나이 든 여자가 바락바락 악을 써대며 통곡을 했다.

"아주머니, 속상하시겠지만 우선 물부터 드세요. 그리고 목소리를 조금만 낮추시면 안 될까요? 더운 날씨에 소리를 높이면 건강에 좋지 않을 거예요."

그때 손지영이 물 한 컵을 가져와 그녀에게 건네면서 상냥하게 말했다.

"보소! 아가씨도 여기서 일하는 모양인데 저런 싸

가지 없는 인간 밑에서 뭐 한다꼬 이래 일하고 있는 거요? 참하게 생겼는데 나쁜 물 더 들기 전에 언능 보따리 싸소."

현중만은 난감해졌다. 그와 동시에 섬뜩한 느낌이 들었다. 그러나 위기에 처할수록 냉정해야 한다. '바보는 정신병자의 칼부림을 보고 악용하고 현자는 칼의 본질을 생각한다'라는 말을 떠올리며 최대한 몸을 낮추고 정중하게 말했다.

"뭐라고 위로의 말씀을 드려야 할지 모르겠습니다. 장례식은 잘 치르셨습니까?"

"왜요? 내 남편을 죽여 놓고 조문도 안 오더니 무덤에 가서 곡이라도 하려는 모양이네."

이번에는 젊은 여자였다.

"자꾸 제가 죽었다고 하는데 무슨 근거로 그런 말씀을 하시는 겁니까? 듣기가 거북하군요."

"뭐라꼬요? 듣기가 거북하다꼬요? 내 사위한테 오백만 원을 주고 그 무서운 수봉산에 다녀오라고 당신이 시켰잖능교? 아이고! 흑흑!'

급기야 나이 든 여자는 사무실 바닥에 퍼질러 앉았다. 그리고 땅을 치며 다시 통곡했다.

난감한 일이 아닐 수 없다. 의장선거를 앞둔 그로서는 이 소문이 새어나간다면 꼼짝없이 입방아에 오를 게 뻔하다.

"아주머니! 이유야 어찌 됐든 간에 진심으로 유감스럽게 생각합니다. 그리고 이 모든 게 제 불찰이라고 칩시다. 하지만 이미 죽은 사람이 다시 살아날 것도 아니질 않습니까? 그러니 그만 진정하십시오."

"지금 내가 진정하게 됐능교? 내 딸이 혼자서 공부시켜야 할, 손주들이 세 명이나 있는데 무슨 수로 그 애들을 데리고 살아가야 할꼬! 아이고! 불쌍한 내 새끼!……."

나이 든 여자는 점점 더 소리를 높여갔다. 사람들이 모여들기를 기다리는 눈치다.

"좋습니다. 저도 도의적인 책임을 지겠습니다. 대신 누구한테도 소문을 내시지 않는다는 약속을 해 주십시오. 제가 위로금 조로 천만 원을 드리겠습니다."

"뭐라꼬? 당신 제정신인교? 사람 목숨을 겨우 천만 원에 합의를 하라꼬요? 씨알도 안 맥히는 소리는 아예 하지를 마소. 우리 딸이 혼자 됐다고 당신한테 그리 만만하게 보이나 본데, 오천만 원 줄 때까지는 여기서 꼼짝도 하지 않을 테니 그리 아소."

"뭐요? 오, 오천만 원? 설마 진심으로 하시는 말씀은 아니시죠?"

헉! 듣고 있던 손지영도 오천만 원이라는 말에 밤송이처럼 입이 벌어졌다.

"내 참 기가 막혀서. 이 상황에 그것도 사위를 죽인 사람한테 내가 농담할 여자로 보이능교?"

현중만은 어이가 없었다. 도대체 이게 무슨 낭패란 말인가. 수봉산에 보낼 때도 설마 죽기야 하겠느냐고 생각했던 그다. 그런데 심부름 한 번 잘못시켜서 아까운 거액이 날아갈 판이다. 그런데 벌써부터 홍기성 의장이 시비를 걸고 있다. 더 이상 문제가 확대되기 전에 무마해야 한다. 어차피 돈이란 이런 때를 위해서 축적할 만한 가치가 있는 게 아닌가.

"아주머니! 내가 사위를 죽인 것도 아닌데 오천만 원이라니요. 두 분께서도 양심이 있으면, 그렇게 말씀하시면 안 되지요. 내가 죽인 것도 아닌데 오천이라니요. 삼천을 드리겠습니다. 그리고 장례식에도 못 갔고 선우와 약속한 금액도 있고 하니 조의금 명목으로 오백 더 얹어서 드리겠습니다. 아이들이 한창 공부할 나이라고 하니 특별히 생각해 드리는 겁니다. 정 합의를 못 하시겠다면

법으로 하시던지, 알아서 하십시오."

아픔과 상처가 깊을수록 가해자를 향한 용서는 멀고 원망과 미움은 질긴 법이다. 가난이라는 것이 삶을 파헤치는 절망으로 느껴질 때가 한두 번이 아니었다. 그런 날들을 수도 없이 경험하면서 살아온 최선우의 아내다. 그렇다고 이 순간 마음까지 기죽고 가난해진다는 건 절대 안 될 일이다. 죽은 남편을 위해서도 그렇고 또 스스로에게도 못 견딜 비참함으로 느껴졌다. 그런 그녀는 큰맘 먹고 이곳에 오기 전 어머니와 오천만 원을 요구하자고 말을 맞췄던 것이다. 하지만 법이라고 하는 말에 최선우 아내는 덜컥 겁부터 났다. 그런 그녀의 마음을 눈치챈 현중만이 다시 말을 이어나갔다.

"제가 평소에 선우와 친하게 지냈기 때문에 인정상 큰맘 먹고 유가족에게 주는 위로금이란 걸 아셨으면 합니다. 이 시간 이후부터 이 이야기를 다시 꺼내시면 정말 곤란해진다는 걸 명심하십시오."

최선우의 아내는 친정어머니의 손을 끌어당기며 손수건으로 눈물을 찔끔찔끔 닦으며 긴 한숨을 쉬었다.

"내가 은행장에게 전화해 놓을 테니 가서 백만 원권 수표로 찾아와."

"네. 의원님!"

그는 앉지도 못하고 똥 마려운 강아지처럼 서성대던 손지영을 불러 통장과 도장을 내밀었다.

현중만은 창가로 다가가 창문을 활짝 열고 담뱃불을 댕겼다. 무슨 일이 있더라도 의장을 포기할 수는 없다. 의장을 포기한다는 것은 수봉산 개발을 포기하는 것과 같다. 소인배는 한 끼니의 밥을 잃고도 분노하는 법이지만 대인이 되려면 보석을 잃고도 속상해하지 않아야 하는 법. 현중만은 그런 논리를 생각하며 애써 담담해지려 심호흡을 했다. 최선우 아내가 남긴 합의서의 붉은 직인을 바라보며 그는 두 주먹을 불끈 쥐었다.

14

하얀 깃털 꼬까선은 숲 속 친구인 꾀꼬리들과 한낮의 더위를 피해 그늘을 찾아다니고 있었다. 갈참나무에서 부지런히 나무를 쪼고 있던 딱따구리도 더위에 지쳤는지 잠시 동작을 멈춘 채 바람을 쐬고 있었다. 그때 산 아래 쪽에서 작은 비둘기가 날아왔다.

"얘! 더운데 어딜 그렇게 쏘다니다 오는 거니?"

꾀꼬리가 먼저 아는 체를 했다.

"우리야 이곳저곳 돌아다니는 게 습관이잖아. 그런데

너희도 조심해야 해!'

작은 비둘기가 심각한 얼굴로 말했다.

"무슨 일이 있는 거니?"

꼬까선은 작은 비둘기의 표정이 심상치 않다는 것을 눈치챘다.

"수달네 엄마가 또 인간에게 잡혀갔대."

"어머나! 그럼, 새끼들뿐이잖아?"

수달 가족들은 백강 발원지인 천마산 계곡에 다섯 마리가 살고 있다고 들었다. 그런데 불과 한 달 전에 아비 수달이 잡혀갔다는 소식이 전해졌는데 이번에 어미마저 잡혀간 것이다.

"인간들이 정신이 어찌 됐나 봐. 수달이야말로 멸종 위기에 몰려 천연기념물로 정해진 동물인데 말이야."

"천연기념물이 무어 대수야? 인간들이 일부러 희소성을 높이려고 가격만 폭등하게 만드는 게 천연기념물 선정 작업인데 뭐."

"맞아. 천연기념물은 고가에 매매된다잖아."

"하여튼 인간이란 이 땅에서 영원히 사라져야 할 존재야. 신들은 어떻게 살생을 밥 먹듯 하는 인간을 그냥 내버려 두는지 모르겠어."

꾀꼬리는 인간이야말로 신의 창조물 중에서 가장 실패작이라고 결론지었다.

"너희는 배가 고프지 않니? 난 이제 정말 배가 고파⋯⋯."

꼬까선은 참새를 만나러 떠난 부모님의 얼굴이 떠올랐다. 부모님이 돌아오면 하다못해 벌레라도 한 마리 물어올 테지 싶었다.

바로 그때였다.

저만치서 비둘기 아저씨가 허겁지겁 날아왔다.

"꼬까선! 여기 있었구나."

아저씨는 가슴을 진정시키려는 듯 한동안 가쁜 호흡을 가라앉혔다.

"왜요? 저를 무슨 일로⋯⋯?"

"빨리 둥지로 가거라. 큰일 났어."

"네?"

순간 꼬까선은 가슴이 철렁 내려앉는 것 같았다. 비둘기 아저씨는 차마 말을 다 이어가지 못했다.

"네 아빠가⋯⋯."

"아빠가 왜요? 무슨 일이 생기셨어요?"

"네 아빠가 인간의 총에 맞아서 위독해."

"뭐라고요? 정말이에요?"

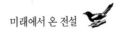

미래에서 온 전설

세상이 온통 잿빛으로 보였다. 그녀는 끝을 알 수 없는 낭떠러지에 선 듯 어지러움이 밀려왔다.

'아니야. 그럴 리가 없어. 아빠가 위독하다니 믿을 수가 없어.'

꼬까선은 자신이 들어야 할 몫이 아닌 것처럼 세차게 고개를 가로저었다.

"사실이란다. 함께 갔던 네 엄마는 그 자리에서 숨을 거둔 모양이더라."

"엄마가⋯⋯엄마가 돌아가셨다고요? 아아. 이건 분명 꿈일 것이야. 말도 안 돼!'

엄마가, 엄마가 돌아가시다니⋯⋯ 도저히 믿을 수 없는 일이 일어나고 말았다. 꼬까선은 정신없이 둥지를 향해 날갯짓을 했다. 바람과 구름도 놀랐는지 그녀를 따라서 빠르게 달렸다. 수목의 잎사귀가 스쳐 가고 나뭇가지가 얼굴을 찌르는 것도 잊은 채 그녀는 온 힘을 다해 날개를 저었다.

꼬까선이 가쁜 숨을 몰아쉬며 둥지에 도착했을 때, 아빠 까치는 이미 얼마 남지 않은 이승에서의 마지막 숨을 몰아쉬고 있었다. 까돌이는 얼마나 울었는지 두 눈이 통통 부어 있었고, 그 주위로 수봉산 동물들이 빙 둘러앉아 있었다. 꼬까선은 아직 온기가 남아 있는 아빠의 볼에 자신의 볼을 갖다 비비며 흐느끼기 시작했다.

"아빠! 저예요. 꼬까선이 왔어요."

"오! 우리 꼬까선이구나? 이제 아빠도, 엄마와 함께 할아버지, 할머니 곁으로 가게 될 것 같구나."

"아빠! 까악 깍……."

"네 엄마도 떠나가 버렸는데 이 일을 어쩔꼬. 이렇게 허망하게 갈 수는 없는데 대체 어쩐단 말이냐? 너희를 지켜주며 커가는 모습도 봐야 하는데. 이 수봉산을 지켜내는 일에도 동참하고 싶고, 환경을 파괴한 저 못된 인간들이 어떤 대가를 치르게 되는지 꼭 지켜보고 싶은데 말이다. 그리고 아직 너희에게 가르쳐 줄 이야기가 너무나도 많은데……. 그런데 인간이 결국 나를 이렇게 만들었구나."

아빠 까치는 들릴 듯 말 듯한 목소리로 마지막 유언을 했다. 그는 조금씩 입을 열 때마다 괴로움이 더한 듯 미간을 찌푸렸다.

"꼬까선아! 그리고 까돌아! 너희는 꼭 의좋게 지내며 수봉산의 모든 것을 아끼고 사랑하며 살아야 한다. 좋은 관계란 사랑과 신뢰의 토대 위에서 존재하는 법이니 동물들과 지혜를 모으고 힘을 합쳐 우리들의 터전을 꼭 지켜다오. 그리고 나를 총으로 쏴 이렇게 만든 인간을 절대 용서하지 말거라."

"아빠! 힘을 내세요. 아빠는 살아날 수 있을 거예요. 네?"

"그래요. 힘을 내요. 꼬까선이 혼인하는 것을 보고 눈을 감아야 할 게 아니에요?"

어느새 비보를 듣고 날아왔는지 공명 선생도 용기를 북돋웠다.

"아닙니다. 난 이미 틀렸어요. 내가 없더라도 우리 꼬까선과 까돌이를 잘 부탁드립니다. 이제는 천애 고아가 될 테니까요."

"걱정하지 마시고 빨리 일어날 생각을 하세요."

"틀렸어요. 이제는……."

"아빠! 아빠!……."

꼬까선은 이럴 수는 없다고 생각했다. 이 수봉산에서 그 누구보다 지혜롭고 자상한 아빠다. 그런 아빠가 이렇게 허무하게 생을 마감하고 있다는 것이 믿어지지가 않는다. 신이 한없이 원망스럽다. 어째서 인간에게만 총기를 사용할 수 있는 재능을 줬는지 창조주조차 불공평한 존재라고 생각되었다.

"꼬까선아! 이 아빠의 유언을 명심해야 한다. 나는 저 승에 가서도 별까랑의 부모를 만나서 이 수봉산 수호를 위해 너희를 도와줄 것이다."

"네. 아빠!"

"그리고 꼬까선아! 네가 꼭 알아둬야 할 것이 있 단다."

"아빠! 말씀해 보세요."

"우리 꼬까선이 태어났을 때 신기하게도 하늘에서 꽃 비가 내렸단다. 무지개처럼 각양각색의 꽃비가 살폿살폿 내리더니 네 작은 몸을 덮어 주었지. 그와 동시에 둥지 주변을 비롯해 수봉산 곳곳에 별꽃이 피어나기 시작했 어. 별꽃은 제일 처음 그렇게 피어난 거란다. 그때 네 엄 마와 나는 우리 꼬까선이 특별한 재주와 지능을 가진, 까 치 가문을 빛낼 존재임을 예감하고 얼마나 기뻤는지 모 른단다."

까치 아빠는 짧은 숨을 몰아쉬면 힘겹게 말을 이어가 고 있었다.

"아빠! 힘드실 텐데 이제 그만 말씀하셔도 돼요."

"아니다. 시간이 얼마 남지 않은 것 같구나. 진작에 이 수봉산의 별과 꽃이 될 별까랑과 네게 너희들의 특별한 탄생 과정을 일러 줬어야 했는데 말이다. 그랬으면 너희 둘의 책임감도 훨씬 강해졌을 테고……."

"아빠! 별까랑 오빠도……?"

"그렇단다. 어여쁜 내 새끼 꼬까선아! 그리고 까돌아! 가족과 다름없는 별까랑을 꼭 찾아서 이 수봉산을 함께 지켜내거라. 오래전 별까랑이 태어나는 순간 그의 부모는 인간들이 뿌린 독극물에 중독돼 숨을 거두었단다. 그래서 울고 있는 별까랑을 데려오던 길이었어. 그런데 갑자기 수봉산 밤하늘에 폭죽이 터지듯 모든 별들이 눈이 부시도록 빛을 밝혀 주더구나. 그 별빛이 별까랑을 향해 일제히 쏟아지는 걸 보면서 그 녀석은 분명 이 수봉산을 지켜나갈 희망이라는 것을 짐작했단다. 그러니 다시 한 번 부탁한다. 별까랑을 반드시 찾아서 너희에게 부여된 책임을 다해야 한다. 힘이라는 것이 가부좌를 틀고 앉아서 기다린다고 오는 법은 없단다. 목표라는 짐을 울러 메고 길을 떠나야 얻을 수 있는 것이다. 알겠니?'

"네! 명심할게요. 아빠! 그러니 제발 죽지 마세요."

"앞으로 인간은 절대 믿지 말거라. 그리고 결코 방심해서도 안 된다."

"잊지 않을게요. 아빠!'

"그리고 이건 까돌이가 가장 좋아하는 새끼 배다."

아빠 까치는 마지막으로 끝까지 입에 물고 온 작은 배를 내놓았다.

"아빠! 사랑해! 죽지 마. 까악 까악……."

까돌이는 설움이 북받쳐 흐느꼈다. 총의 위협을 감수하고서 배를 따러 간 부모님의 지극한 사랑 앞에서 그는 할 말을 잃었다.

"윽!……."

순간 아빠 까치의 다급한 비명이 짧게 허공을 갈랐다. 그 비명을 마지막으로 그는 서서히 눈을 감았다. 둥지 바닥에는 아빠 까치의 복부에서 흘러나온 검붉은 피가 흥건하게 고여 있었다.

"아빠!"

꼬까선 남매가 아빠 까치의 시체 위로 엎어지듯 쓰러졌다. 둘러섰던 수봉산 숲 속의 동물들도 고개를 숙이고 눈물을 흘렸다.

얼마나 시간이 흘렀을까. 까돌이는 누나 옆에서 먹다 남은 배 조각을 입에 물고 잠들어 있다. 아무리 철없는 동생이지만 이렇게 숙연해야 할 죽음 앞에서도 살기 위해 무언가를 먹는다는 것이 비애로 느껴진다. 꼬까선은 그런 까돌이를 보면서 아빠의 운명을 현실로 받아들였다.

이대로 주저앉을 수는 없다. 마냥 눈물만 흘리며 좌절할 수는 없다. 그녀는 별까랑 오빠가 떠나갔을 때처럼, 슬픔을 당할수록 더욱 견고해지는 자신의 이성을 느낄 수 있었다.

"이미 죽은 목숨이야. 이제 산목숨은 살아야 할 게 아니냐."

"맞는 말이다. 용기를 잃지 말고 꿋꿋하게 살아가거라. 부모님이 안 계시지만 수봉산에는 아직까지 까치 일가 어른들이 많단다."

모두 이구동성으로 꼬까선 남매를 위로해 주었다.

"고맙습니다. 걱정하지 마세요."

정말이지 그녀는 슬픔이란 감정이 한꺼번에 탈색되어 버린 것 같았다. 어느새 눈물조차 나오지 않는다. 아빠의 유언을 실천하기 위한 복수의 일념만이 자리 잡는다. 인간의 모습을 떠올리는 것만으로도 그녀의 심장에선 분노의 피가 흘렀다.

"용서할 수 없어!"

꼬까선은 되새김질하듯 그 말을 되풀이하며 더욱 세

차게 이를 악물었다. 어떻게 해서든지 부모의 원수를 갚아야 한다. 별까랑 오빠처럼 도망가는 비굴한 짓은 하지 않으리라. 그녀는 그렇게 맹세하고 또 맹세했다. 수봉산을 지키고 사랑하는 것은 소수의 애정으로 되는 것이 절대 아니다. 또 별까랑 오빠처럼 혼자만의 안위를 위해 둥지를 포기하고 떠나는 것도 능사가 아님을 느꼈다. 같이 웃고 같이 슬퍼하며 사랑해줄 상대가 곁에 있는 것만으로도 행복한 건 인간이나 동물이나 마찬가지다. 삶이 아름다운 것은 사랑 때문이다. 꼬까선은 책임을 다해야 할 별까랑이 자신의 탄생 과정도 모른 채, 떠난 것이 안타까웠다. 무책임하게 모든 것을 팽개치고 떠난 별까랑의 대한 원망과 그리움으로 눈물을 글썽거렸다.

아빠 까치의 사체는 매 장군에 의해 수봉산 계곡에 수장되었다. 그러나 엄마 까치는 그사이 사냥개가 먹어치웠는지 찾지 못하고 말았다. 아빠 까치의 장례를 치른 꼬까선은 이제 자신의 목숨을 내던질 각오를 했다.

불현듯 인간임에도 물빛 향기가 풍기던 두 사람의 얼굴이 떠올랐다. 아빠는 그들이 환경운동을 하는 인간인 것 같다고 했다. 그들에게 자신의 뜻을 알리고 싶다. 그리고 가능하면 도움을 받고 싶었다.

15

저만치 연한 황색의 꽃잎이 바람개비 모양으로 비틀어진 물레나물이 보인다. 이삭 모양의 흰색 꽃이 핀 까치수염이며 좁쌀풀, 메꽃, 배초향이 있다. 병아리처럼 샛노란 색으로 우산처럼 펼쳐진 마타리꽃 위에 벌과 나비가 춤을 추고 있다. 보라색 종처럼 생긴 꽃이 대롱대롱 매달린 잔대 위에는 실잠자리가 앉아 있다. 서로서로 어울려 시샘도 탐욕도 없이 염천에도 꽃을 피워내고 있다.

꽃잎은 보이지 않고 실 같은 꽃술만 서로 엉켜 꽃이 핀 것인지 시든 것인지 분간하기 어려운 등골나물에는 호랑나비가 쉬고 있다. 순결이라는 꽃말의 참나리며, 어렴풋한 사랑을 피워낸 황금색 달맞이꽃이 땅나리와 맥문동 사이에 불쑥 솟아나 있다.

남정환은 마냥 행복했다. 아직까지도 이토록 많은 야생화가 핀다는 사실이 그저 신기하기만 하다. 순간 그는 나비가 된 자신을 발견한다. '사람이 날아오른다는 거, 아! 이 황홀함! 내가 나비였던가? 나비가 나였던가?' 남정환은 그렇게 장자처럼 호접몽을 꾸며 아름다운 산천을 날아다녔다.

"정환 씨!"

클로버꽃이 하얗게 피어난 들녘을 가로질러 달려오는 여인이 그의 이름을 불렀다. 그녀는 분명 두 발로 뛰어오는 것 같은데 그게 아니다. 여자는 날개를 펼치고 있다. 감청색 무늬에 노란 반점이 있는 날개를 천천히 움직이며 나비처럼 날아서 오는 여자. 그녀의 얼굴 가득히 재회의 기쁨이 흘러넘치고 있다. 남정환은 그리움과 설렘의 엔도르핀이 화수분처럼 차오름을 느꼈다.

"아! 지희 씨!"

 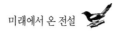

    남정환은 너무나 반가운 나머지 그녀를 향해 단숨에 날아갔다. 그렇게 한 쌍의 나비가 되어 클로버꽃이 융단처럼 깔린 들녘에서 서로를 힘차게 끌어안았다. 그 순간 거짓말처럼 나비 한 쌍이 남녀로 변해버린다.

    두 연인은 손을 맞잡고 꽃밭에 내려 앉아 춤을 추었다. 어지럼증이 뇌를 자극하고 두 눈이 너무 부셔 차마 뜨지 못할 때쯤, 누가 먼저랄 것도 없이 클로버 꽃 위로 쓰러졌다. 여자의 가슴은 설날의 민속놀이처럼 널을 뛰고 있다. 그녀가 풀이 눕듯 하늘을 마주보고 누워서 눈을 감는다. 남자가 클로버 꽃가지를 한줄기 꺾어다 여자의 귓불을 간지럽힌다. 남자는 이윽고 여자의 이마와 코와 입으로 클로버 꽃을 옮겨간다.

    좋아하는 남녀 사이에 예기치 않은 만남은 애틋한 감정을 자아내기에 충분한 법. 두 사람은 서로에게 도취되어 연리지가 되었다. 설렘이라는 감정은 사랑나무 추출물보다 더 좋은 사랑의 명약이 되어 주었다. 그렇게 시간이 흐르자 적멸 같은 마음이 공으로 번져갔다. 보이는 사물 모두가 할 일을 멈추고 오로지 그들의 만남을 축하하기 위해 춤을 추고 있는 것처럼 착각한다.

    저만치서 이 장면을 지켜보던 뜸부기가 푸드덕 날아

올랐다. 아직 살이 덜 오른 방아깨비 한 마리도 폴짝폴짝 뛰어간다. 남자는 슬며시 다가가 넓은 손으로 방아깨비를 잡았다. 여자가 눈을 뜨자 눈앞에 방아깨비 한 마리가 나타난다. 방아깨비는 남자의 손에 두 다리가 잡힌 채 여자를 보고 까닥까닥 절을 하기 시작했다.

"정환 씨!"

여자가 누운 채 남자의 목을 재빨리 감는다. 남자가 방아깨비의 다리를 잡은 손을 풀자 방아깨비가 새처럼 푸르르 날아간다. 그때를 기다리기나 한 듯이 다시 포옹이 이어졌다. 작열하는 태양을 혈관에 찔러 넣고 허공을 짚어대던 나무가 두 사람을 위해 그늘을 짓는다. 요람처럼 드리워진 그늘에서 그들은 그렇게 뜨거운 사랑을 나누고 있다.

"정환 씨와 결혼하면 넓은 정원이 있는 집에서 살고 싶어요. 정원 가득히 여러해살이 꽃나무를 심어야겠어요. 모란도 심을 거구요. 앵두와 수국도 심고 내가 제일 좋아하는 목련도 심어서 그 목련꽃 그늘 아래서 베르테르의 편지를 읽고 싶어요. 아! 그러면 그 느낌이 어떨까요? 또 수수꽃다리, 개나리, 장미…… 그러면 정원은 계절마다 마술을 부리겠지요. 상상만 해도 정말 신나는 일이죠? 생각만으로도 너무나 행복해서 가슴이 벅차요. 여름에는 아침마다 장미꽃 한 송이를 식탁 위에 꽂아 놓을 거예요."

여자는 꿈꾸는 듯한 표정으로 말했다.

"꼭 그렇게 만들어 줄게요. 텃밭에는 이효석 소설에 나오는 메밀을 심을 작정이오. 아! 그 메밀꽃 펼쳐진 풍경과 달빛이라……무릉도원이 그곳에 존재할 것이오. 강낭콩도 심고, 가지, 오이, 고추도 심을 거요."

"호호호! 그러다 농사짓는 농군 부부가 될 것 같은 걸요."

남자는 그녀와 함께라면 무엇을 하며 어디에 살든 간에 그곳이 무릉도원일 것만 같았다.

"또 하나 있소. 그곳에 조그마한 논을 반드시 만들어 벼 몇 포기라도 심어서 수확해 봐야겠소. 쌀밥에 대한 애틋한 기억 때문인지 나는 요즘도 벼가 익은 모습을 보면 배가 불러오고 마음이 참으로 푸근해진다오."

남자는 이 어여쁜 천사 같은 여인을 다신 놓치지 않으리라고 맘속 깊이 맹세했다. 여자가 꿈꾸는 그 모든 것들은 이미 어릴 적에 그 남자가 겪은 일들이기 때문이다.

남자의 이야기를 듣고 있던 여자가 가만히 눈을 감았

다. 남자 역시 눈을 감았다. 감미로운 입맞춤을 꿈꾸며 그녀를 살짝 끌어안는 순간, 갑자기 허전한 느낌이 드는 동시에 아무것도 잡히지 않는다. 깜짝 놀라서 남자가 눈을 떴다.

여자의 모습은 온데간데없이 사라져 버렸다. 그 대신 예쁘장하게 생긴 까치 한 마리가 빤히 그를 내려다보고 있다.

"넌 대체 어디에서 왔는데 그리도 나를 골똘히 바라보느냐?"

남정환은 비몽사몽간이다.

"난 꼬까선이라고 해요. 새밭골 저수지에서 만났잖아요."

"아! 지난번 그곳에서 날아가던 까치들 중에 있었던……."

"제가 첫사랑 여자를 꿈속에서 만나게 해 줬으니 아저씨도 저를 좀 도와주세요."

"그게 무슨 소리냐? 네가 무슨 재주로 그런 요술을 부린단 말이야? 허허 참."

"아저씨! 인간은 날개가 없어 하늘을 못 날지만 우리 새들은 날 수가 있잖아요. 그래서 저 오묘한 우주의 에너지를 날마다 받고 사는 걸요. 그러므로 두 발로 다니는 인간이 절대 할 수 없는 초능력 같은 특별한 재능을 부릴 수가 있어요. 이렇게 인간의 꿈속에 나타나는 건 어려운 일이 아니에요."

"그건 그렇다 치더라도⋯⋯."

"방송에서도 봤을 걸요. 지진이 일어날 때 동물들은 그 지진의 파동을 예감하고 안전지대로 옮겨가는 모습을 말이에요. 그러나 만물의 영장이라는 인간들은 자연이 보여주는 심각한 징조와 경고를 보고도 그저, 영달만 좇느라 말로만 떠들어 댈 뿐이지요. 오직 자기중심의 이기성을 지닌 인간들은 욕심에만 눈이 멀어 있지요. 그런 인간들은 지구뿐만 아니라 우주 전체의 입장에서 볼 때, 조화와 균형을 파괴하는 암세포 같은 존재가 되어 있다는 걸 아셔야 해요."

남정환은 이게 꿈인지 생시인지조차 구분이 안 됐다. 더군다나 까치가 말을 하다니, 끝내 갈피를 잡지 못하였다.

"아저씨! 저는 인간들을 도저히 이해할 수도 없고 용서할 수도 없어요. 제 아빠 엄마도 인간의 총에 죽었고 또 제가 가장 좋아하는 까마귀 별까랑 오빠의 부모님도 인간이 뿌린 독극물에 중독돼서 죽었어요. 지금 이 순간에도 수많은 동물이 인간 때문에 죽어가고 있어요. 아저씨 같은 인간도 크게 보면 다 같은 동물이잖아요. 그런데 어떻게 같은 동물끼리 그렇게 잔인할 수가 있어요. 꼭 그렇게 우리를 죽여야만 하나요? 이제는 해외에서도 밀렵 대신 동물보호구역을 정하는 곳이 많다고 들었어요. 유독 이 나라만 동물의 종류를 정해놓고 살육게임을 즐기고 있다고요."

"그걸 왜 나한테 이야기하니?"

남정환은 지금 무슨 일이 벌어지고 있는지 도대체 갈피를 잡을 수 없었다.

"아저씨에게서는 자연의 향기가 나요."

"뭐라고 자연의 향기……? 허허 참! 별소리를 다 들어보는구나."

"사실이에요. 또한 아저씨는 고귀한 정신을 가진, 수동시에서 몇 안 되는 자연 생태계 보전론자이니까요."

"그건 그렇지만……."

"그 고귀한 정신을 가졌다는 인간이 약자들 위에 군림하며 자만해서는 결코 안 되는 법이지요. 모든 타자의 삶도 인정해 주는 우애를 지니고 무서운 폭력을 절대 써서는 안 된다구요. 생명을 가진 모든 약자를 위로하고 사랑하며 더불어 살아야 해요."

꼬까선은 또박또박 힘주어 말했다.

"아저씨! 인간에게 꼭 전해 주세요. 인간에게 대항해 싸우겠다구요. 아니 좀 더 정확하게 말하면 우리 동족들이 인간에게 선전포고를 하는 거예요. 제 말을 알아들으셨죠?"

"그건 무리야. 나나 환경운동 단체인 자연사랑회에서 수봉산 개발을 반대하고 있으니까, 조금만 더 기다려 보려무나. 섣불리 행동했다간 너희 모두 총을 맞고 깡그리 죽을 수도 있어."

"겁나지 않아요. 그리고 이젠 더 이상 기다릴 수도 없어요. 수봉산 개발계획의 주범인 현중만 의원도 죽게 만들 거예요. 분명 조만간 절대로 그만두지 않을 거라구요. 그리고 배밭이 있는 새밭골 인간들에게도 전해 주세요. 살고 싶으면 떠나라고요. 그게 최후통첩이에요."

"부탁할 말이 있다고 하더니만 최후통첩을 전하는 거뿐이니?"

"간절히 부탁하고 싶은 건 현중만 의원이 시의회 의장이 되는 것을 막아 달라는 거예요. 그가 시의회 의장이

되면 우리가 공격하기 전에 수봉산이 먼저 까뭉개질 수
도 있잖아요."

"……."

"우린 이제 참을 만큼 참았어요. 아무것도 모르는 저
에게 용기를 불어넣어 준 것도 인간들이에요. 인간들이
제게 복수심을 갖게 했고 살의를 품게 만들었으니까요."

꼬까선은 울고 싶었다. 깍깍 소리 내어 실컷 눈물을
쏟아내고 싶었다. 그러나 부모의 복수를 하기 전까지는
결코 울지 않겠다고 맹세한 그녀였다. 현중만 같은 개발
론자들을 추방하지 않고서는 결코 눈물을 보이지 않으리
라 굳게 다짐한 그녀다.

"네 심정은 이해하겠다만 내가 힘이 될 수 있을지는
잘 모르겠구나. 현중만 의원 문제도 그렇단다. 지금 같은
추세로 봐서는 현중만 의원이 유리하다는 분석이 지배적
이니까."

남정환은 자연보호단체에 관여하고 있으면서도 뚜렷
한 대답을 해줄 수 없는 자신의 입장이 고통스럽기까지
했다.

지구의 허파 역할을 한다는 아마존과 더불어 20세기
초에는 3분의 1이 삼림지대였으나 지금은 5분의 1에 불

과하다. 이 나라뿐만이 아니라 세계는 19세기 산업혁명 이후 진행되어 온 무차별적인 환경 파괴와 핵실험, 그리고 종교적 대립과 반목으로 이어지고 있다. 그로 인해 지금 이 순간도 날로 황폐해져 가는 지구를 만들고 있는 것이다.

"아저씨를 믿고 이만 갈게요. 안녕히 계세요."

꼬까선은 실망스러운 얼굴로 하늘을 향해 날아올랐다. 남정환은 푸드덕 날아오르는 꼬까선의 날갯짓 소리에 깜짝 놀라 깊은 잠에서 깨어났다.

사무실에 출근한 남정환은 아무래도 간밤의 꿈이 예사롭지가 않다는 생각이 들었다. 마치 무릉도원이나 천국의 정원처럼 아름다운 들녘, 온갖 꽃들이 만발한 곳에서 우연히 첫사랑을 만났다. 그녀와 해후의 기쁨에 들떠 있을 때 갑자기 꼬까선이라는 까치가 나타났다. 까치는 인간에게 선전포고를 하고 현중만 의원을 죽이겠다고 했다.

그는 우선 이신숙 기자부터 찾았다. 얼마 뒤 이신숙이 나타나자 남정환은 아직도 꿈을 꾸고 있는 기분으로 말했다.

"누님! 참으로 이상한 꿈을 꿨어요."

"무슨 꿈인데 그러세요?"

"까치가 말입니다. 허 참!"

"까치라니요?"

"우리가 새밭골에서 본 까치 있잖습니까?"

"그런데요?"

"그 까치들 중 한 마리가 꿈속에 나타났다니까요."

남정환은 아무래도 이신숙이 자신을 이상하게 볼 것 같아 저도 모르게 한숨이 나왔다.

"국장님답지 않게 왜 그러십니까? 마음 놓고 얘기해 보세요."

이신숙은 남정환을 뚫어지게 바라보았다.

"자기 이름을 꼬까선이라고 밝힌 까치가 말입니다. 숲 속의 동물들이 인간에게 선전포고를 한다고 해서요."

"뭐라고요? 동물들이 선전포고를 해요?"

"아무리 꿈이지만 너무나 생생해서 말입니다. 믿을 수도 없고, 믿지 않으려니 왠지 사실인 듯한 느낌이 들고 도무지 어디에다 초점을 맞춰야 할지를 모르겠습니다. 마치 머릿속이 항아리에 가라앉혀 놓은 녹말가루를 휘저어 놓은 듯합니다."

"어머나!⋯⋯."

이신숙은 놀랄 수밖에 없었다.

"어때요? 내 얘기가 거짓말 같죠? 하긴 이런 얘기를 전하는 저 자신도 제 말이 황당한 거짓말처럼 느껴지니까요."

"무슨 그런 말씀을요. 그럴 분이 아니라는 걸 제가 충분히 알지요. 그래서 말인데요. 어쩌면 국장님이 꿈을 통해 수봉산 산신령의 계시를 받은 게 아닐까 하는 생각이 드네요. 어떤 큰일이 일어날 땐, 영혼이 맑은 누군가의 꿈을 통해 전조 증상이 나타난다고 하잖아요."

"산신령의 계시가 저를 통해서 말입니까?"

"충분히 그렇게 볼 수도 있다는 얘기예요."

"⋯⋯."

"그런데 까치 이름이 꼬까선이라고 했나요?"

"자기 부모를 총으로 쏴 죽인 과수원 주인에게 복수한다고 했거든요. 그리고 별까랑 오빠라는 까마귀 얘기도 했고요. 또 하나 뚜렷이 기억에 남는 것은 현중만 의원을 기필코 죽이고 말겠다고 한 말이 생각납니다."

"그렇다면 정말로 동물들의 공격이 임박해진 것이 아닐까요?"

"글쎄요."

"까치 이름이 꼬까선이고 까마귀 이름이 별까랑이라고 했죠?"

"네. 분명히 그렇게 들었습니다."

"까치와 까마귀는 전설 속에서 오작교를 같이 놓을 정도로 가까운 까마궛과 동물이거든요. 게다가 꼬까선과 별까랑이라면 국어사전에도 나오지 않는 처음 듣는 이름이네요. 뭐랄까? 맑은 영혼을 가진 '어린왕자'가 살고 있는 별에서 내려온 뭐 그런 이름요."

"하하! 이 기자님은 어떻게 그런 생각을……?"

"제가 이런 말씀 드리면 이해 못하실 거 짐작하고도 남습니다. 그렇지만 제 예감은 지구별을 지키라고 우주신이 그들에게 초능력을 부여해 내려 보낸 것 같다는 생각이 자꾸만 드네요."

"설마요? 제가 가장 신뢰하고 믿는 분이 이 기자님이라는 거 아시죠? 하지만 누구보다 이성적이고 예리하신 분의 말씀이라 그럴사하게 들리기는 해도 저는 그다지 믿어지지가……."

"국장님은 그런 꿈을 꾸고도 믿지 못하시겠다니 더 이상 설명해도 소용이 없을 것 같습니다. 하지만 머지않아 동물들의 반격이 곧 시작 될 것만 같은 이 불길한 예감은 어쩌지요?"

이신숙은 진지한 눈빛과 목소리로 말했다.

"꿈속에 나타나 말을 할 정도면 분명 보통의 까치는 아닐 겁니다. 혹시나 국장님의 꿈에 다시 나타나면 우리가 도와줄 일이 무엇인지 구체적으로 정확히 물어보세요."

"하긴 동물들이 인간을 이길 수야 없겠죠. 까치 꼬까선의 얘기로는 현중만 의원이 시의회 의장이 되는 것을 막아달라고 했어요."

남정환은 성사시킬 수 없는 부탁이란 것을 알고는 고개를 설레설레 내저었다.

"투표가 내일로 다가왔는데, 더군다나 우리가 제갈공명의 지혜가 있는 것도 아닌데 무슨 수로 막아요?"

"그러게 말입니다. 그러나저러나 이제 이 수동시의 동물이 전부 멸종되는 게 아닌지 모르겠습니다."

남정환이 크게 한숨을 내쉬었다.

"세상이 왜 이렇게 시끄러운지 모르겠어요."

"인류의 지식이 비대해질수록 세상은 점점 무섭게 변해가고 있지요. 지난 반세기 동안 그 이전의 역사와는 비교할 수 없이 고속으로 변화하고 발전했으니까요."

"인간 세상이 하루도 편할 날이 없는데 동물 세상 역시 생존을 위해 인간에게 달걀로 바위치기인 선전포고를 하다니……."

"현중만에게 연락해야 하는 것 아닙니까?"

"그 사람이 국장님 말을 들을 것 같아요? 낮잠 자다 봉창 두드리는 헛소리를 하냐고 할 텐데요. 관두세요. 차라리 잘된 일일 수도 있어요. 물론 그럴 일이야 절대 없겠지만 동물에게 피습당해 죽는다면 그 사람 때문에 죽어갈 수많은 동물이 저승에서도 환호성을 지를 테니까요."

"아무리 그래도 동물에게 사람이 당하게 내버려 둘 순 없는 일인데……."

이신숙은 문득 알 수 없는 초자연적인 힘이 남정환과 자신을 지배하고 있다는 생각이 들었다.

"누님! 잠깐 실례하겠습니다. 속이 답답해서요."

남정환은 창가로 다가가 말없이 담배를 피워 물었다. 허공으로 흩어지지 않는 것은 없다는 듯, 담배 연기는 안개 자락처럼 퍼져나갔다.

16

밤부터 내리기 시작한 빗줄기는 날이 밝아도 그치지
않았다. 하늘도 까치 부부의 죽음을 슬퍼하는 것 같았다.

하얀 깃털 꼬까선은 빗줄기를 망연히 바라보면서 인
간에 대한 공격 방법을 구상하고 있었다. 어떻게 하면 부
모님의 원수를 갚을 수 있을 것인가. 그녀의 머릿속은 오
로지 그 생각으로 꽉 차 있었다.

숲 속의 동물들은 모두 꿈쩍도 않고 있다. 참매미와

솔개 역시 나뭇가지에 앉아 그저 비가 그치기를 기다리고 있는 듯하고, 바로 옆의 조팝나무 잎사귀에서 꼬마 청개구리 한 마리가 위태롭게 앉아 아까부터 꼬까선을 바라보고 있다.

"넌 왜 비를 피하지 않고 있니? 그러다가 몸이 상하기라도 하면 어쩌려고 그러니?"

꼬까선은 꼬마 청개구리가 걱정스러웠다.

"저의 동족은 비를 피하면 안 돼요."

꼬마 청개구리는 고개를 푹 숙이며 말했다.

"아니, 왜?"

"우리 동족은 대대로 비가 오면 죗값을 치르려고 한 번도 나뭇잎 밑으로 숨어 본 적이 없어요."

"엄마 묘소를 떠내려가게 한 것 말이지? 그거야 인간이 자기네 자식들이 워낙에 불효자가 많으니까 교육하기 위해서 지어낸 이야기가 아니니?"

"하지만 우리 조상은 그 얘기를 사실로 받아들이고 살아왔어요. 최근에야 인간의 교육용 동화일 수도 있다는 생각이 들었지만 이제까지 해온 습관을 쉽게 버릴 수가 없으니까요."

"인간 때문에 엉뚱하게 너희가 고생하는구나. 불효자

야, 인간 세상에 허다한 게 아니니? 자식이 부모를 불태워 죽이질 않나, 치매에 걸렸다고 길거리에 갖다 버리질 않나. 그런 인간들이 거짓으로 만든 이야기에 너희가 그토록 세뇌됐을 줄은 몰랐구나."

"요즘도 인간은 자식이 말을 잘 듣지 않으면 청개구리 삼신이 들렸다고 야단이라니까요."

"인간은 참으로 뻔뻔스러운 동물인 것 같구나. 자신들의 잘못을 인정하기는커녕 죄다 동물들에게 뒤집어씌우길 좋아하니 말이야."

"누나!"

갑자기 꼬마 청개구리가 음성을 착 가라앉힌 채 꼬까선을 불렀다.

"응?"

"인간들에게 복수하겠다고 하셨죠?"

"그래."

"그렇다면 공명 선생을 찾아가 상의해 보세요. 그러면 검독수리 혹의 장군도 분명 합심해 줄 테니까요. 그들에게 숲 속의 동물들을 전부 동원해서 인간을 공격하자고 해 보세요."

"나도 그 생각을 안 해 본 게 아니야. 하지만 숲 속의 동물이 죽은 게 어디 우리 부모뿐이니? 그래도 언제나 침묵하는 의장님이잖아. 아마 수봉산만 지키기로 작정했나 봐."

"공격이 최선의 방어란 것을 몰라서 그래요. 낡은 사고에 빠진 그들에게 경종을 울릴 필요가 있다고요. 혹시 모르잖아요. 누나는 말솜씨가 뛰어나니까 의장님의 마음을 움직일 수도 있을 거예요. 게다가 공명 선생과는 동족이기도 하고요."

"글쎄……."

"밀져야 본전이에요. 어차피 누나 혼자서 인간을 공격할 수는 없는 일이잖아요?"

"하긴……."

그들이 이야기를 나누고 있는 동안에도 빗줄기는 계속 쏟아졌다. 황새 가족들이 소나무 가지에서 흠뻑 비를 맞고 있다. 갈참나무 가지에 지어놓은 벌 가족들의 둥지가 천둥이 칠 때마다 위태롭게 흔들거린다. 번개가 온 숲 속을 환하게 밝힐 듯 수차례 지나갔다.

꼬까선은 부쩍 조바심이 났다. 이제 곧 장마가 시작될 것이다. 그렇게 되면 활동의 폭이 좁아질 수밖에 없다. 어떻게 해서든지 장마철이 오기 전에 인간을 공격해

야 한다. 암컷 메추리가 알이 떠내려갈까 봐 온 힘을 다
해 알을 꼬옥 보듬고 엎드려 있다. 지금쯤이면 백강의 물
고기들도 수초 속으로 몸을 숨겼을 것이다.

오후가 되어서야 빗줄기가 멎었다. 나무들이 내뿜는
자연의 생기가 하늘에 닿아 양떼구름이 찬란하게 피어났
다. 바람은 젖은 숲 속을 말리느라 대형 부채를 들고 타
잔처럼 날아다니고 있다. 때를 기다렸다는 듯이 참매미
가 맴맴 노래를 부르기 시작한다. 풍뎅이와 두꺼비가 앞
서거니 뒤서거니 하면서 낙엽을 밟고 지나간다. 족제비
싸리나무에 붙어 있던 엄마 달팽이도 어디론가 바쁘게
걸음을 옮긴다. 땅바닥에 쌓인 채 수년이 지난 부엽토가
움찔움찔하더니만 금세 그 밑에서 개미와 쥐며느리들이
떼를 지어 기어 나온다. 언제 보아도 생명이 살아 숨 쉬
는 평화스러운 숲 속의 정경이다.

꼬까선은 천천히 검독수리 의장의 일행이 있는 수봉
산 정상 부근으로 날아올랐다. 바삐 하늘 길을 가던 구름
이 숨이 차는지 산 중턱 여기저기에서 휴식을 취하고 있
었다. 검독수리 혹의 장군은 공명 선생과 함께 뭔가 심각
한 이야기를 나누고 있었다. 꼬까선은 깍듯이 예의를 차

려 인사했다.

"안녕하세요?"

"오! 예쁘고 씩씩한 우리 꼬까선이 왔네. 그래, 마음의 준비도 못한 채 부모님을 떠나보내느라 많이 슬펐겠구나."

"인간보다 힘이 약하다는 게 원통하지만 어쩌겠니? 너도 하루가 가고 이틀이 가고 그렇게 세월이 가면 슬픔을 잊게 될 거야."

검독수리 흑의 장군이 꼬까선을 위로했다.

"이제는 어엿하게 처녀티가 나는구나. 빨리 짝을 만나 새끼도 낳고 가정을 꾸려야 할 터인데…… 그래, 좋아하는 수컷은 있니?"

공명 선생은 그녀가 무슨 말을 하려는지 이미 알고 있는 듯, 화제를 다른 곳으로 돌리려고 하는 기색이 역력했다.

"지금 제가 팔자 좋게 사랑 타령이나 할 꼬까선으로 보이세요? 의장님과 공명 선생님도 그래요. 언제까지 이렇게 숲 속에서 안주만 하고 계실 거예요?"

꼬까선은 정색을 하고 야멸차게 본론을 얘기하기 시작했다. 그녀의 두 눈에서는 살기가 뚝뚝 떨어지고 있었다.

"그게 무슨 소리니?"

"이젠 인간에게 복수를 해야 할 것 아닌가요? 숲 속의 동물이 모두 모여 공격하면 새밭골 하나쯤은 쑥대밭으로 만들 수가 있다고요. 그렇게 되면 과수원은 우리 수중에 떨어질 테고요. 한동안 먹이 걱정은 하지 않아도 되잖아요?"

꼬까선은 흑의 장군을 똑바로 쳐다보며 큰 소리로 말했다. 그러자 흑의 장군은 비굴한 목소리로 대답했다.

"넌 아직 인간이 얼마나 무서운지 몰라서 그래. 인간은 수봉산의 맹수들도 사라지게 할 만큼 무서운 무기를 가지고 있단다. 우리 동족도 그렇다. 인간의 박제 표적이 되어 함부로 움직일 수가 없게 됐잖니? 난 이 수봉산 하나만이라도 튼튼하게 지키고 있는 것으로 만족하고 싶구나."

"꼬까선 네가 오기 전에 여러 가지 궁리를 거듭했다만 결국 마지막 남은 낙원인 수봉산만이라도 온전하게 지키자는 쪽으로 의견을 모았단다. 섣부른 희망을 건지기 위해 바짝 마른 우물에 두레박을 던질 수는 없지 않느냐. 그러다가 자칫 절망을 길어 올리고야 마는 결과를 가져올 수도 있으니까. 신중을 기할 수밖에 없구나."

"정말 너무해요. 어른들이 겨우 그 정도의 의견을 주고받다니요?"

"너희 남매의 분노와 슬픔을 우리가 왜 모르겠니? 하지만 우리는 수봉산 밖으로 진출할 정도까지 강력하질 못해. 생각해 보렴. 전투력이 있는 길짐승이라고는 멧돼지 가족이 고작이야. 이제 남아 있는 맹수란 그들 말고는 한 마리도 없단 말이다. 그렇다고 다람쥐 동족들이 싸우러 가겠니, 토끼 식구들이 나서겠니? 아니면 수코라니나 암코라니가 가겠니?"

공명 선생은 수봉산 수호에만 급급할 수밖에 없는 실정을 설명했다.

"그렇다고 수봉산 속에 처박혀 숨어 지낸다고 우리가 안전하다고 생각하신다면 큰 오산이에요. 수봉산이 통째로 포클레인에 의해 까뭉개질 거라고요. 가만히 앉아서 몰살당하고 싶으세요? 일어서야 해요. 길짐승은 그렇다 치더라도 날짐승은 아직 많잖아요. 하늘에서 공격하면 인간도 어쩔 수 없을 거예요."

꼬까선은 지극히 상투적인 이야기만 하며, 그저 현실에 안주하려는 흑의 장군과 공명 선생이 한심하게 느껴졌다.

"날짐승 얘기를 한다만 네가 생각하는 것만큼 그렇게 많지 않단다. 인간을 공격할 수 있는 전투력을 가진 날짐승은 고작 천 몇백 마리에 지나지 않아. 그 숫자로 총과 맞싸운다는 것은 누가 봐도, 우리 스스로 죽음을 자초하는 거나 마찬가지란 말이다."

공명 선생이 다시 전쟁불가론을 주장했다.

"벌 일가들은 수만 마리나 되잖아요? 그들이 함께 간다면 큰 힘이 될 거예요."

꼬까선은 쉽게 물러날 수 없었다.

"벌 일가들은 이 수봉산을 지킬 수 있는 마지막 보루야. 그들마저 수봉산 밖으로 내보낼 수는 없다. 네가 정녕 인간을 공격하고 싶거들랑 비무장지대의 동족을 데리고 오너라."

"비무장지대요?"

"그곳은 천혜의 자연이 그대로 간직되어 있는 마지막 남은 지상의 파라다이스란다. 인간들의 전쟁으로 검은 포화가 빗발쳤지만 그 덕분에 비무장지대가 생긴 건 우리 짐승들에게는 얼마나 다행스러운 일인지 몰라."

꼬까선은 새삼스레 별까랑의 얼굴이 떠올랐다. 그와

함께 눈 덮인 백두대간을 따라 비무장지대에 간 게 엊그제만 같다.

"저도 그곳에 가본 적이 있어서 동족이 많다는 걸 알아요."

"또 한 가지 방법은 수리골에 가서 모기들에게 원군을 청하는 방법이 있단다."

흑의 장군은 너무 우유부단한 말만 늘어 놓았다.

"알겠어요. 제가 알아서 할게요."

참으로 실망스럽기 짝이 없었다.

꼬까선은 흑의 장군과 공명 선생을 움직이기 위해서는 우선 가시적인 성과가 필요하다고 생각했다. 모기 씨족이나 비무장지대의 동족들에게 도움을 청하는 것은 그 다음 문제다. 그녀는 우선 까마귀와 때까치 동족들에게 먼저 자신의 뜻을 알리고 싶었다.

수봉산에 사는 꼬까선의 동족들이 다 모인 것은 그리 오랜 시간이 지나지 않아서였다. 산까마귀 일가, 갈까마귀 일가, 까치와 때까칫과 일가들까지 죄다 참나무 위에 모여 앉았다.

"오늘 이렇게 모여주신 까마귓과 동족들과 까마귓과

는 아니지만 까치의 형제나 다름이 없는 때까치 여러분들에게 진심으로 감사 드립니다. 지금까지 숲 속의 동물들은 그저 이 수봉산을 지키는 데만 혈안이 되어 왔습니다. 그러다 보니 모두 수세적인 입장을 취하는 것으로 만족하고 있습니다. 하지만 언제까지 이 수봉산을 그대로 지킬 수 있다고 생각하십니까?"

꼬까선은 천천히 동족들을 둘러보았다.

"그럼, 어떻게 하자는 얘긴가?"

할아버지 산까마귀가 물었다.

"공격만이 최선의 방법이라는 말이 있습니다. 인간을 향해 정면으로 공격하자는 말입니다. 우선 새밭골의 과수원부터 공격해 주인을 죽여야 합니다. 그래야 마음 놓고 먹을 수 있는 식량이 마련됩니다."

"그거야 누가 모르겠나. 하지만 우리에게는 무기가 없잖나? 총을 든 사람에게 어떻게 대항해 싸운단 말인가?"

갈까마귀 아저씨가 안타깝다는 듯 말했다.

"동족 여러분! 우리는 항상 습관적으로 도망 다닐 궁리만 했기 때문에 매번 인간에게 당한 것입니다. 생각해 보십시오. 우리에게는 인간의 살을 쪼아댈 수 있는 효과적인 무기인 날카로운 부리가 있습니다. 인간 세상에는 '뭉치면 살고 흩어지면 죽는다'는 명언이 있습니다. 우리가 한마음 한뜻으로 뭉친다면 인간은 결코 무서운 존재가 못 됩니다."

모두 꼬까선의 입만 뚫어지게 바라보고 있었다. 평소 수줍음이 많기로 소문이 난 그녀. 그런 그녀의 어디서 저런 용기가 나오는가 싶어 동족들은 침을 꿀꺽 삼키며 경청하고 있었다.

"과수원을 지키는 인간은 한 과수원마다 고작 한두 명에 불과합니다. 그러나 우리 동족과 때까치들을 다 합치면 천여 마리는 될 겁니다. 천 마리가 적은 숫자입니까? 인간 한 명당 100마리씩 공격한다고 하면 순식간에 10명의 인간을 희생시킬 수 있다는 얘깁니다."

꼬까선의 계산은 일리가 있다. 이제까지 무조건 도망만 다녔지 단 한 번이라도 인간에게 대항해 본다는 생각을 한 적이 없었다. 들쥐도 낚아채는 날카로운 부리를 갖고 있는 그들이다. 인간의 얼굴을 집중적으로 공격한다면 승산이 없는 것도 아니다. 거기다 요즘 인간들은 왕파리 한 마리만 봐도 기겁을 하는 지경이 됐으니까.

"우리 측 피해도 만만치 않을 텐데?"

 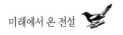

꼬까선의 먼 친척이 되는 까치 아저씨가 거들고 나
섰다.

"이 세상에 공짜가 없다는 것은 진리입니다. 인간 세
상에 한때 나돈 유행어 중에 민주주의는 피를 먹고 자란
다는 말이 있었습니다. 소수의 희생은 다수를 위해서 어
쩔 수가 없는 것이지요. 수리골의 모기들이 오늘의 영광
을 이루기까지에는 숱한 동족들이 목숨을 잃은 뒤였습니
다. 이 점을 결코 잊어서는 안 될 것입니다."

"전체 수봉산 가족들이 힘을 합친다면 좋으련
만……."

때까치 아저씨가 아쉽다는 듯 말했다.

"수봉산 의장단의 방침은 수성입니다. 별수 없이 우
리끼리 먼저 싸워서 승리의 소식을 가져다주면 뭔가 생
각이 달라지리라고 봅니다."

"알았네. 까짓 굶어 죽으나 싸우다 죽으나 어차피 마
찬가지가 아니겠나. 나는 우리 일가를 몽땅 이끌고 싸움
에 참전하겠네."

할아버지 산까마귀가 맨 먼저 참전 의사를 밝혔다.

"나도 숫자야 얼마 안 되지만 가까운 일가친척들을
몽땅 데리고 가겠네."

갈까마귀 아저씨도 고개를 끄덕이며 기꺼이 전쟁에 동참하겠다고 한다.

"이런 때일수록 힘을 합치는 게 좋지 않겠나? 우리 형제들도 부지기수로 인간의 총에 맞아 죽었으니 복수를 하기 위해서라도 참전해야겠지."

먼 친척인 까치 아저씨도 대세에 따르기로 했다.

"서로를 향한 믿음과 용기가 우리의 삶을 지킬 것입니다. 우리의 평화로운 삶을 지키기 위해 흔쾌히 참전할 것을 약속해주신 여러분에게 감사를 드립니다. 고맙습니다. 정말 고맙습니다."

꼬까선은 벅찬 감동에 뜨거운 눈물이 핑그르르 돌았다.

하늘도 세상의 일들이 궁금한지 가장 낮게 내려와 굽어보고 있다. 새밭골 역시 흐린 날씨가 며칠째 이어지고 있다.

조금 후 천여 마리가 족히 되는 새들이 새밭골을 향해 날아가기 시작했다. 까마귀와 까치 무리가 거대한 익룡처럼 하늘을 뒤덮었다. 그 위용은 가히 검독수리 떼도 부럽지 않았다. 자주색 엉겅퀴 꽃이 가득 피어난 언덕을 지나자 꼬까선의 부모가 총에 맞았다는 배 과수원이 나타났다.

"바로 저기예요."

비닐 옷을 입은 허수아비를 발견하자 꼬까선은 깍깍 소리를 질렀다.

"탕!"

바로 그때다.

어디선가 기다렸다는 듯이 총성이 울렸다.

"흩어지지 마십시오. 과수원 중앙에 한 사람, 그리고 입구에 한 사람이 있어요. 때까치들은 과수원 중앙의 총잡이한테 날아가세요. 나머지 동족 여러분은 과수원 입구의 총잡이를 집중 공격하시면 됩니다."

모두 꼬까선의 지시에 따랐다.

"공격 개시하세요!"

이윽고 꼬까선의 입에서 진군 명령이 떨어졌다. 그러자 하늘을 뒤덮고 있던 까치 떼와 까마귀 떼가 한쪽으로, 때까치 무리는 다른 쪽으로 브이(V)자를 이루면서 갈라졌다. 다음 순간 그들은 편대 비행으로 인간을 향해 맹렬한 기세로 날아가기 시작했다.

"탕탕탕!……."

콩 볶는 듯한 요란한 총소리가 새 떼들의 귓전에서 산산이 부서져 내렸다. 총알이 빗발치자 여기저기서 비명과 함께 동족들이 꼭지 썩은 과일처럼 맥없이 땅바닥으로 떨어지는 모습이 보였다. 그래도 모두 이를 악물고 저마다 인간에게 부리를 정조준한 채 화살처럼 일직선으로 날아갔다.

배 과수원 주인 정호관은 정신없이 방아쇠를 당겼다. 이제까지 한 번도 없었던 일이 벌어지고 있었다. 새 떼들이 인간을 공격하다니……. 그는 등골이 서늘해졌다. 녀석들은 애초부터 배를 쪼아 먹기 위해서 온 게 아닌 듯했다. 검은 그림자처럼 하늘을 새까맣게 뒤덮더니 금세 자신을 향해 떼를 지어 날아왔기 때문이다.

정호관은 자꾸만 뒷걸음질을 쳤다. 제발 꿈이었으면……. 그는 현실이 도저히 믿기지 않았다. 다시 방아쇠를 당겼다. 찰칵! 어느새 탄환마저 떨어졌다. 순간 수백 마리의 까마귀들이 그의 얼굴을 향해 벌처럼 한꺼번에 달려들었다. 미지근한 피가 얼굴에서 흘러내리는 느낌이 들었다. 두 눈마저 흐릿해지더니 도무지 앞이 보이지 않는다. 명색이 인간인 자신이 까마귀의 습격을 받아 죽는다고 생각하니 어이가 없었다. 정호관은 힘없이 풀썩 주저앉고 말았다. 쉬고 싶다는 생각이 들었다. 몸 전체의 살이 발라져 나가는 통증이 엄습해 왔다.

　과수원 중앙에 있던 박수호도 때까치 떼의 공격에 고전하고 있었다. 꽤 많은 일당을 받고 총잡이로 고용된 그다. 지금까지는 제아무리 많이 몰려와도 총 한 방이면 참새 떼처럼 우르르 도망가던 때까치들이다. 그러나 이번만큼은 달랐다. 총을 쏠수록 녀석들이 더욱 맹렬한 기세로 덤벼들었다.

　그는 냅다 뛰기 시작했다. 뒤도 돌아보지 않고 마을을 향해 달려갔다. 그러나 그것은 어디까지나 그의 마음뿐, 분명 마을을 향해 달리고 있다고 생각했지만 실은 과수원을 뱅뱅 돌 뿐이었다. 그런 그에게 한순간 얼굴에 심한 통증이 왔다. 그 통증은 이내 목덜미로 번진다. 아니 발로, 다리로 번진다. 그가 힘없이 풀썩 쓰러질 때까지는 그렇게 오랜 시간이 걸리지 않았다. 얼굴과 등에서 흘러내린 선혈이 과수원 바닥의 잡초 위로 붉게 번지고 있었다.

　사과밭을 지키고 있던 배용성은 컹컹거리는 사냥개의 목덜미를 쓰다듬고 있었다. 새까맣게 몰려오던 새 떼들이 배 과수원에서 포식하는 게 다행스럽게 생각되었다.

"저놈들이 왜 몽땅 한 곳으로 갔을까요?"

일꾼 중의 한 명이 배용성에게 물었다.

"글쎄…… 하여튼 저놈들이 언제 이리로 올지 모르니까 실탄을 전부 충분히 넣어 두시오."

배용성의 지시를 받은 총잡이 두 명이 빠른 동작으로 제 위치를 찾아갔다.

"후후! 네놈들이 아무리 쳐들어와 봤자 난 특등 사수야."

배용성은 느긋하게 새 떼를 기다렸다. 그는 군대에서 사격선수로 지냈을 만큼 뛰어난 사격술을 자랑하고 있다. 하지만 그는 까마귀와 까치 떼들이 돌격해 온다는 사실을 미처 모르고 있었다. 게다가 이웃 배 과수원에서 이미 건장한 젊은 총잡이 두 명이 새 떼들의 공격을 받아 죽었다는 사실을 전혀 몰랐다. 저만치서 일꾼이 소리쳤다.

"까마귀 떼가 몰려오고 있어요."

"알았소. 총알을 아끼지 말고 마구 쏘아대시오!"

배용성은 가늠구멍에 오른쪽 눈을 갖다 대고 총구를 하늘로 향했다. 까마귀 떼들이 가늠구멍 가득히 나타났다. 비단 까마귀뿐만이 아니다. 까치 떼들도 보인다. 아니 떼까치들까지 헤아릴 수 없을 정도로 나타났다.

탕탕! 배용성은 심호흡을 크게 한 뒤 서서히 방아쇠를 잡아당기기 시작했다.

"흐흐! 요놈들 얼마든지 와 봐라!"

배용성의 총구가 불을 뿜을 때마다 까마귀가 한 놈씩 꼬꾸라졌다. 사냥개 불도그는 주인 옆에서 까마귀들이 떨어져 내리는 모습을 보면서도 물어오지 못하고 왠지 모를 불안한 몸짓으로 주인의 눈치만을 살폈다.

배용성이 막 방아쇠를 당기려고 하는 순간, 갑자기 뒤통수가 뜨끔해져 왔다. 그는 손을 머리 뒤로 가져갔다. 그때를 기다렸다는 듯이 수많은 부리가 그의 손을 쪼아대기 시작한다. 그는 도대체 무슨 일인가 싶어 고개를 돌렸다. 아아! 그가 정신없이 앞만 보고 총을 쏘고 있는 동안 어느새 수십 마리의 까마귀 떼가 그의 뒤에 와 있었던 것이다.

헉! 그는 가쁜 숨을 몰아쉬며 총구를 다시 겨누려고 했다. 그러나 그의 동작보다도 새 떼의 공격이 더 빨랐다. 까마귀의 날카로운 부리가 눈앞에서 톱니바퀴처럼 회전하기 시작했다. 놈들의 부리가 쇠갈퀴처럼 빛을 발산한다. 다음 순간 배용성은 동공이 빠져나가는 듯한 심한 충격을 받았다.

까악까악! 까악까악!

배용성은 더 이상 까마귀들의 모습을 볼 수가 없었다. 다만 까마귀들의 승리에 찬 함성을 어렴풋이 들을 수 있을 뿐이었다.

17

현중만 시의원은 이신숙 기자의 방문을 받았다.

"오늘은 의장 경선이 있는 날이라 의회에 가 봐야 하는데……."

현중만은 달갑지 않은 표정이었다. 더욱이 자신에게 비판적인 시각을 가진 그녀가 아니던가.

"경선이야 이미 대세가 기운 게 아니겠어요? 국회의원이 현 의원님을 지지하라고 일일이 전화를 했다고 들었습니다만."

"국회의원께서야 이 수동시를 개발하는 게 당신의 공약사항이니까요. 그래도 뚜껑은 열어 봐야 하는 거 아니겠습니까?"

현중만은 돌다리도 두드려 보고 건너가는 사람이다. 국회의원만 동원한 것이 아니었다. 검찰을 동원해서 비리에 연루된 시의원들에게도 은근히 압력을 행사해 놓았다. 게다가 자파라고 확실하게 생각되는 열한 명에게는 지난번 전해준 봉투에 이어 또 아까운 현금을 오백만 원씩이나 더 지급했다.

"사실은 두 가지 문제로 찾아뵙게 됐습니다."

"말씀하십시오."

"첫 번째로 자연사랑회 문제입니다. 아시다시피 자연사랑회는 우리 시에서 유일한 환경운동 단체입니다. 이제 의장님이 되실 테니까 남다른 애정과 지원이 필요한 것 같아서 말입니다."

"이 기자님 취지에는 저도 공감합니다. 하지만 내가 하는 일에 사사건건 반대만 하는 단체라서 도와줄 수가 없습니다. 차라리 다른 일을 하는 단체라면 제가 앞장서서 도와주겠습니다만, 하필 수봉산 개발 같은 중요한 시정계획을 반대하다니……."

"의원님! 수봉산 개발 문제는 시민들의 의견 수렴 절차가 없이 강행되다 보니 잡음이 많은 것이 사실이잖아요? 그 문제는 좀 더 두고 생각해 보기로 하고 우선은 며칠 안 남은 황소개구리 사냥대회가 무산될 위기에 놓였어요. 사실 황소개구리 소탕작전은 시청이 앞장서서 해야 하는 일이잖아요. 그런데도 방관만 하니까 민간단체가 나선 것인데 지금 대회비용 마련이 여의치 않아 고민이 많은 듯합니다. 얼마라도 좀 후원해 주시죠."

"황소개구리 퇴치운동은 저도 반가운 일입니다. 그러나 하필이면 왜 수봉산 개발을 반대하는 단체가 하느냐, 이 말입니다. 내가 돈이 남아도는 것도 아닌데 내 계획을 망치고 있는 자연사랑회를 후원해 달라는 것은 무리가 아니겠습니까? 차라리 이 기자님이 용돈을 달라면 흔쾌히 드리겠습니다."

현중만의 뜻은 확고했다.

이신숙은 남정환이 가지 말라는 것을 뿌리치고 현중만을 찾았다. 남정환을 돕고 싶기 때문이었다. 그러나 이제 그의 그런 뜻도 물거품이 될 것 같았다.

"두 번째 용건은 무엇입니까?"

한동안 어색한 침묵이 흐른 다음 현중만이 물었다.

"이런 말씀을 드리는 것이 뭣하지만 간밤에 남 국장이 꿈을 꿨대요."

"꿈이라고요?"

"네. 의원님이 믿든 안 믿든 자유입니다만……."

"그게 무슨 뜻입니까?"

"꿈속에서 말을 하는 까치 한 마리를 만났답니다. 그 까치가 하는 말이 자기 부모를 총으로 쏴 죽인 새밭골 과수원 주인을 죽이겠다고 했다는 거예요."

"하하! 지금 무슨 소리를 하시는 겁니까? 벌써 망령이 드실 나이는 아닐 텐데요. 그렇다고 토속신앙의 맹신자도 아니실 거고. 더군다나 기자의 신분으로 꿈 따위를 가지고 이 첨단 과학 세상에 현실에다가 결부시키다니……. 허허! 참, 나 원!"

현중만은 어이가 없어서 웃다 말다 코웃음을 쳤다.

"그렇게 웃을 일이 결코 아닙니다. 과학만 가지고 살면 우리네 삶이 너무 건조해지기 때문인지, 과학기술의 현장에서도 돼지머리를 앞에 놓고 고사 지내는 진풍경이 벌어지기도 하니까요. 경제와 더불어 과학의 선두자인 미국의 역대 일부 대통령들도 점성가들의 조언을 듣고 주요 정책을 결정해 왔다고 들었습니다. 일반인들이 이해하기 어려운 온갖 복잡한 이론과 도표, 수치로 된 용어를 나열해서 발표하는 것이 대부분 과학적이라는 겁니다. 그렇다고 해서 무조건 신뢰할 만한 가치가 있는 것도 아니지요. 또한 꿈이라든가 샤머니즘 같은 것이 비과학적이라고 해서 일방적으로 매도될 수만은 없는 시대에 우리가 살고 있으니까요."

"그렇게 따지고 들어가면 세상에 진리 아닌 건 없을 테지만 그래도 저는 도저히 이해할 수가 없습니다."

현중만은 속으로는 이신숙의 논리적인 말을 수긍하면서도 겉으로는 태연한 척했다.

"그 까치는 수봉산 동물들의 공격 대상 1호가 현 의원님이라고 분명히 말했답니다."

"뭐라고요?"

"의원님께는 항상 몸조심하시라는 부탁을 드리고 싶어서요. 특히 수봉산 근처에는 아예 가지도 마세요. 사실 이런 얘기를 하면 제가 미친 사람으로 오해 받기 십상이라는 것도 잘 압니다. 하지만 만약이라는 것도 있고요. 또한 사람의 목숨은 그 무엇과도 바꿀 수가 없고 저 혼자 가슴에 담아두기에는 자꾸만 죄책감이 들어서요."

"이 기자님한테 실망이 큽니다. 남 국장과 친하게 지내시더니 그 사람의 술수에 말려든 것 아닙니까?"

현중만의 얼굴은 먹다 남은 라면 국물처럼 불그레하게 변했다. 분명 단단히 화가 난 표정이다.

"믿지 않으신다면 어쩔 수가 없군요. 남정환 국장도 괜히 얘기를 잘못 전했다가는 실성한 사람으로 오해를 받을 수도 있다고 했으니까요."

"그렇다면 제정신으로 한 얘기란 말입니까?"

현중만은 매우 불쾌하다는 반응이다.

"수봉산 등산로에서 최선우가 죽은 것이 우연이라고 생각하세요? 그 까치 얘기로는 동물들 중에 특공대가 조직되어 있다고 했답니다. 그래서 누구든지 등산로에 발을 디디면 죽을 수밖에 없답니다."

"나 원 참! 더 이상 정신 이상자가 하는 말 같은 그런 소리, 듣고 싶지가 않습니다. 의회에 갈 시간이 다 됐습니다. 다음에 또 기회가 있으면 만나도록 합시다."

현중만은 기가 막힌다는 듯 헛웃음을 띤 채 자리에서 일어났다.

"제 얘기가 결례가 됐다면 용서하세요."

"결례 정도가 아니라 제정신인 사람은 절대 할 수 없

는 말입니다. 시간이 나시면 제가 잘 아는 정신과의사를 소개해 드릴 터이니 치료를 한번 받아 보시는 것도 좋을 것 같습니다."

현중만은 시의회로 가면서도 계속 기분이 좋지 않았다. 까치가 꿈에 나타나 인간을 공격한다는 것을 알려주었다니 도대체 이처럼 황당한 얘기가 어디 있단 말인가. 게다가 수봉산 동물들의 공격 대상 1호가 자신이라니! 자다가도 웃을 일이 아닌가. 의장에 당선만 되면 당장 포클레인으로 수봉산을 밀어버릴 테다.

그러나 시의회 청사에 들어서는 순간 현중만은 두 다리를 후들후들 떨었다. 헐레벌떡 달려온 황태호가 새밭골에서 괴변이 발생했다고 알렸기 때문이다.

"괴변이라니요?"

"새밭골에서 과수원을 지키던 농부가 다섯 명이나 죽었대."

"죽다니요? 어떻게요?"

현중만은 이신숙의 얘기가 생각나자 심장박동이 멎는 듯한 충격에 빠졌다. 웬만한 충격은 살찐 아랫배로 튕겨 가면서 살아온 그였지만 이번만은 달랐다.

"까마귀와 까치들이 떼를 지어 날아와서 공격했대. 죽어 나자빠진 까마귀와 까치 숫자만 해도 수십 마리나 된다는구먼. 더구나 놈들이 얼마나 포악하느냐 하면 배용성이라는 사과밭 주인의 눈알을 빼 버렸다지, 아마?"

"뭐라고요?"

현중만은 윽 하고 호흡이 멎는 것 같았다. 그는 무의식중에 자신의 눈을 만져보았다. 아! 그럴 수가…… 이신숙이 얘기한 남정환의 꿈이 사실이란 말인가. 어떻게 그런 일이……. 도저히 믿을 수 없는 일이 현실로 나타나다니…….

"증인이 있습니까? 그 사람들이 새 떼의 공격으로 죽었다니 말입니다."

"과수원 근방에서 일하던 아낙네들이 여럿 있었다네. 그들이 하나같이 그렇게 주장했대. 경찰에서도 안 믿을 수가 없는 모양이야."

현중만은 커다란 징채로 머리를 한 대 맞은 기분이었다. 도대체 있을 수 없는 일이다! 그러나 이미 현실로 드러난 일이 아닌가.

시의장 선거를 앞둔 마지막 간담회에서도 새밭골 사건은 첨예한 문제로 대립되었다. 어떻게든 자기에게 유리한 쪽으로 해석하려고 했다.

"수리골의 모기 때문에 골치가 아픈 데다 수봉산 변사 사건에 이어 이제는 새밭골 집단 살인사건이라니…… . 이 모든 게 환경문제를 너무 소홀히 한 채 수봉산 개발계획으로 동물들의 본능을 건드렸기 때문에 일어난 일이 아니겠습니까?"

"맞습니다. 수봉산 개발계획은 재검토되어야 합니다."

홍기성을 추종하는 소리가 들려왔다.

"여러분! 조용히 하시고 제 얘기를 들어 보세요. 인간에 대한 새 떼의 공격이 처음 있는 일이 아니질 않습니까? 제가 당선되면 경찰과 합동으로 새 떼를 소탕하겠습니다. 새 떼는 인간에게 백해무익한 동물입니다. 다 지어놓은 농작물이나 망치는 해로운 존재가 아니고 무엇이겠습니까. 이 기회에 아주 수봉산에 서식하는 동물들을 몽땅 잡아서 제2, 제3의 인명 살상을 막아야 한다고 봅니다."

현중만으로서는 결코 양보할 수 없는 일이다. 이제까지 수봉산 개발을 위해 투자한 돈과 시간이 얼마인가. 차라리 자기 목숨을 내던지면 내던졌지, 수봉산 개발만큼은 포기할 수 없었다.

"현 의원 얘기도 일리가 있습니다. 과수원에 새 떼들이 몰려오는 게 어디 어제오늘의 일입니까? 좀 더 시간을 두고 해결책을 찾아봅시다. 어차피 치안 문제는 경찰의 소관이 아니겠습니까. 우리는 오늘 의장선거를 치르기 위해 모인 만큼 빨리 임시회를 열어 의장을 선출해야 한다고 봅니다."

황태호가 위기의 수렁에서 현중만을 건져 올렸다.

"그렇게 합시다. 오늘 우리가 모인 것은 의장선출 때문이 아닙니까. 전부 본회의장으로 갑시다."

황 의원이 앞장섰다. 그러자 하나둘 자리에서 일어나 본회의장로 자리를 옮기기 시작했다. 홍기성 의장은 못마땅하지만 대세가 이미 기울었다는 사실에 승복할 수밖에 없었다. 그는 마지못해 자리에서 일어났다.

수동시의회 의원들이 의장 경선을 하기 위해 본회의장으로 입실한 바로 그 시간. 새밭골까지 가서 현장 답사를 하고 온 수사과장 최형락 경감과 조위훈 경위가 머리를 맞대고 있었다. 그러고 있는 동안에도 수사과 안의 모든 전화벨들이 한꺼번에 시간을 맞춰놓은 자명종처럼 정신없이 울려댔다.

까마귀와 까치의 습격으로 농부 다섯 명이 죽었다는 것은 전대미문의 사건이다. 경찰청에서는 사건이 더 확대되기 전에 모든 경찰 병력을 동원해서라도 수봉산의 새 떼를 박멸하라는 긴급명령이 하달된 상태다. 최형락 경감은 끙 하고 신음을 흘렸다.

"어떻게 하지? 짐승들을 전부 죽여야 한단 말인가?"

"상부 지시니까 어쩔 수 없는 일 아닙니까?"

조위훈 경위도 마음이 내키지 않기는 마찬가지였다.

"서장님 생각은 어때?"

"그분은 신중론을 펴고 있습니다. 동물애호가 아닙니까?"

그때 서장실의 미스 정에게서 전화가 걸려왔다. 서장이 찾는다는 것이다. 두 사람은 서둘러 2층 계단을 밟았다.

박홍수 총경은 창가에 서서 망연히 잿빛 도시를 바라보고 있었다. 우중충한 날씨가 그의 속내처럼 을씨년스럽게 보였다. 최형락이 조심스럽게 입을 열었다.

"서장님! 수사과장입니다."

"앉으시오."

서장은 금테안경을 책상 위에 벗어놓고 소파에 앉았다. 그런 박홍수의 눈 주위에서는 이랑처럼 파인 안경테 자국이 선명하다.

"나는 이제 정년이 반년밖에 남지 않았소. 그런데 본청에서는 대대적인 동물 소탕작전을 지시했소. 어쩌면 좋겠소?"

서장의 얼굴에는 근심이 가득했다. 그는 독실한 불교 신자다. 평생 살생은 금물이라는 철칙을 지켜 온 자여서 그 흔한 보신탕 한 번 먹어보지 않은 위인이다.

"저희야 서장님의 명령을 따를 수밖에요. 지시만 기다리겠습니다. 최형락과 조위훈은 묵묵히 박홍수의 얼굴만 지켜보았다.

동굴 속처럼 무거운 분위기를 깨려고 조위훈 경위가 차분하게 말했다.

"사람이 자연 속에 살아가는 생명을 대대적으로 그것도 공공기관이 개입해 인위적으로 죽이다니요. 장자가 설했던 것처럼 학의 다리가 길다고 인간들이 나서서 잘라주고 오리 다리가 짧다고 이어준다면 어찌 되겠습니까. 그런 사고가 일어났다고 우리가 보복할 일이 아니라는 겁니다. 이 일을 계기로 삼아 자연을 그대로 두면 그로써 자연히 평화가 찾아올 텐데 말입니다."

"어쩌다 수동시가 이 모양이 됐는지 모르겠군. 수봉산은 온통 뱀 떼에게 물려 죽은 인간들로 인해 시끄럽고. 새밭골에서는 새 떼들의 공격으로 농부가 떼죽음을 당하고, 수리골은 모기 떼들 때문에 난리니……."

서장은 머리를 절레절레 흔들었다.

"모든 것은 인과응보가 아닐까요? 인간이 제아무리 잘난 척해도 신의 뜻을 거역할 수는 없는 법인데 말입니다."

최형락 경감은 은근히 서장의 말에 동조의 뜻을 나타냈다.

18

우리가 살아가는 수봉산은 신이 주신 선물이라네.

해와 달도 신의 뜻을 거역할 수 없네.

모든 날짐승과 길짐승도 신이 주신 생명이라네.

모든 곤충들과 물고기도 신이 주신 생명이라네.

수봉산 지켜 후손 만대 번영하세.

수봉산 수호로 동물왕국 건설하세.

미래에서 온 전설

수봉산에는 동물들의 찬가가 울려 퍼지는 가운데 온통 승리의 기운으로 가득했다. 검독수리 흑의 장군과 공명 선생도 단합으로 이루어낸 결과에 만족하며 인간들을 공격하고 돌아온 승리의 전사들을 격려했다.

"참으로 장한 일을 했다. 감히 우리 맹금류도 하지 못한 일을 나약한 네가 해냈구나."

흑의 장군은 대견한 표정으로 꼬까선에게 말했다.

"너의 특별한 탄생 과정을 들어서 예상은 했지만 넌 숲 속 동물들의 자랑일 뿐만 아니라 까치 동족의 영웅이 됐다. 나이만 먹어 그저 안주하는 데 급급했던 나 자신이 부끄럽기 짝이 없구나."

공명 선생은 자신의 부리로 꼬까선의 날개를 쓰다듬으며 남다른 애정을 표시했다.

"비록 승리를 했다고는 하지만 아군의 피해도 만만치 않습니다. 사망한 숫자만 50마리가 넘습니다. 전력 손실로 보면 결코 바람직한 싸움이 아닙니다."

그때 누군가 이의를 제기하고 나서자 공명 선생이 제동을 걸었다.

"너는 어째 다 된 밥에 재를 뿌리려고 하느냐? 그만한 아군 피해로 온 수봉산 식구들이 먹고도 남을 식량을 구할 수 있다는 게 어디 쉬운 일인 줄 아느냐?"

"너무 축배를 일찍 드는 것인지도 모르겠습니다. 이제 인간의 분노를 어떻게 감당하겠습니까?"

제비 아주머니였다.

"그게 무슨 소리냐?"

"저는 인간과 가까이 살아 봐서 인간의 본능을 잘 알아요. 농민이 다섯 명이나 새 떼의 공격을 받아서 죽었다는 것은 그 어떤 것보다 뉴스로서의 가치가 높다고요. 이제 인간 사회의 언론들은 새밭골과 수봉산을 집중 조명할 텐데…… 그러면 인간은 이 수봉산으로 경찰 병력을 투입할지도 모르는 일이란 말이에요."

"뭐라고! 수봉산을 공격한다고?"

"인간이 미물로 생각하는 새한테 공격을 받아 죽었기 때문이죠."

"그렇다면 어떻게 하지?"

"까마귀와 까치들의 무모한 공격으로 이제 수봉산은 쑥대밭이 될지도 모른다고요. 바람 앞의 등불이 되었단 말이에요. 인간이 만족할 만큼 꼬까선을 비롯한 까마귀와 까치들을 죽여서 내놓는다면 그들의 분노가 식을지도 모르겠지만……."

제비 아주머니는 자신의 목숨을 보전하기 위해 비굴하기 짝이 없는 제안을 했다.

"넌 어째 같은 수봉산 가족이면서 벼락을 맞아도 시원찮을 그따위 소리를 하느냐? 전공을 세우고 온 용사들을 개죽음시키자는 게 말이나 될 법한 소리냐?"

흑의 장군은 분노로 가득한 목소리로 제비를 꾸짖었다.

"그럼, 의장님은 숲 속의 동물 모두가 몰살당해야 속이 후련하시겠어요?"

"이 천하에 몹쓸 것! 찢어진 입이라고 그리 함부로 지껄이는 것이냐? 몰살당하고 안 당하고는 두고 봐야지!"

공명 선생도 머리끝까지 화가 치민 듯했다. 그 순간 비둘기 아저씨가 거친 숨을 몰아쉬며 산꼭대기를 향해 날아왔다. 흑의 장군은 반갑게 숲의 전령을 맞았다.

"큰일 났습니다. 의장님!"

비둘기 아저씨는 계속 숨을 헐떡거리고 있었다.

"흥분을 좀 가라앉히고 말하세요. 무슨 큰일이 났다는 겁니까?"

"현중만이 정말 의장에 당선됐다고요."

"뭐라고? 큰일이 났구먼."

흑의 장군의 얼굴 가득 두려움이 번졌다. 꼬까선 역시 낭패라는 생각이 들었다. 이제 수봉산은 풍전등화의 위기에 놓인 것이나 다름이 없다.

"별수가 없구먼. 현중만을 죽이는 수밖에!"

공명 선생은 그 길만이 수봉산이 살아남을 수 있는 길임을 누구보다도 잘 알고 있다.

"좋소. 그 문제는 특공대를 조직해서 죽이는 것으로 합시다. 다른 소식은요?"

"현중만보다 더 급한 문제는 경찰 중대병력이 내일 수봉산을 공격해 온다는 거예요."

"경찰이 나섰단 말이오?"

"중앙정부라는 곳에서 특별 지시를 내렸나 봐요. 어쩌면 좋죠?"

비둘기 아저씨는 금세라도 경찰들이 공격해 올 것처럼 좌불안석이었다.

"그러게 내가 뭐라고 했습니까? 인간들이 공격해 올 것이라고 했잖아요?"

제비 아주머니가 어깨를 으쓱했다.

"의장님! 이제는 오로지 사느냐 죽느냐의 기로에 섰습니다. 수백 명의 경찰이 공격해오면 수봉산의 동물들은 전멸당하고 말 것입니다. 이제 뭉치면 살고 흩어지면 죽는다는 각오로 최후의 한 마리까지 전력을 다해 싸우는 길밖에 없습니다."

꼬까선이 앞으로 나서며 소리쳤다.

"싸움도 대등할 때 하는 게 아니겠소. 수백 명의 경찰 병력을 우리가 어떻게 대항해 싸운단 말이냐?"

흑의 장군에게서는 지금까지의 늠름했던 모습이 온데간데없이 사라진 것처럼 보였다.

"걱정하실 필요 없습니다. 제가 왕파리와 모기 일가들을 설득해 보겠습니다. 그래서 지상군과 공군을 모두 총동원하는 연합작전을 펴는 것입니다."

꼬까선은 결코 물러설 수 없다고 판단했다. 무엇보다도 심경의 변화를 일으키는 숲 속의 동물들에게 용기를 불어넣어 주어야 했다.

"왕파리들과 모기들만 합세한다면 한 번 싸워 볼 만한 전쟁입니다."

드디어 공명 선생이 꼬까선의 편을 들고 나왔다. 꼬까선은 이제 인간의 무기인 총조차도 전혀 두렵지 않았다. 이미 죽음조차 초월한 그녀다.

"좋소. 모기들에게는 꼬까선이 간다 치고, 비무장지

대 동물도 필요할 텐데……."

"비무장지대에는 제가 갔다 오겠습니다."

갈까마귀 아저씨였다.

"좋소. 꼬까선과 갈까마귀는 지금 당장 다녀오너라. 부디 좋은 소식을 가지고 오기 바란다."

흑의 장군의 얼굴 가득 결연한 투지가 불타올랐다. 이윽고 꼬까선은 수봉산을 내려가기 시작했다. 그리고 갈까마귀 아저씨는 북녘 하늘을 향해 힘찬 날갯짓을 했다.

이신숙 기자는 새 떼의 공격을 받아 농부들이 죽었다는 소식을 듣고 부랴부랴 경찰서로 향했다. 경찰서에 들어서려다 말고 그녀의 두 눈이 휘둥그레졌다. 족히 일개 중대병력은 돼 보이는 경찰들이다. 그들은 모두 소요 진압복으로 갈아입은 채 두꺼운 투석방지용 철모까지 쓰고 있었다. 이신숙은 농민들의 시위가 벌어진 게 아닌가 싶어 물었다.

"아니, 어디 시위하는 데라도 있어요?"

"시위 진압이 아니라 수봉산 동물들을 박살낸다나 봐요."

"동물을 죽여요?"

"농부들이 더 이상 죽지 않게 발본색원한다지 뭡니까. 경찰 생활 이십 년 동안 새 잡는 데 동원되기는 처음이네요."

나이가 들어 보이는 경찰이 씨익 웃었다.

"새 잡으러 가는데 그렇게 중무장을 해요?"

"하하! 독사나 벌에게 물리는 것도 방지하고 새 떼의 공격도 막자니 별수가 없죠."

경찰들은 한여름인데도 무거운 옷을 입고 더위에 헉헉거리고 있었다.

그녀는 서둘러 수사과장을 찾아갔다.

"경찰이 수봉산 동물을 공격한다는 게 사실이에요?"

"그렇습니다. 상부의 지시기 때문에 어쩔 수가 없습니다."

최형락 경감은 두발을 멈추지 못한 채 안절부절못했다.

"디데이가 언제입니까?"

"글쎄요. 확실하지는 않지만 내일 중으로는 공격해야 하지 않겠습니까? 버텨내는 데도 한계가 있으니까요."

"버티다니요?"

"서장님의 고민이 이만저만이 아니거든요. 서장님은 독실한 불교 신자입니다. 그분은 정년도 얼마 남지 않았는데 살생을 어떻게 하느냐며 망설이는 중입니다."

"제가 한번 만나볼게요."

"그러십시오. 우리야 명령에 따라 움직이는 수밖에요."

이신숙은 경찰서장이 망설이고 있다는 사실이 적잖은 위안이 되었다. 그와 얘기하다 보면 뭔가 해결책이 나올지도 모른다는 생각이 들었다. 그는 황급히 서장실로 올라갔다.

"오, 이 기자! 그러잖아도 내가 이 기자를 부르려고 하던 참이었소".

창가를 불안하게 서성이던 박홍수는 그녀가 오자, 동짓달 깊은 산속에서 꽃을 본 듯한 반가움에 화색이 돌았다.

"저한테 하실 말씀이라도……?"

"그렇소. 이 기자가 나 좀 도와줘야겠소."

"네?"

"남정환 국장과 친하다면서?"

반백의 경찰서장은 두 손을 내밀어 그녀의 손을 꼬옥 잡았다.

"지금 무슨 말씀을 하시는 건지……."

"이 기자나 남 국장이나 우리 경찰 병력이 수봉산으로 가는 것을 바라지는 않을 게 아니오?"

"그렇습니다만……."

"그래서 하는 말인데, 남 국장을 설득해서 시위를 좀 해 주시오."

"시위라니요?"

"내가 오죽하면 이런 방안을 제시하겠습니까? 수봉산 개발추진 반대위원회 사람들과 자연사랑회 회원들을 설득해서 수봉산에 공권력이 투입되는 것을 결사반대한다는 시위를 하게 해 달라는 겁니다. 그러면 나는 그 이유를 대고 상부에 보고하면 서로가 목적하는 바를 이룰 수 있는 게 아니겠습니까?"

그는 이신숙의 손을 몇 번이나 힘주어 흔들었다.

"정말 묘안이군요. 그렇게 할게요. 하지만 내일 아침까지 사람들을 몇 명이나 모을 수 있을지 시간이 너무 촉박하네요."

"최선을 다해 주시면 됩니다. 우리가 나중에 동물로 환생하지 않기 위해서라도 살생의 죄는 짓지 말아야 할 게 아닙니까?"

"윤회를 믿는 모양이지요?"

"믿고 안 믿고를 떠나서 동물도 하나의 생명체가 아닙니까? 그 생명을 인간들은 너무나 쉽게 다루고 있다는 말입니다."

서장은 마주 잡은 이신숙의 손을 천천히 풀어주었다. 기관장 중에서도 이처럼 동물을 사랑하는 사람이 있다니……. 그녀는 새삼 박홍수 총경이 우러러 보였다. 어떻게 해서든지 수봉산의 동물들을 살려내야 한다. 이제 그것은 신이 그녀에게 부여한 임무라는 생각으로 굳어졌다. 이신숙은 그 길로 남정환을 만나러 갔다.

꼬까선은 모기 씨족들이 서식하고 있는 늪지대에 도착했다. 모기 일가들은 간밤에도 포식을 했는지 아코디언처럼 주름 잡힌 배가 저마다 볼록하게 솟아 나와 있었다. 자기 체중의 두세 배를 흡혈하는 대단한 포식가인 모기들이다.

늪에서는 수만 마리의 장구벌레들이 거리낌 없이 자

유형을 즐기고 있다. 그들은 허물을 네 번이나 벗고서야 성충으로 성장한다.

"무슨 일이오?"

꼬까선이 날갯짓 소리를 죽이며 가만히 수풀 위에 내려앉자 유독 덩치가 큰 모기가 잔뜩 경계의 표정을 지으며 물었다.

"왕모기를 좀 만나서 드릴 얘기가 있어서요."

"내가 왕모기니까 얘기해 보세요."

언제 날아왔는지 왕파리도 곁에 있었다.

덩치 큰 모기가 쉴 새 없이 다리를 꼼지락거리며 말했다.

"아, 그러세요? 정말 잘됐네요."

"잘되다니, 무슨 소리요?"

"당신들의 전설적인 무공수훈담은 우리 수봉산에서도 자랑스럽게 회자되고 있어요. 그런데 이제 수동시에서 마지막 남은 오염되지 않은 수봉산이 절체절명의 위기에 놓였거든요."

평소 같으면 한 입 거리도 안 되는 반말을 해도 무방할 왕모기에게 꼬까선은 깍듯이 존칭을 쓰며 그의 비위를 맞추었다.

"절체절명의 위기라고요?"

"인간이 아예 수봉산의 동물들을 전멸시키려고 작정을 했다니까요. 경찰중대 병력이 수봉산을 공격하기로 했다는 거예요."

"인간이 경찰을 동원해요? 인간의 치안을 담당해야 할 경찰이 동물을 학살하는 데 동원된단 말입니까?"

"그러니까 문제란 얘기예요. 수봉산 동물 회의의 검독수리 의장은 결사항전을 결심했어요. 그러면서 모기 동족들의 원조가 꼭 필요하다면서 저를 보냈어요. 우리나 모기들이나 다 같이 인간을 증오하긴 마찬가지가 아니에요? 좀 도와주세요."

"암요. 당연히 도와야지요. 인간이란 게 얼마나 야만적인지 이제 알 것 같네요."

왕모기는 기꺼이 인간의 공격에 참전하겠다는 뜻을 밝혔다.

"우리도 곳곳마다 살고 있는 동족들에게 연락해 최대한의 숫자로 공격을 돕겠습니다."

언제나 하찮은 존재로 살아온 왕파리도 자신들의 위상을 드러내고 싶어서 커다란 두 눈을 굴리며 돕겠다고 거들었다.

"고맙습니다. 수봉산 동물들이 반가워할 거예요."

"고마울 거야 뭐 있습니까. 우린 어차피 같은 처지가 아닙니까. 서로 돕고 살아야지요."

"얼마나 원군를 보낼 수 있습니까?"

"참모들과 상의를 해 봐야 하겠지만 대략 2억 마리쯤 될 거예요."

"2억 마리라고요?"

"우린 언제나 인간들의 인해전술처럼 떼를 지어 집중 공격하는 '문해전술'이 독특한 전략이 아닙니까? 세계에서 가장 큰 제국을 건설했다는 알렉산더 대왕도 우리 조상에게 죽었습니다. 그런 후손이기 때문에 경찰 중대 병력쯤이라면 단숨에 물리칠 수가 있으니까 걱정하지 마십시오."

왕모기는 자신만만하게 말했다.

"너무 자만하지는 마십시오. 경찰들은 최루탄을 쏘는 데다가 방독면으로 철저하게 무장하기 때문에 공격하기 쉽지 않을 거예요."

"괜찮습니다. 우리에게도 이제 특전부대가 결성되었으니까요."

"특전부대라니요?"

"얼룩날개모기와 빨간집모기들로 구성되었죠. 다시 말해 인간들이 무서워하는 말라리아와 뇌염을 옮기는 모기들로 구성되었다, 이런 얘깁니다. 어때요? 이만하면 한 판 승부를 벌일 만하죠?"

"그런 비밀 무기가 있는 줄은 몰랐어요. 벌 일가들과 함께 공격의 최일선에 서면 제아무리 무장을 단단히 했다고 해도 인간들이 혼비백산해 달아날 거예요."

"여부가 있겠습니까? 그런데 한 가지 걱정스러운 것은 우리는 야간에 전투력이 훨씬 강하다는 사실입니다. 대낮에 활동하기에는 아무래도 조금 전투력이 떨어질 수도 있습니다. 그러나 오늘처럼 날씨가 흐려주기만 한다면 아무런 장애가 되지 않습니다."

"걱정하지 마세요. 수봉산 신령님이든 돌아가신 아버지든 분명 우리를 위해 날씨를 흐리게 해 줄 거라 저는 그리 믿어요. 그러니 내일 아침까지 수봉산으로 반드시 와 주시기 바랍니다."

꼬까선은 왕모기에게 정중하게 인사했다.

이제 운명의 일전만이 남은 셈이다. 자기중심적인 인간은 우주 전체의 입장에서 볼 때, 희생을 당하더라도 정신 자체를 새롭게 고쳐야 하는 존재들이다. 또한 인과응

보라는 가장 기초적인 우주 법칙조차도 제대로 깨닫지 못하고 있는 하급 동물이다. 이러함에도 신이 인간 편이라면 동물들이 패할 것이다. 그러나 신이 공평하다면 동물들에게도 한번 쯤 기회를 줄 것이다.

그날 밤 수미정에서는 현중만의 의장 당선 축하연이 한창 흥을 돋워가고 있었다. 모두 기분 좋게 취해서 노래를 부르고 더러는 춤을 추면서 승리의 기쁨을 만끽하느라 시간 가는 줄을 몰랐다.

하지만 정작 현중만 만큼은 쉽게 술이 오르지 않았다. 경선 결과는 12대 11이었다. 결국 그가 돈을 찔러준 사람만 그를 지지했다는 결론이다. 게다가 더욱 그의 기분을 착잡하게 만든 것은 경찰서장이 이 핑계 저 핑계를 대고 수봉산 진압 명령을 이행하지 않고 있다는 점이다. 급기야 현중만의 입에서 상소리가 터졌다.

"겁쟁이 늙은이 같으니라고!"

"늙은이라니, 누굴 두고 하는 소린가?"

황태호가 그의 안색을 살피면서 조심스럽게 물었다.

"누구긴 누굽니까? 박홍수 서장 얘기지요. 자기 목이 몇 개나 된다고 상부의 명령을 거부한답니까?"

"서장이야 정년이 반년도 안 남았으니 말년을 아무 사고 없이 보내려고 하겠지, 뭐."

"의장님! 너무 걱정하지 마십시오. 내일 오전에는 별 수 없이 수봉산으로 간답니다."

황보정식이 현중만을 안심시켰다.

"아니야. 아까 저녁에 이상한 소문을 들었다고."

주수광이 끼어들었다.

"소문이라니?"

"내일 경찰서 앞에서 수봉산 개발 반대 위원회와 자연사랑회 회원들이 모여 시위를 한다는 소문이 있더라고."

"뭐이라고? 자연사랑회 놈들이?"

현중만은 또 자연사랑회 회원들이 방해 공작을 한다고 생각하니 치가 떨렸다.

"의장님! 이러고 계실 게 아니라 남정환을 만나서 담판을 지으세요. 남 국장은 요즘 황소개구리 사냥대회가 목전에 다가왔지만 행사의 경비를 마련하지 못해 애를 먹고 있다고 하잖아요."

묵묵히 듣고만 있던 주정옥이 한마디 하자 황태호가 그녀의 말을 거들고 나섰다.

"그러시게. 아, 내일 수봉산 동물만 소탕된다면 다시 등산객들이 수봉산을 마음 놓고 올라갈 수 있잖겠나. 그렇게 되면 애초 계획대로 수봉산 리조트 개발이 진행될 게 아닌가."

"내가 그놈에게 머리를 숙이란 말입니까?"

"현 의장! 꿈은 이루어지는 것이 아니라, 스스로 이루어내야 하는 것이네. 특히 정치적 꿈을 이루기 위해선 때론 지는 척하며 고개를 숙이는 게 결국 승리의 첩경일 때도 있어. 그 친구도 어차피 인간이 아닌가. 좀 깐깐한 친구라고 하니까 마음이 흔들릴 정도의 금액을 제시해 보라고. 제 놈인들 어쩌겠어?"

"돈으로 구워삶으란 얘깁니까?"

"별수가 없잖나. 그렇다고 그 친구를 죽이겠나?"

"때에 따라서는 죽일 수도 있겠죠."

현중만이 호호호 웃었다.

"손주먹 좀 오라고 해!"

현중만은 주정옥에게 손주먹을 호출시켰다. 수동시에서도 알아주는 깡패 대장인 손주먹은 현중만이 죽으라고 하면 죽은 시늉도 하는 존재다.

"아니, 어찌 하려고요? 남 국장을 진짜 죽일 거예요?"

얼굴이 창백해진 주정옥을 향해 현중만은 술잔을 연거푸 들이킨 다음 소리를 질렀다.

"마담이 알 필요 없잖소? 빨리 호출이나 하세요."

"알겠어요. 의장님!"

그렇게도 오매불망하던 의장이 된 날이다. 일주일이고 한 달이고 축하파티를 계속해도 그 기쁨이 이어질 것 같았다. 그런데…… 남정환, 그놈이 문제다. 전생에 무슨 악연이 있길래 사사건건 자신이 하는 일을 방해한단 말인가. 현중만은 다시 술잔을 비워나갔다.

얼마나 지났을까. 주정옥이 다가와서, 밖에 손주먹이 와서 기다린다고 했다.

"잠깐만 실례하겠습니다."

현중만은 동료 의원들에게 양해를 구한 다음 밖으로 나갔다.

"부르셨습니까? 의장님!"

떡 벌어진 어깨에 오른쪽 뺨에 깊게 팬 칼자국의 사내가 90도로 허리를 굽혔다.

"내일 오전에 아이들을 소집할 수 있겠나?"

"물론입니다. 분부만 내려주십시오."

"좋아. 한 오십 명 정도 소집해서 각목이나 쇠파이

프로 무장시켜 경찰서 인근 골목에서 대기하라고. 남의 눈에 띄지 않게 봉고차를 빌려 그 안에 숨어 있으란 얘기야."

"알겠습니다."

"차질이 있어서는 안 돼. 알겠지?"

"네!"

손주먹이 정중하게 인사를 하고 사라졌다. 흐흐흐! 현중만이 음산하게 웃기 시작했다. 주정옥은 걱정스러운 듯한 목소리로 속삭이듯 말했다.

"이제는 의장님이신데 좀 점잖게 행동하세요. 행여 사람이 다치기라도 하면 어쩌려고 그래요?"

"별걱정 다 하는군. 술이나 더 가져오라고!"

현중만은 아무렇지도 않은 얼굴로 다시 술자리에 와 앉았다.

"내 사전에 불가능이란 있을 수 없어. 나를 막는 자는 그 누구든 제거할 뿐이라고."

그는 몇 번이나 그렇게 힘주어 되뇌었다.

19

결전의 날이 밝았다.

기암괴석 틈새마다 하얀 꽃이 핀 풍란이 질긴 생명력
을 자랑하고 있다. 진홍색 바탕에 적갈색 반점의 산나리
꽃이 아침이슬을 머금은 채 고요하다. 하늘은 금세 후드
득 비가 쏟아져 내릴 것처럼 잔뜩 흐려 있다.

숲 속의 동물들이 하나둘 수봉산 중턱으로 모여들기
시작했다. 동굴 속에서만 살던 박쥐 아빠는 열서너 마리

나 되는 가족들을 데리고 나타나는가 하면 모기들은 밤사이 모두 수봉산으로 옮겨와 산 중턱에 새까맣게 진을 치고 있었다.

길짐승의 숫자는 겨우 헤아릴 정도다. 멧돼지들과 오래전 어미를 잃은 새끼노루와 고라니 내외의 모습이 보인다. 그 밖에 오소리, 두더지, 족제비, 다람쥐, 청설모 등이 고작이다.

날짐승 중에는 어제까지만 해도 모습을 보였던 종달새와 제비, 부엉이, 원앙 부부 등 꽤 많은 동물이 밤사이 수봉산을 탈출한 것 같다.

"존경하는 수봉산 동물 가족 여러분!"

백 년생 소나무 가지에 앉아 있던 흑의 장군의 우렁찬 목소리가 수봉산 가득히 쩌렁쩌렁 울려 퍼진다.

"드디어 오늘, 우리는 수만 년 동안 인간에게 당한 수모와 굴욕의 한을 더 이상 후손들에게 물려주느니 차라리 죽음을 택하겠다는 비장한 각오로 결연히 일어섰습니다. 더러는 간밤에 자기들만 살겠다고 이 수봉산을 떠나간 사실도 알고 있습니다. 하지만 여기 끝까지 남아 죽음을 각오하고 수봉산을 지키고자 전투에 임하기로 한 여러분들은 비록 죽더라도 영원히 동물의 역사에 길이길이 빛나는 이름을 남길 것입니다. 자유가 아니면 죽음뿐입니다. 이제 우리는 자유를 위해 일어섰습니다. 구차하게 생명을 보전하느니 차라리 한목숨 바칠 각오로 인간을 쳐부숩시다. 왕파리들까지도 돕겠다고 와 있고 이미 인간 사회에서 공포의 대상이 된 모기 군단도 간밤에 수봉산으로 왔습니다. 승리는 우리의 것입니다. 여러분! 목숨이 붙어 있는 한 최후까지 싸웁시다!'

흑의 장군은 커다란 날개를 병풍처럼 활짝 펴 보이면서 동물들의 사기를 북돋웠다.

"수봉산 만세!"

"동물 가족 만세!"

누가 먼저랄 것도 없이 동물들의 합창 소리가 초목의 잎사귀를 광풍처럼 흔들어댔다.

"나는 산까치 공명 선생이요. 이제 부대를 편성할 테니까 전부 내 지시에 따라 주시오."

갈참나무 위에 있던 공명 선생이 동물들 사이로 내려와 앉으며 큰 소리로 말했다. 수많은 동물의 시선이 공명 선생의 입으로 모였다.

"선두인 제1대는 왕파리 무리와 벌 일가들의 부대와 모기 일가 부대가 제각기 '진해전술', '봉해전술', '문해전술'로 인간을 공격할 것이오. 바로 그 뒤에 검독수리 흑의 장군과 자랑스러운 두 아들이 하늘에서, 멧돼지 일가는 지상에서 공격하시오. 제2대는 매 장군과 솔개 장군 등이 하늘에서, 눈 큰 독사 무리는 숲 속에서 잠복하고 있다가 공격합니다. 제3대는 어제 과수원 공격에서 무공을 세운 까마귀와 까치 그리고 때까치 부대와 박쥐들은 하늘에서, 족제비와 다람쥐, 청설모, 토끼, 두더지 등은 땅에서 제각기 인간들을 혼란스럽게 하기 위한 소란 작전을 펼치기 바랍니다. 제4대는 참매미, 털매미, 말매미, 쓰르라미 등이 무리를 전부 동원해 인간들의 청각을 방해하는 임무를 책임져야 합니다."

공명 선생의 지시가 떨어지자 동물들은 일사불란하세 시정된 위치로 옮겨가기 시작했다.

"이번 부대 편성에서 빠진 동물은 전투력이 없다고 판단된 만큼 수봉산에 남아 승리의 소식을 기다려주시기 바랍니다."

"공명 선생님!"

그때, 거대한 동물군단이 편성되고 있는 중에 대열 밖으로 까치 한 마리가 날아올랐다.

"꼬까선이 아니냐. 내게 할 말이라도 있니?"

"그래요. 우리 동족은 이미 자살특공대를 조직해 놓았어요. 어제의 전공이 그걸 증명하잖아요. 그런데 선두는커녕 제3대를 지키라니 너무 섭섭해서 드리는 말씀입니다."

"나도 같은 동족이 아니냐. 나라고 왜 선두에 너희를 세우고 싶은 마음이 없겠니? 하지만 전투는 어디까지나 전투란다. 전체 부대의 균형을 생각하지 않을 수가 없다. 그러니까 일단 내 지시를 따르거라."

공명 선생은 꼬까선을 달랬다. 그는 내심 꼬까선의 말과 행동에 감탄했다. 태어날 때 꽃비가 내려서 덮어 주었다는 꼬까선이다. 그러므로 진작 그녀의 총명함을 예상은 했지만 응달에서 자란 코스모스처럼 가녀렸던 꼬까선이다. 그랬던 그녀가 어쩌면 꼿꼿한 해바라기처럼 저렇게 바뀔 수 있단 말인가.

"선생님의 뜻이 정 그렇다면 지시대로 따르겠습니다."

꼬까선은 다시 대열로 돌아갔다. 수봉산의 전사들은 거대한 전투대열을 갖추었다.

"자! 인간들이 쳐들어올 때까지 수봉산 찬가를 부릅시다."

앵무새가 포르르 날아오르며 말했다. 그러자 숲 속의 동물들은 전체가 하나가 된 듯 우렁찬 목소리로 노래를 부르기 시작했다.

그 시간 경찰서 앞 도로는 남정환이 이끌고 온 수봉산 개발저지 투쟁위원회와 자연사랑회 회원 등 50여 명에 의해 교통이 차단되었다. 모두 붉은 머리띠를 두른 채 남정환의 선창에 맞춰 구호를 제창하고 있었다.

"수봉산 동물 없이는 인간도 살 수 없다!"

"수봉산 개발 음모 분쇄하여 생태계를 보전하자!"

"동물학살 웬 말이냐! 학살 계획 취소하라!"

그들이 그렇게 농성을 하고 있는 동안 서장실에서는 현중만의 고함이 터져 나오고 있었다.

"서장님! 농민들이 얼마나 더 죽어야 한단 말입니까? 해마다 수확 철이 되면 수봉산 동물들 때문에 수수밭이고 땅콩밭이고 고구마밭들이 쑥대밭이 된다는 것을 모르십니까? 더욱이 이제는 인간조차 죽이는 동물입니다. 빨리 출동시키십시오."

"의장님! 저 사람들이 저처럼 죽기를 각오하고 반대하는데 우리 경찰 병력이 어떻게 빠져나가겠습니까?"

"그것참! 일이 점점 꼬이는구먼."

박홍수는 어떻게 해서든지 시간을 벌 궁리를 하고 시장은 연신 고개를 갸우뚱거리고 있었다. 서장실에는 이들 세 명 외에 국회의원 문종헌이 있었다.

"저놈들은 괜히 할 짓이 없으니까 행패를 부리는 겁니다. 공무집행방해죄로 모두 체포하십시오."

현중만은 혀가 바싹바싹 타들어 가는지 애꿎은 담배 연기만 꾸역꾸역 날려 보냈다. 박홍수는 계속 시위대 평계를 대며 출동을 미루었다.

"의장님의 심정은 이해합니다. 하지만 사람들을 함부로 다치게 할 수도 없는 문제 아닙니까?"

"나는 현 의장의 얘기가 옳다고 생각합니다. 수봉산 동물을 토벌하라는 지시가 떨어지기까지는 본청에서도 심사숙고해서 결정하지 않았겠습니까? 어서 저들을 체포하든가 해산시킨 다음 출동을 하십시오."

침묵을 지키던 여당의 실세 국회의원인 문종헌이 은근히 압력을 넣었다.

"의원님! 치안 책임자는 어디까지나 접니다. 조금만 더 기다려 주십시오."

"박 서장! 당신, 목이 몇 개요? 상부의 명령을 이행하지 않고서도 무사할 것 같소?"

갑자기 문종헌이 삿대질을 하며 목청을 높인다.

"목이 두 개인 사람이 있겠습니까? 당연히 제 목은 한 개뿐이지요. 하지만 국회의원이라고 서장에게 삿대질해도 되는 법은 없는 것으로 압니다만……?"

박홍수는 느긋했다. 이제 몇 달 뒤면 정년이다. 지난 세월은 돌아보기조차 싫다. 순경으로 경찰에 몸을 담아 총경이 될 때까지 언제나 권력의 시녀 노릇만 해온 자신이다. 하지만 그 모든 쓰라린 기억은 이제 멀지 않아 과거 속에 묻히고 말 것이다.

물론 그도 시위대가 오래 버텨내지 못할 것을 잘 알고 있다. 그저 최대한 시간을 벌어 기적을 기다리고 싶은 게 솔직한 심정이다. 그때 남정환과 이신숙 기자가 함께 서장실에 모습을 나타냈다.

"남 국장! 언제까지 길을 봉쇄할 거요? 자연사랑 어쩌고 하는 사람들이 도로교통법을 위반해 가면서까지 시위하는 게 정당성이 있다고 보시오?"

현중만은 금세 멱살을 낚아챌 듯이 사납게 남정환을 노려보았다.

"경찰이 진압 작전을 취소할 때까지 농성을 계속할

겁니다. 그러니까 아예 저를 설득할 생각은 하지 마십시오."

"정말 지독한 인간이구먼. 당신이 인간인지조차 의심스럽소. 어떻게 인간이 인간 편을 들지 않고 동물 편을 든단 말이오?"

"의장님! 자연이 없이는 인간도 생존할 수 없다는 것은 역사가 증명하지 않습니까? 남태평양의 이스터 섬에 있는 거대한 석상들이 그 좋은 예가 아닙니까? 인간이 석상을 운반하려고 나무를 죄다 베어버리고 나니 결국 인간이 더 이상 그곳에 살 수가 없었던 게 아니겠습니까? 태초에 신이 인간을 창조할 때에 동물과 함께 살아가는 낙원을 만들었습니다. 조선 시대의 경국대전에는 음력 2월과 10월에 소나무와 잡목을 심도록 한 기록이 있습니다. 산을 가꾸어 동물들의 보금자리를 마련한다는 의미도 담겨 있습니다. 그런데 의장님은 어째서 산을 없애고 동물을 말살하려고 하십니까? 신의 심판이 두렵지 않습니까? 하늘의 노여움이 겁나지도 않습니까?"

"웃기는 소리 하지 마시오. 수봉산만 산이오? 아직도 수동시에는 허다한 게 산이오."

남정환은 냉정한 어조로 자신의 주장을 폈지만 그까

짓 말을 듣는 둥 마는 둥 현중만은 밖으로 나갔다.

그런데 갑자기 어디선가 '와아!' 하는 함성이 들려온 것은 현중만이 나간 지 얼마 지나지 않아서다.

"무슨 일이지?"

서장실에 있던 사람들은 모두 황급히 창가로 다가갔다. 일단의 괴청년들이 골목에서 뛰어나와 시위대를 닥치는 대로 까부수고 있었다. 청년들의 손에는 저마다 각목과 철근이 쥐어져 있었다.

"으악!"

전혀 예상치 못한 습격에 농성자들은 혼비백산이 되어 달아나기 시작했다. 그러나 이미 많은 사람이 피투성이가 되어 쓰러져 버렸다.

"서장님! 계속 방관만 하실 겁니까? 백주 대낮에 집단 테러라니요? 이게 법치국가에서 있을 수 있는 일입니까?"

남정환은 얼마나 분한지 온몸을 부르르 떨었다.

"파괴는 파괴를 부를 뿐인데……."

박홍수도 놀라는 표정이 역력하다. 하지만 싸움은 이내 싱겁게 끝이 나고 말았다. 괴청년들과 시위대가 사라진 도로에는 플래카드가 찢겨 어지럽게 나뒹굴고 박살난

피켓이 도로변에 흉물스럽게 내던져져 있다. 한동안 차단됐던 도로가 뚫리자 다시 차량들이 오가기 시작했다.

"서장님! 이제는 길이 뚫렸으니까 출동시키십시오."

문 의원은 득의만만한 표정이다. 박홍수는 단전에서 풍선 꺼지는 소리를 냈다. 이제 더 이상은 버텨낼 재간이 없다.

"음……."

"서장님! 청장님의 전화입니다."

"네! 박홍수 서장입니다."

박홍수는 부동자세로 전화를 받았다.

"나, 청장이오. 지금 뭐 하고 있소? 이번 작전은 정부 고위층에서도 지대한 관심을 가지고 있다는 것을 모르시오? 지금 당장 출동시키시오. 나도 헬기를 타고 진압 현장으로 가겠소."

"청장님이 오신다고요?"

"그렇소. 오늘 중으로 상황을 끝내야만 하오."

"알겠습니다."

수화기를 내려놓은 박홍수는 이마를 짚었다. 현기증이 일었다. 어쩔 수가 없다. 이제 자신은 이 지구별의 동물 역사에 가장 큰 오점을 남긴 인간으로 기록될 것이 뻔하다. 하필이면 왜 내가 이런 악역을 담당해야 한단 말인가. 이제 얼마 남지 않은 임기를 중도에 그만둘 수도 없고, 또 명령을 어기고 쫓겨나면 연금도 제대로 받지 못하게 된다. 사실 퇴직 후에 살아갈 연금 문제가 더 큰 걸림돌이다. 마음 같아선 이번 수봉산 동물 진압 지휘는 하고 싶지 않지만 어쩔 수 없었다.

순간 어릴 적 인간이나 미물이나 질기고도 모진 게 목숨이라던 할머니의 얘기가 귓가에서 범종 소리처럼 길게 여운을 끌었다.

"경비과장!"

드디어 서장은 진압부대 지휘관인 경비과장을 불렀다.

"지금 즉시 병력을 수봉산으로 이동시키도록! 그리고 헬기로 청장님이 오신다니까 모두 정신 바짝 차리도록!"

박홍수는 잠시 몸이 휘청거리는 걸 느꼈으나 지휘봉을 들고 서장실을 나섰다.

수리골 하늘에서부터 검은 구름이 수봉산 쪽으로 몰려오고 있었다. 마치 거센 폭우가 쏟아지기 직전의 먹구름처럼 새까만 하늘이 움직이고 있었다.

잠시 휴식을 취하며 대기하고 있던 수봉산 동물들은 모두 낭패스러운 얼굴빛을 했다. 소나기라도 쏟아지면 제대로 날 수가 없기 때문이다.

"걱정할 필요 없어. 비가 오면 인간들도 공격을 늦출 거야."

공명 선생은 동물 병사들의 사기가 떨어질까 싶어서 대뜸 큰 소리를 질렀다.

새까만 구름이 점점 더 가까이 다가왔다. 갑자기 어둠이 수봉산 위로 퍼져나갔다. 동물들은 목이 뻣뻣해지는 것도 모른 채 모두 하늘만 뚫어지게 쳐다보았다. 그때 꼬까선은, 어렴풋하게나마 먹구름 속에서 까악까악 하는 동족의 울음소리를 들을 수 있었다.

"우리 동족이에요."

꼬까선은 들뜬 목소리로 하늘을 가리켰다. 그녀의 말은 사실이었다. 수봉산 위를 새까맣게 뒤덮은 것은 바로 까마귀와 까치 떼였다. 수십만 마리의 까마귀 동족들이 수봉산 숲 속에 사뿐히 내려앉기 시작했다. 그중에서 대장인 듯한 까마귀가 날렵한 동작으로 흑의 장군 앞으로 날아와 앉았다.

"별까랑 오빠!"

꼬까선은 제 눈이 의심스러웠다. 흑의 장군 앞에 떡하니 날개를 접고 앉아 있는 까마귀는 바로 별까랑이 아닌가. 꽃피는 어느 봄날 밤! 그녀의 속도 모르고 울어대던 소쩍새가 원망스러웠고, 빗소리에도 잠들지 못한 채, 그 비를 다 맞으며 별까랑을 생각했던 시간이 얼마였던가. 그렇게 애타게 그리워했던 그가 지금 자신의 눈앞에 나타난 것이 꿈만 같았다. 조금 후 별까랑의 옆에 갈까마귀 아저씨가 모습을 나타냈다.

"그동안 안녕하셨습니까? 저희도 같이 싸우겠습니다."

별까랑이 늠름한 모습으로 흑의 장군에게 인사를 했다.

"먼 곳에서 오느라 수고가 많았네. 우리는 자네가 아주 떠난 줄 알았는데 이렇게 용맹한 전사의 모습으로 돌아오다니 믿어지지가 않는구먼. 하긴 자네는 위대한 존재가 될 거라는 걸 익히 들어 알고 있네만."

"위대한 존재가 될 거라는 것을 듣다니요? 무슨 말씀인지 모르겠습니다."

"이 전쟁이 끝나고 나거든 꼬까선에게 물어 보게나. 아무튼 자네는 수봉산을 반드시 지켜내야 하는 사명을 가졌다는 것만은 알아두게."

"아무튼 잘 알겠습니다. 잠시라도 수봉산을 떠난 죄는 달게 받겠습니다. 하지만 그 덕분에 수십만 마리의 병력을 데리고 올 수 있었습니다."

"장하네. 정말 큰일을 해냈네. 어디서 그토록 많은 동족을 구했나?"

"비무장지대의 동족들이 대부분입니다. 그리고 이곳으로 내려오면서 고산준령에서 만난 동족들도 흔쾌히 참전에 응해주었습니다."

"정말 잘했네. 우리는 모기 일가네 왕국에서 2억 마리를 지원받아 왕파리, 벌 일가들과 함께 최전방에 배치했네."

"용의주도한 작전이시군요. 잘하셨습니다."

"먼 길을 오느라 피곤할 테니 좀 쉬시게."

공명 선생은 백만 원군을 만난 듯 시종 싱글벙글했다.

"한 가지만 부탁드리겠습니다. 최전방 공격에 저희도 포함시켜 주십시오. 아마 인간들이 혼비백산해서 도망치고 말 겁니다."

"알겠네. 그렇게 하게."

"고맙습니다."

별까랑은 그렇게 흑의 장군과 공명 선생과의 상견례를 끝내고 동물들을 둘러보기 시작했다.

"오빠, 여기야!"

꼬까선이 허공으로 날아오르며 별까랑을 불렀다.

"잘 있었니? 꼬까선! 그동안 소식을 못 전해서 정말 미안하다."

별까랑은 자신의 부리로 꼬까선의 날개를 쓰다듬어 주며 재회의 기쁨을 나타냈다.

"난 괜찮아. 그런데 어디에 있었어? 일본에는 안 간 거야?"

꼬까선은 금방이라도 펑펑 눈물이 쏟아지려고 했다. 사랑이라는 그 숨 막히는 난어를 알게 해준 단 한 명의 존재요, 가슴 깊이 마음을 허락한 그다. 얼마나 학수고대하던 별까랑의 소식인가. 그런데 그 별까랑이 어마어마한 까마귀 군단의 대장이 되어 나타난 것이다.

"일본에 가서 몇 달 지냈지. 그러나 남의 나라에 가서 아무리 호의호식을 한들 제 나라 제 고향만 하겠어? 그래서 얼마 후 귀국해서 지금까지 비무장지대에서 살았어. 아무것도 걱정하지 않아도 되는 평화스러운 삶이 계속됐지만 단 한 번도 수봉산을 잊어본 적이 없어. 그러다가 어제 갈까마귀 아저씨가 와서 수봉산 소식을 알려준 거야. 그제야 네 부모님이 돌아가셨다는 것을 알게 됐어. 미안해. 날 길러주신 분들인데 임종도 지켜보지 못했으니 말이야."

"괜찮아. 이렇게 다시 만났으면 됐어."

꼬까선은 이제 죽어도 여한이 없을 것 같았다. 그녀는 언제 전투가 벌어질지 모르기 때문에 그동안 가슴에 담은 채 차마 하지 못했던 말을 고백하고 싶어졌다.

"별까랑 오빠!"

"왜?"

"꼭 하고 싶은 말이 있어. 말해도 될까?"

별까랑은 꼬까선의 맑은 눈을 가만히 바라보았다. 마주 보는 꼬까선도 별까랑을 깊이 사랑했기에 그가 떠난 후 애절한 그리움을 안으로 삼키고 있었다. 그 힘든 시간을 견뎌 왔던 꼬까선은 가만히 별까랑의 어깨에 몸을 기대며 속삭이듯 말했다.

"나, 아무래도 오빠를 사랑하고 있는 것 같아."

"아! 너도 나와 같은 마음이었구나. 나도 너를 사랑한다."

별까랑의 눈가에 얼핏 눈물이 스쳐 갔다.

"정말?"

"그럼."

두 연조는 똑같이 수봉산 아래쪽을 내려다보았다. 저만치 새밭골 입구에 경찰 병력을 실은 차량들이 굼벵이처럼 기어오고 있는 모습이 보였다.

"드디어 인간들이 나타나는군."

별까랑은 자신의 날개로 몇 번이나 꼬까선의 날개를 쓰다듬어 주었다. 이제는 장렬한 최후를 맞이한다고 해도 조금도 서러울 게 없다. 이 세상에 태어나 진실로 사랑하는 이와 정의를 위해 싸우다 죽음을 함께 할 수 있다는 것은 그 무엇과도 바꿀 수 없는 신의 축복일 것 같았다.

"오빠는…… 오빠는 나중에 말이야. 다시 태어난다면 무슨 동물이 되고 싶어?"

"환생을 말하니?"

"응."

"동물로 태어나긴 싫어. 도린곁에 그저 이름도 없는 야생화로 태어나거나 아님 수봉산을 밝히는 별이 되고 싶어."

"어쩌면 그렇게도 나와 같은 생각을 했을까?"

"꼬까선 너도?"

"나도 들꽃이 되고 싶거든. 이 수봉산이면 더 좋겠지만 만약에 여의치 않다면, 인간 세상에서 멀리 떨어진 심산유곡에서 벌, 나비들과 어울려 짧은 해를 아쉬워하며 도란도란 이야기를 나누는 그런 들꽃이 되고 싶어."

환생이라는 것을 들먹이며 들꽃이 되고자 한 별까랑과 꼬까선의 마음은 애틋한 사랑의 승화이기도 하다. 어쩌면 죽을 수도 있다는 것을 예감하면서도 결전을 해야 하는 것이 돌이킬 수 없는 현실이 되었던 것이다.

"우리 다음 생에는 반드시 들꽃으로 함께 태어나자. 알았지?"

꼬까선은 꿈꾸는 듯 몽롱한 표정을 지었다. 별까랑은 자신의 부리를 꼬까선의 부리에 부딪치며 처음으로 입맞춤을 했다.

20

수봉산에 검은 그림자가 햇빛을 가리더니 마치 거대한 장막처럼 들판과 산을 덮었다

"현 의장! 수봉산이 왜 저렇게 검지?"

문종헌은 승용차가 수봉산 가까이 다가갈수록 점점 더 크게 확대되어 보이는 검은 점들이 신경이 쓰였다. 현중만은 대수롭지 않다는 듯 대답했다.

"날씨가 흐려서 착시 현상이 생긴 것 아닙니까?"

"아니야. 자세히 보라고. 듬성듬성 흰 점도 섞여 있잖소?"

"흰 점이라면……?"

현중만은 그제야 창밖으로 고개를 내밀고 수봉산을 바라보았다. 문종헌의 말대로 수봉산은 푸른빛이 아니다. 온통 먹물을 뿌려놓은 듯 검은 바탕에 듬성듬성 흰 구름이 걸쳐진 듯 하얀 반점들이 떠 있다.

"황새라면 전부 흰색일 텐데……?"

그는 고개를 갸우뚱하지 않을 수 없었다. 어릴 적에는 숲을 하얗게 뒤덮던 황새나 왜가리 무리를 여러 번 보았다. 그러나 근래 수년 내에 그런 모습은 눈에 띈 적이 없다. 그런데 지금 보이는 것은 온통 검은색이다. 승용차를 몰고 경찰 버스를 뒤따르던 최 기사가 입을 열었다.

"의원님! 까마귀와 까치 떼들인 것 같습니다."

"까마귀와 까치라고?"

"그렇습니다. 온통 수봉산을 뒤덮고 있군요. 아마 수십만 마리는 될 것 같습니다."

"아니, 저게 전부 까마귀와 까치라면 이 나라의 모든 까마귀와 까치들이 전부 몰려들었단 말이오?"

문종헌은 입이 딱 벌어졌다.

"그거야 알 수 없는 일입니다만 분명한 것은 외금 부대란 사실입니다."

"외금 부대라니?"

"외지에서 날아온 날짐승이란 얘기죠."

최 기사는 태연하게 얘기하고 있었지만 현중만의 등허리에는 아까부터 싸늘한 돌기가 돋아나고 있었다. 이신숙의 말이 또렷하게 되살아났기 때문이었다.

"이 친구! 괜히 겁주지 말라고. 그렇다면 수봉산 동물들이 인간과 싸우려고 전국의 동물들을 소집했단 말이오?"

"까마귀 떼든 귀신이든 총 앞에서야 별도리가 없을 거요."

문종헌은 현중만의 어깨를 두드리며 승리를 확신했다.

"누님! 그동안 고생만 하셨는데 일이 이렇게 되어 면목이 없습니다."

남정환은 경찰서 현관에 같이 서 있던 이신숙에게 말을 건넸다.

"저보다는 국장님의 상심이 얼마나 크시겠습니까? 마음을 단단히 하십시오."

이신숙은 진심으로 그가 걱정스러웠다.

결국 이렇게 허무하게 당하고 마는구나. 그는 멀리 수봉산을 바라보았다. 이제 곧 최루탄이 수봉산을 하얗게 뒤덮을 것이다. 최루탄 가루를 피해 날아오르거나 수봉산을 벗어나는 동물들은 또 총탄 세례를 받을 것이다. 어디 그뿐인가. 웬만한 벌레들은 가스에 질식되어 모두 죽어버릴 게 뻔하다. 살육이다. 수많은 짐승의 비명이 들려오는 것 같다. 인간의 잔인한 살육 작전을 비웃어가며 죽어 갈 죄 없는 동물들의 아우성이 드릴의 기계음처럼 그의 귀를 아프게 파고들었다.

"현장에 같이 안 가시겠어요?"

이신숙은 남정환이 결코 가지 않으리란 것을 잘 알고 있다.

"병원에 가서 회원들을 돌봐야 합니다."

그때 낯선 승용차 한 대가 그들 앞에서 끼익 하고 멈추었다.

승용차의 운전자는 서울에서 온 기자라고 했다.

"수봉산이 어딥니까? 혹시 저기 보이는 저쪽 산입니까?"

"맞아요. 바로 앞 같지만 반 시간은 달려야 하는 먼 거리입니다."

"그래요? 까마귀 떼들이 날아간 곳이네?"

낯선 남자가 독백처럼 말하자 남정환이 불쑥 끼어들었다.

"까마귀 떼라니요?"

"수동시로 오는 도중에 거대한 까마귀 떼를 발견했습니다. 마치 철새들이 날아가는 것처럼 떼를 지어서 어디론가 날아가더군요."

"그럼 그 까마귀 떼들이 수봉산으로 몰려갔단 말이에요?

이신숙은 기이한 느낌이 들었다.

"까치들도 섞여 있었습니다. 그런데 그 숫자가 보통 철새들이 날아가는 것과는 비교가 안 됐습니다. 수십 수백만 마리는 될 정도로 어마어마한 무리였어요. 손뿐만이 아니라 온몸이 떨리고 무서워서 감히 카메라 셔터도 누르지 못하고 달려왔다니까요."

남자는 온몸이 땀에 젖은 채 아직도 공포스러움에서 벗어나지 못하고 있는 것 같았다.

"이 기자님! 빨리 수봉산으로 가 봅시다."

남정환은 병원으로 가려던 계획을 포기한 채 이신숙 일행의 수봉산행에 합류하기로 했다.

"이대로 당할 수는 없다고 생각했는데…… 내 꿈이 맞아 떨어지는 것 같습니다."

남정환은 전쟁 속에서 쫓기는 피난민처럼 심장이 뛰었다.

수봉산 아래쪽이 갑자기 차량의 경적 소리와 엔진 소리로 시끄러워졌다. 소문은 빛의 속도보다 빠른 법이다. 어느새 소문을 듣고 달려온 세계의 중요 언론사들이 카메라 셔터를 눌러대고 있었다. 경찰 병력을 실은 차량들이 속속 주차장으로 도착하고 대원들은 차량이 멈춰 서자 재빠른 동작으로 차에서 뛰어내렸다. 그렇게 수송버스들이 모두 주차장에 멈추어 섰지만 여전히 등산로를 따라 올라오는 괴물이 있었다. 마치 장갑차처럼 생긴 차량은 덜커덕거리며 용케도 비탈길을 올라오고 있었다.

"저게 무슨 차지?"

흑의 장군이 처음 보는 차량을 보고 공명 선생에게 물었다.

"글쎄요. 저도 처음 보는 차라서……."

"페퍼 포그 발사 차량입니다. 인간들도 저 연기를 맞으면 기침과 함께 콧물을 흘리거나 눈이 따가워 제대로 사방을 분간하기 어렵습니다."

모두 고개를 갸우뚱거리고 있을 때 비둘기 아저씨가 상세하게 설명을 했다.

"그렇게 무서운 무기란 말이지?"

"아주 오래전, 주로 학생들이나 노동자들이 시위할 때 현장에서 진압용으로 쓰이던 겁니다. 그 페퍼 포그 차량이 우리 동물에게 사용될 줄은 정녕 상상도 못 했습니다. 이제 수봉산의 벌레들은 씨도 남기지 않고 모두 죽을 것입니다."

"비정한 놈들!"

그때였다. 하늘에서 커다란 굉음이 들려왔다. 헬리콥터였다. 우렁찬 프로펠러 소리와 함께 다가온 헬리콥터는 수봉산을 한 바퀴 돌아 경찰 병력이 있는 곳에 내려앉았다. 그러자 수많은 취재기자가 헬리콥터를 향해 뛰어 갔다. 방송카메라를 어깨에 둘러멘 방송기자들도 허겁지 겁 헬리콥터에서 내린 사내한테 달려갔다.

검은색 안경을 쓴 사내가 지휘봉을 들고 나타났다. 둘러섰던 경찰들이 일제히 거수경례를 했다.

"경찰 총수예요. 이제 곧 공격이 시작될 겁니다."

비둘기 아저씨가 속삭였다.

"알았소."

공명 선생은 불길한 징조를 느끼며 먼저 선수를 치는 수밖에 없다고 생각했다.

"의장님! 시간이 없습니다. 저들이 최루탄을 쏘기 전 에 지금 당장 공격해야겠습니다."

공명 선생의 건의에 따라 검독수리 흑의 장군은 검은 갑옷을 펄럭이며 자작나무 꼭대기로 올라섰다.

"수봉산 동지 여러분! 그리고 수리골과 비무장지대에 서 동족을 돕겠다고 달려오신 여러분! 이제 결전의 순간 이 왔습니다. 이 수봉산의 보금자리를 후세만손 보존하 기 위해, 나아가 이 나라의 모든 동물들을 보호하고 쓰레 기보다 못한 인간들에게 경종을 울리기 위해 모두 힘껏 싸웁시다."

혹의 장군의 소리가 잔뜩 숨을 죽이고 있는 숲 속으로 메아리쳤다.

"와아! 인간들을 쳐부숩시다!"

"인간들을 죽입시다!"

공격 명령을 기다리고 있던 동물들의 함성이 수봉산에 지진이 일어난 것처럼 크게 울려 퍼졌다.

"파리, 모기 동지들과 벌 동지들은 공격하시오!"

드디어 제1대에 대한 공격 명령이 떨어졌다. 태풍이 부는 듯한 소리를 내는 왕파리들과 날카로운 침을 앞세운 벌 떼들이 수봉산 숲 속에서 등산로를 따라 날아 내려가기 시작했다. 그와 동시에 2억 마리의 모기 떼들이 요란한 괴성을 지르며 산기슭을 새까맣게 뒤덮으며 산 아래로 내려갔다. 그 뒤를 이어 혹의 장군이 선두에 선 채 검독수리 삼부자가 행글라이더가 활강하듯 유연한 자태로 날아 내려갔고, 갈참나무 옆에 웅크리고 있던 멧돼지 가족들이 작은 나무를 짓밟으며 황소처럼 달려가기 시작했다.

"내 사랑 꼬까선! 부디 들꽃이 되어 우리 다시 만나자!"

별까랑이 꼬까선에게 마지막이 될 수도 있는 작별 인사를 했다.

"알았어요. 오빠! 목숨이 다할 때까지 후회 없이 싸울 거예요."

꼬까선은 별까랑이 행여 망설일까 싶어서 자신이 먼저 허공으로 날갯짓을 했다.

"동지들이여! 까마귀 동족들이여! 나를 따르시오!"

드디어 별까랑의 입에서 진군 명령이 떨어졌다. 3만 마리의 까마귀와 까치 떼들이 검은 폭포처럼 허공에서 아래로 쏟아져 내려갔다. 그 뒤를 이어 제2대와 제3대, 제4대가 긴 행렬을 이루었다.

하늘은 이미 빛을 잃고 있었다. 마치 저녁 이내가 깔린 것처럼 사위는 칠흑처럼 변하기 시작했다. 그와 동시에 매미와 쓰르라미가 자지러질 듯이 울어댔다.

"따따따!⋯⋯." 페퍼 포그 차에서 따발총 소리가 들려왔다. "펑! 펑!⋯⋯" 최루탄이 여기저기서 터졌다.

금세 자욱한 안개가 어둠으로 뒤덮인 수봉산 허리에 댐처럼 채워져 올라오기 시작했다. 여기저기서 가스에 질식된 동물들의 비명이 들려왔다. 별까랑이 이끌고 온 비무장지대의 동족들도 처음 맞는 가스 때문에 밤송이처럼 땅바닥으로 투두둑 떨어져 내렸다. 인간들의 비명이 터진 것도 그때였다. 밀고 밀리는 공방전이 벌어진 것이다.

최형락 경감은 새까맣게 하늘을 뒤덮은 까마귀 떼들을 발견하고는 기겁했다. 아니 까마귀 떼들이 나타나기 이전에 이미 익룡들의 울음소리 같은 거대한 파리와 모기 떼 그리고 벌 떼의 소리에 제정신이 아니었다. 희뿌연 최루탄 가스 위로 놈들은 줄기차게 공격해 오고 있었다.

"으악!"

"어머니!"

전경들의 비명이 처절하게 울려 퍼졌다. 전경들 중에는 최루탄을 쏠 생각은 않고 투석방지모를 벗어 넌시녀 혼비백산해 달아나는 자도 있었다. 어느새 수많은 전경이 굼벵이처럼 몸을 웅크린 채 땅바닥에 나뒹굴었다. 공방전이라는 말은 어울리지 않았다. 일방적인 동물들의 승리였다. 퍼페포크도 왕파리 떼와 모기 떼 그리고 벌 떼들 앞에서는 무용지물이 되어 버렸다.

까마귀 떼와 까치 떼는 마치 오랫동안 굶은 짐승처럼 사정없이 경찰들의 머리를 쪼아대고 옷을 찢어댔다. 동물과의 전쟁이 실제로 벌어진 것이다.

"경비과장!"

다급하게 외치는 서장의 목소리가 들렸다. 하지만 작전을 지휘해야 할 경비과장의 모습은 그 어디에도 보이지 않는다.

"서장님! 접니다."

최형락이 자욱한 가스 속을 뚫고 서장에게 달려갔다.

"청장님을 모셔! 빨리!"

박홍수는 청장을 부축했다. 청장의 이마에서 검붉은 피가 흘러내리고 있다.

"경비과장에게 빨리 후퇴하라고 해! 이러다가는 인간이 먼저 죽겠다!"

서장은 허겁지겁 평원을 향해 달리기 시작했다. 최형락은 청장을 들쳐 업고 뛰기 시작했다. 발바닥에 계속 동료들의 쓰러진 몸이 밟히고 있었다. 이게 도대체 무슨 일이란 말인가? 그는 달아나면서도 꿈이기를 간절히 빌고 빌었다. 차마 현실로 받아들이고 싶지가 않았다.

현장 근처에 도착해 있던 현중만 일행은 벌어진 입을 다물지 못했다. 문종헌 의원은 새까맣게 밀려오는 하늘의 새 떼를 바라보면서 사시나무처럼 덜덜 떨고만 있었다. 그때, 최 기사가 다급하게 소리쳤다.

"의원님! 멧돼지들입니다."

"뭘 해! 빨리 차를 돌려! 돌리라고!"

문종헌은 최 기사의 멱살을 잡아 흔들었다.

"빨리 도망가십시오. 빨리!"

현중만 역시 제정신이 아니었다. 그들이 차 안에서 우왕좌왕하고 있을 때, 멧돼지들이 무작정 차를 들이받기 시작했다. 쨍그랑! 승용차 유리가 단박에 깨어져 나갔다. 현중만은 차 문을 열었다. 살아야 한다. 이대로 죽을 수는 없다. 그는 차 밖으로 나오자마자 새밭골을 향해 냅다 뛰었다. 순간 요란한 날갯짓 소리가 들려왔다. 무슨 소린가? 현중만이 고개를 들자 거대한 검독수리가 정면으로 그의 얼굴을 향해 날아왔다.

다음 순간 그는 두 눈에 수많은 바늘이 찔러대는 것 같은 통증을 느꼈다. 아니 두 눈만이 아니다. 허리에도 통증이 느껴진다. 다리에도 맨살이 찢어져 나가는 고통이 계속되었다. 아아! 이게 죽음이란 것인가. 현중만은 새 떼들의 고함소리와 날갯짓 소리를 점점 희미하게 들었다.

남정환 일행이 수봉산에 도착했을 때는 모든 상황이

끝난 뒤였다. 최루탄 가스에 질식된 수많은 왕파리와 벌, 모기 떼들의 사체가 카펫처럼 깔려 그들이 걸을 때마다 포장재로 쓰는 뽁뽁이 터트리는 소리를 냈다.

남정환은 참혹한 현장을 보자 차마 입을 열 수가 없었다. 여기저기에서 신음을 흘리며 고통스러워하는 전경들의 모습이 보였다. 더러는 아예 머리가 터져 숨이 멎어 있었다. 그 사이로 수백 수천 마리의 새 떼들이 역시 날개를 파닥거리며 고통스러워하고 있었다. 이미 숨이 끊어진 새들도 상당했다.

"이게 꿈이었으면 좋겠습니다."

"꿈이라도 이런 끔찍한 꿈은 절대 꾸고 싶지 않아요."

"이런 사태가 일어난다는 것을 좀 더 일찍 알았다면 대비를 했을 텐데요."

"아는 것은 그리 어려운 것이 아니지요. 중요한 건 이치를 깨닫고 순응하는 것이지요. 우둔한 자들의 깨달음은 이렇게 혹독한 고통과 아픔이 필요한 법인가 봅니다."

"수봉산에 새로운 신화가 탄생한 날이군요."

남정환과 이신숙은 허공을 바라보며 탄식을 쏟아냈다.

슬픔이 어둠처럼 눌러앉은 수봉산에 세찬 바람이 달려왔다. 요란한 빗줄기가 쏟아지는 가운데 공포로 가득한 인간들의 울음소리가 들려오고 산천이 통곡하고 있었다.

인간의 어리석음과 탐욕 그리고 이기심은 그렇게 수많은 생명을 죽였다. 수봉산의 슬픔을 장례하듯이 몇 날 며칠을 내리던 비가 그쳤다. 하지만 살아남은 모든 생명은 오직 침묵하고 있었다.

미래에서온 전설

초판 1쇄 발행일 2015년 10월 16일

지은이 안필령
펴낸이 박영희
책임편집 유태선
디자인 김미령·박희경
마케팅 임자연
인쇄·제본 AP프린팅
펴낸곳 도서출판 어문학사
　　　　서울특별시 도봉구 쌍문동 523-21 나너울 카운티 1층
　　　　대표전화: 02-998-0094/편집부1: 02-998-2267, 편집부2: 02-998-2269
　　　　홈페이지: www.amhbook.com
　　　　트위터: @with_amhbook
　　　　페이스북 페이지: http://www.facebook.com/amhbook
　　　　네이버 블로그: http://blog.naver.com/amhbook
　　　　다음 블로그: http://blog.daum.net/amhbook
　　　　e-mail: am@amhbook.com
　　　　등록: 2004년 4월 6일 제7-276호

ISBN 978-89-6184-386-7　03810
정가 13,000원

이 도서의 국립중앙도서관 출판예정도서목록(CIP)은 e-CIP홈페이지(http://www.nl.go.kr/ecip)와
국가자료공동목록시스템(http://www.nl.go.kr/kolisnet)에서 이용하실 수 있습니다.
(CIP제어번호: CIP2015026747)

※잘못 만들어진 책은 교환해 드립니다.